O Mistério dos Sete Relógios

Agatha Christie

· TRADUÇÃO DE ·
Petê Rissatti

Rio de Janeiro, 2025

Copyright © 1929 por Agatha Christie Limited. Todos os direitos reservados.
Copyright da tradução © 2025 por Casa dos Livros Editora LTDA. Todos os direitos reservados.
Título original: *The Seven Dials Mystery*

AGATHA CHRISTIE and the AC Monogram Logo are registered trademarks of Agatha Christie Limited in the UK and elsewhere. All rights reserved. Descubra mais em https://www.agathachristie.com/

Todos os direitos desta publicação são reservados à Casa dos Livros Editora LTDA. Nenhuma parte desta obra pode ser apropriada e estocada em sistema de banco de dados ou processo similar, em qualquer forma ou meio, seja eletrônico, de fotocópia, gravação etc., sem a permissão dos detentores do copyright.

COPIDESQUE	Luíza Carvalho
REVISÃO	Suelen Lopes e João Rodrigues
PRODUÇÃO EDITORIAL	Anna Clara Gonçalves
DESIGN GRÁFICO DE CAPA E MIOLO	Túlio Cerquize
TRATAMENTO DE IMAGEM	Lucas Blat
IMAGEM DE CAPA	© Ron Ellis
DIAGRAMAÇÃO	Abreu's System

Dados Internacionais de Catalogação na Publicação (CIP)
(Câmara Brasileira do Livro, SP, Brasil)

Christie, Agatha, 1890-1976
  O mistério dos sete relógios / Agatha Christie; tradução de Petê Rissatti. – Rio de Janeiro: HarperCollins Brasil, 2025.

  Título original: The seven dials mystery
  ISBN 978-65-5511-703-5

  1. Ficção inglesa I. Título.

25-259192   CDD-823

Índice para catálogo sistemático:
1. Ficção : Literatura inglesa   823
Bibliotecária responsável: Eliane de Freitas Leite – CRB 8/8415

HarperCollins Brasil é uma marca licenciada à Casa dos Livros Editora Ltda. Todos os direitos reservados à Casa dos Livros Editora LTDA.

Rua da Quitanda, 86, sala 601A - Centro
Rio de Janeiro/RJ - CEP 20091-005
Tel.: (21) 3175-1030
www.harpercollins.com.br

Sumário

Introdução, por Val McDermid — 7
1. Do madrugar — 12
2. E por falar em despertadores — 23
3. A pegadinha que deu errado — 29
4. Uma carta — 39
5. O homem na estrada — 47
6. De novo, Seven Dials — 53
7. Bundle faz uma visita — 60
8. Visitas para Jimmy — 66
9. Planos — 73
10. Bundle visita a Scotland Yard — 81
11. Jantar com Bill — 88
12. Inquérito em Chimneys — 96
13. O Seven Dials Club — 107
14. A reunião dos Seven Dials — 115
15. O inquérito — 123
16. A festa em Wyvern Abbey — 131
17. Após o jantar — 139
18. As aventuras de Jimmy — 146
19. As aventuras de Bundle — 151
20. As aventuras de Loraine — 157
21. A recuperação da fórmula — 163
22. A história da Condessa Radzky — 172
23. O Superintendente Battle no comando — 182

24. Reflexões de Bundle **190**
25. Jimmy apresenta seus planos **197**
26. Principalmente sobre golfe **207**
27. Aventura noturna **212**
28. Suspeitas **218**
29. O comportamento singular de George Lomax **226**
30. Uma convocação urgente **235**
31. Os Seven Dials **244**
32. Bundle fica perplexa **256**
33. Battle esclarece **254**
34. Lorde Caterham aprova **265**

Introdução

Curiosidades que todos sabem a respeito de Agatha Christie: ela escreveu muitos livros que ainda superam a concorrência em termos de venda; foi a maior escritora de histórias policiais clássicas; desapareceu e reapareceu, amnésica, em Harrogate, onde foi identificada pelo tocador de banjo na banda do hotel; escreveu a peça que mais tempo ficou em cartaz na história do teatro, *A ratoeira*; e não sabia escrever thrillers.

Então, por que estou sugerindo que alguém vá querer ler *O mistério dos sete relógios*? Afinal, a obra tem todos os ingredientes do thriller clássico dos anos 1920, exemplificado por A.E.W. Mason, Sapper e John Buchan. Planos secretos, vilões estrangeiros, carros maravilhosos com estribos e motores potentes, ameaças conjuntas da Alemanha e da Rússia comunista, festas em casa, rapazes perambulando com revólveres carregados e moças ousadas — tudo isso aos montes.

Ah, e não podemos nos esquecer da sociedade secreta que se reúne por trás de portas fechadas, cujos membros usam máscaras e, por isso, também sabem quem são os outros membros. Esse é o território de Bulldog Drummond e Richard Hannay, certo? Que sabemos que Christie não domina. Certo?

Errado. Porque *O mistério dos sete relógios* não é um thriller. É um pastiche de thriller, um antídoto à atitude empolgada e agressiva dos rapazes. É irônico, com aquele sorrisinho sempre estampado no rosto, e subverte todo o gênero do qual parece fazer parte, principalmente porque, além de tudo, também oferece uma trama habilmente concatenada com um típico floreio *à la* Christie ao final. "Ah, sim", dizemos, suspirando. "De novo, fomos feitos de bobos." Se um jovem rebelde fizesse algo do tipo com os thrillers de hoje em dia, todos nós menearíamos a cabeça de um jeito sabichão e diríamos: "Quão pós-moderno, quão autorreferencial e coerente, quão metaficcional."

Mas isso aconteceu naquela época, não agora. Então, Christie não recebe crédito algum por pouco se importar com os bambambãs que definem o que um thriller deve ser. Quer dizer, como pode uma boa esposa e mãe de classe média ser considerada subversiva? O quanto seria vergonhoso para os iconoclastas de jaqueta de couro?

Mas o fato é que *O mistério dos sete relógios* realmente não funciona conforme o esperado.

Além de mostrar que quando se trata de prestidigitação, Agatha Christie simplesmente não conseguia se conter, esta obra revela o lado da autora que todos parecem esquecer. (Não é surpresa alguma, quando olhamos aquelas fotos com casaquinhos sérios...) Agatha tinha senso de humor — um astuto, perspicaz e onipresente.

Está lá, no primeiro mistério de Jane Marple, na personagem de Griselda, a esposa incorrigível e inadequada do vigário deveras conservador. E continua nos romances da personagem com uma série de críticas argutas ao sobrinho de Miss Marple, o romancista Raymond West, cujas pretensões são constantes choques de realidade.

Está presente nos enigmas de Poirot também. Talvez onde a personagem mais engraçada e autorreferencial de Christie apareça com regularidade: a escritora de romances policiais Ariadne Oliver, que, com seus sacos de maçã sempre rasgando e seu desrespeito às convenções, é decerto uma versão pouco disfarçada da própria autora.

Enquanto Christie tem um detetive belga, de quem passou a não gostar muito, Mrs. Oliver tem um finlandês. A autora reclama o tempo todo com amargura de sua tolice em criar um detetive depressivo natural de um país sobre o qual ela nada sabia e sobre o qual teve que aprender coisas demais. Reclama que seu editor e seus leitores não vão deixar que o mate porque gostam demais dele. Tudo isso é apresentado de tal maneira que é impossível evitar um sorrisinho irônico à custa da personagem, e da própria Christie também.

Desde o primeiro parágrafo de O mistério dos sete relógios, não devemos duvidar de que estamos em um mundo de despreocupação wodehousiana. Ninguém poderia ter escrito tal abertura, nem mesmo em 1929, sem estar consciente de sua qualidade paródica.

Jimmy Thesiger, aquele jovem afável, desceu a grande escadaria da mansão de Chimneys em disparada, dois degraus por vez. A descida foi tão apressada que ele deu um encontrão em Tredwell, o imponente mordomo, no momento em que o homem cruzava o corredor carregando um bule de café recém-passado. Graças à surpreendente presença de espírito e à magistral agilidade de Tredwell, nenhum acidente aconteceu. "Perdoe-me", desculpou-se Jimmy. "Ei, Tredwell, por acaso fui o último a descer?"

Substitua Bertie Wooster por Jimmy Thesiger e Jeeves por Tredwell, e nada aqui ficaria fora do lugar. Acho que posso dizer com segurança que Christie não se pôs em concorrência com Buchan e Sapper quando escreveu este romance.

Quando os críticos consideram Agatha Christie atualmente, com frequência a apontam como uma aparente intolerante politicamente incorreta, o que se revela em suas atitudes em relação à classe e a outras etnias. É verdade que ela menospreza as classes mais baixas e é extraordinariamente ofensiva em relação a judeus, alemães e russos, entre outros. A autora, no entanto, refletia as atitudes de uma mulher de sua classe e geração, e teria sido notável caso tivesse demonstrado uma postura diferente. Até mesmo um ícone feminista, como Virginia Woolf, escrevendo na mesma época, demonstra uma irritante falta de percepção sobre a vida e os sonhos das "classes servis".

Mas essa postura não impediu que as pessoas mencionassem Agatha Christie como um exemplo de tudo o que há de pior nos ingleses. Ela é acusada de esnobismo, de insensibilidade, de manutenção de estereótipos raciais e de classe.

Mas quão válidas são essas críticas? Sempre pensei que o verdadeiro teste das crenças reside no senso de humor das pessoas. O que se acha engraçado vai dizer muito mais sobre alguém do que suas sérias profissões de fé. Muitas vezes, pareceu-me que os escolhidos como alvos de nossas piadas são aqueles por quem nutrimos nosso mais profundo e secreto desprezo.

Então, do que Christie zomba neste romance?

Bem, primeiro temos a aristocracia. O egoísta, indolente e quase indigente Lorde Caterham (um título absurdo em si, já que Caterham é o epítome dos subúrbios sufocantes de Home Counties, os condados ao redor de Londres) é retratado com afeição, mas enquanto Buchan ou Sapper o mostrariam como uma figura de status, digna de respeito e confiança, Christie o apresenta como uma figura risível que é mimada por sua filha petulante. É um parente não muito distante de Lorde Emsworth, de P.G. Wodehouse.

Christie provoca os *nouveaux riches* da mesma forma perversa. É perceptível como Sir Oswald e Lady Coote são ridicularizados, um por sua ambição exagerada, a outra por sua incapacidade de escapar de suas suscetibilidades de classe média baixa. Nós a vemos tratada com desdém pelos serviçais, enquanto seu marido não consegue ver que seu título e sucesso material não foram o bastante para se fazer aceito.

No entanto, a classe média alta não tem mais margem de manobra que os arrivistas. *O mistério dos sete relógios* é repleto de jovens inúteis, que trabalham no Ministério das

Relações Exteriores de Oxbridge, sendo resgatados por suas mulheres. Os homens são imbecis que evitam o desastre mais por sorte e por terem as pessoas certas por trás deles do que por um julgamento apurado.

Porém, o mais importante é que o preconceito fica em maus lençóis. Há vários personagens em *O mistério dos sete relógios* sobre os quais somos convidados a fazer julgamentos precipitados, desde a misteriosa condessa do Leste Europeu até o aparentemente confiável mas pouco imaginativo detetive da Scotland Yard. Todas essas decisões impensadas combinariam muito bem com a intolerância vigente na época.

Contudo, no final do romance, Agatha força uma reversão de quase todas essas posições.

Não estou sugerindo que ela fosse uma radical secreta cujo objetivo era subverter a intolerância tacanha de sua época e classe, porque isso seria completamente absurdo. Agatha Christie não era revolucionária.

Porém, ela era muito menos tacanha e conservadora do que geralmente se supõe. É claro que há mais em *O mistério dos sete relógios* do que uma tentativa leviana de virar tudo de ponta-cabeça para fazer funcionar a hipótese da "pessoa menos provável". Creio que existem fortes evidências de que Christie via o mundo com um olhar muito mais claro e frio do que entendem aqueles que a desmerecem.

O mistério dos sete relógios é o antídoto perfeito para quem está farto do thriller inglês clássico do período entreguerras, mas também vale a pena lê-lo pela habilidade com que Christie brinca com as expectativas dos leitores e as usa para nos pregar inteligentes peças narrativas.

É tudo questão de prestidigitação. E a rapidez da mão de Agatha Christie continua a enganar nossos olhos, depois de todos esses anos.

Val McDermid

Capítulo 1

Do madrugar

Jimmy Thesiger, aquele jovem afável, desceu a grande escadaria da mansão de Chimneys em disparada, dois degraus por vez. A descida foi tão apressada que ele deu um encontrão em Tredwell, o imponente mordomo, no momento em que o homem cruzava o corredor carregando um bule de café recém-passado. Graças à surpreendente presença de espírito e à magistral agilidade de Tredwell, nenhum acidente aconteceu.

— Perdoe-me — desculpou-se Jimmy. — Ei, Tredwell, por acaso fui o último a descer?

— Não, senhor. Mr. Wade ainda não desceu.

— Excelente — comentou Jimmy, e entrou na sala de café da manhã.

O cômodo estava vazio, salvo por sua anfitriã, e seu olhar de censura trouxe ao jovem uma sensação de desconforto que sempre experimentava ao ver de soslaio o olho de um bacalhau morto exposto na barraca de um peixeiro. Mas, ora bolas, por que a mulher tinha que olhar para ele daquele jeito? Não era possível descer pontualmente às 9h30 quando se está hospedado em uma casa de campo. Com certeza já eram 11h15, o que talvez fosse o limite do horário, mas ainda assim...

— Acho que estou um pouco atrasado, Lady Coote.

— Bem, pouco importa — respondeu, melancólica.

Na verdade, a mulher se incomodava sobremaneira com o atraso das pessoas para o café da manhã. Durante os primeiros dez anos da vida de casados, Sir Oswald Coote (na época sem tal título) teria, com toda a franqueza, feito um inferno se sua refeição matinal fosse servida meio minuto depois das oito da manhã. Lady Coote fora disciplinada para considerar a falta de pontualidade um pecado mortal da mais imperdoável natureza. E antigos hábitos são difíceis de largar. Além disso, ela era uma mulher séria, e não conseguia deixar de se perguntar o que seria desses jovens, se não eram nem sequer capazes de acordar cedo. Como Sir Oswald disse tantas vezes aos repórteres e a outras pessoas também: "Atribuo meu sucesso inteiramente ao meu hábito de madrugar, viver com frugalidade e ser metódico".

Lady Coote era uma mulher corpulenta e bonita de um jeito um tanto trágico. Tinha olhos grandes, tristes e uma voz grave. Um artista em busca de uma modelo para a cena bíblica de Raquel chorando por seus filhos teria recebido Lady Coote de braços abertos. Ela também se sairia bem em um melodrama, tropeçando pela neve que caía, como a esposa completamente injustiçada do vilão.

Parecia ter alguma tristeza secreta e terrível, e, ainda assim, verdade seja dita, Lady Coote não tivera nenhuma atribulação séria na vida, exceto a ascensão meteórica à prosperidade de Sir Oswald. Quando jovem, fora uma moça alegre e vivaz, muito apaixonada por Oswald Coote, o jovem ambicioso da loja de bicicletas que ficava ao lado da loja de ferragens de seu pai. Viveram muito felizes, primeiro em alguns cômodos alugados, depois em uma casa pequena demais, em seguida em uma maior e, depois, em casas cada vez maiores, mas sempre a uma distância razoável dos "Trabalhos", até que o marido alcançara tamanha eminência que ele e os "Trabalhos" não nutriam mais uma dependência, e Sir Oswald encontrou prazer em alugar as maiores e mais magníficas mansões em toda a Inglaterra. Chimneys era um lugar histórico e, ao alugá-la do Marquês de Caterham por dois anos, o homem sentiu que havia atingido o ápice de sua ambição.

Já Lady Coote não ficou tão feliz assim. Era uma mulher solitária. A principal diversão do início de sua vida de casada fora papear com a "moça da limpeza" — e mesmo quando foram necessárias três "moças da limpeza", conversar com as empregadas continuava sendo a principal distração de Lady Coote. Agora, com um bando de criadas, um mordomo que parecia um arcebispo, muitos serviçais de proporções imponentes, uma porção de ajudantes de copa e cozinha que corriam de um lado para o outro, um chef estrangeiro assustador com um temperamento terrível, e uma governanta grandiosa que alternava entre rangidos e farfalhos enquanto caminhava, Lady Coote sentia como se tivesse sido abandonada em uma ilha deserta.

Suspirou fundo e saiu pela porta aberta do terraço, para grande alívio de Jimmy Thesiger, que, confiando na retirada, serviu-se de imediato de mais um prato de rins com toucinho.

Com suas maneiras trágicas, Lady Coote parou por alguns momentos no terraço e, em seguida, criou coragem para falar com MacDonald, o jardineiro-chefe, que estava inspecionando o domínio sob sua tutela com um olhar autocrático. MacDonald era muito pomposo, o príncipe entre os jardineiros-chefes. Conhecia seu lugar — que era na chefia; e chefiava — com mão despótica.

Lady Coote se aproximou dele, toda nervosa.

— Bom dia, MacDonald.

— Bom dia, milady.

Ele falava como os jardineiros-chefes deviam falar — naquele tom melancólico, mas com dignidade, como um imperador em um funeral.

— Estava aqui pensando... poderíamos colher alguns cachos daquelas uvas tardias para a sobremesa de hoje à noite?

— Ainda não estão maduras — respondeu MacDonald.

A resposta soou gentil, mas firme.

— Ora essa! — insistiu Lady Coote, reunindo coragem. — Eu estava nos fundos da propriedade ontem, provei uma e me pareceu muito boa.

MacDonald olhou para ela, e a mulher enrubesceu. Sentiu que havia tomado uma liberdade imperdoável. Era evidente que a falecida Marquesa de Caterham nunca havia cometido tal descortesia a ponto de entrar em uma das próprias estufas para colher uvas.

— Se tivesse dado a ordem, milady, um cacho teria sido cortado e enviado à senhora — falou MacDonald, severo.

— Ah, obrigada. Farei isso outra hora, sim?

— Mas ainda não estão maduras para colheita.

— Não — murmurou Lady Coote —, suponho que não. Então deixaremos isso para lá.

MacDonald manteve-se em um silêncio magistral. Mais uma vez, Lady Coote criou coragem e disse:

— Eu ia mesmo lhe falar sobre aquela parte gramada nos fundos do roseiral. Fiquei pensando se poderia ser usada como campo de boliche. Sir Oswald adora jogar boliche.

"E por que não?", pensou Lady Coote. Era uma conhecedora da história inglesa. Sir Francis Drake e seus companheiros cavalheiros não estavam jogando boliche quando a Armada Espanhola foi avistada? Certamente uma atividade cavalheiresca à qual MacDonald não poderia se opor sem justificativa. Mas ela não contava com a característica predominante de um bom jardineiro-chefe, que era se opor a toda e qualquer sugestão que lhe fosse feita.

— Sem dúvida poderia ser usada para essa finalidade — respondeu MacDonald, evasivo.

Deu um tom desanimador ao comentário, mas seu verdadeiro objetivo era atrair Lady Coote à própria destruição.

— Se fosse limpa e... hum... aparada... e... ora... todas essas coisas — continuou ela, esperançosa.

— É — concordou MacDonald, devagar. — Poderia ser feito. Mas também teria que tirar William da cerca dos fundos.

— Ah! — falou Lady Coote, devagar.

Não lhe vinha à mente absolutamente nada com as palavras "cerca dos fundos", a não ser uma vaga recordação de uma canção escocesa, mas estava claro que, para MacDonald, elas constituíam um obstáculo insuperável.

— E isso seria uma pena — concluiu MacDonald.

— Ora, é claro — disse Lady Coote. — *Seria, sim.*

Lady Coote pensou por que estava concordando tão fervorosamente.

MacDonald encarou-a com firmeza.

— Claro — falou ele —, se são *ordens* da milady...

O jardineiro deixou as palavras no ar, mas seu tom ameaçador foi demais para Lady Coote. Imediatamente, ela capitulou, dizendo:

— Ai, não. Entendi o que o senhor quis dizer, MacDonald. Não, não... é melhor que William continue na cerca dos fundos.

— É o que acho, milady.

— Sim — afirmou Lady Coote. — Sim, sem dúvida.

— Achei mesmo que milady concordaria.

— Ah, sem dúvida — repetiu a mulher.

MacDonald deu um toque na aba do chapéu e se afastou.

Infeliz, Lady Coote suspirou e acompanhou sua retirada. Jimmy Thesiger, bem-alimentado de rins e toucinho, se juntou a ela e suspirou de maneira distinta.

— Que linda manhã, não? — observou.

— É mesmo? — Lady Coote devolveu a pergunta, distraída. — Ora, sim, acredito que sim.

Nem havia notado.

— Onde estão os outros? Passeando de barco no lago?

— Creio que sim. Quer dizer, é de se esperar que estejam.

Lady Coote virou-se e voltou a entrar na casa em um rompante. Tredwell estava justamente examinando o bule de café.

— Ah, minha nossa — disse Lady Coote. — E Mr... Mr...

— Wade, milady?

— Sim, Mr. Wade. Ele *ainda* não desceu?

— Não, milady.

— É muito tarde.

— Sim, milady.

— Ah, minha nossa. Será que ele vai descer em *algum momento*, Tredwell?

— Ah, sem dúvida, milady. Mr. Wade desceu ontem às 11h30, milady.

Lady Coote deu uma olhada no relógio. Eram 11h45. Uma onda de compaixão tomou conta dela.

— Mas que trabalheira para você, Tredwell, ter que limpar e em seguida colocar o almoço na mesa até uma da tarde.

— Estou acostumado aos hábitos dos jovens cavalheiros, milady.

O reproche foi gracioso, mas inconfundível. Talvez um príncipe da Igreja repreendesse assim um turco ou um infiel que tivesse cometido de boa-fé uma descortesia involuntária.

Lady Coote enrubesceu pela segunda vez naquela manhã, mas houve uma interrupção bem-vinda. A porta se abriu, e pela fresta surgiu a cabeça de um jovem sério de óculos.

— Ah, aí está a senhora, Lady Coote. Sir Oswald a estava procurando.

— Ah, vou encontrá-lo agora mesmo, Mr. Bateman.

Lady Coote saiu apressada.

Rupert Bateman, que era secretário particular de Sir Oswald, saiu pelo outro lado, pela porta do terraço onde Jimmy Thesiger ainda descansava tranquilamente.

— Bom dia, Pongo — disse Jimmy. — Acho que terei de ir até lá e me fazer de gentil para aquelas chatas. Você vem?

Bateman negou com a cabeça e passou apressado pelo terraço, entrando pela porta da biblioteca. Jimmy abriu um sorriso satisfeito com aquela batida em retirada. Estudaram juntos, ele e Bateman, que, na época, era um garoto sério de óculos e recebeu o apelido de Pongo sem nenhum motivo imaginável.

Pongo, assim refletiu Jimmy, continuava praticamente o mesmo tonto. As palavras "A vida é de verdade, a vida é séria" poderiam ter sido escritas apenas para ele.

Jimmy bocejou e andou bem devagar até o lago. As garotas estavam lá, eram três — apenas jovens comuns, todas de cabelo curto, duas com cabelo escuro e uma com cabelo claro. A que mais ria se chamava Helen, achava ele, a outra chama-se Nancy e a terceira era, por algum motivo, chamada de Meia-Soquete. Estavam com elas dois dos amigos dele, Bill Eversleigh e Ronny Devereux, empregados em funções decorativas no Ministério das Relações Exteriores.

— Olá — cumprimentou Nancy (ou possivelmente Helen). — É o Jimmy. Onde está... qual o nome dele mesmo?

— Não me diga — disse Bill Eversleigh — que Gerry Wade *ainda* não se levantou! Algo precisa ser feito a respeito.

— Se ele não tomar cuidado — comentou Ronny —, um dia vai perder o café da manhã para valer... e vai acabar chegando para o almoço ou para o chá quando descer.

— É uma lástima — disse a garota apelidada de Meia--Soquete. — Porque Lady Coote fica muito preocupada. Fica como uma galinha que quer botar um ovo e não consegue. É terrível.

— Venha. Vamos arrancá-lo da cama, Jimmy — sugeriu Bill.

— Ah! Vamos ser mais sutis — disse Meia-Soquete.

Sutil era uma palavra da qual ela gostava bastante, visto que a usava o tempo todo.

— Não sou nada sutil — retrucou Jimmy. — Nem sei como sê-lo.

— Vamos nos juntar e fazer alguma coisa a esse respeito amanhã cedo — disse Ronny, vagamente. — Como acordá-lo às sete. Virar a casa de cabeça para baixo. Fazer Tredwell perder as suíças postiças e deixar cair o bule de chá, enquanto Lady Coote tem um daqueles ataques histéricos e desmaia nos braços de Bill... já que Bill é quem gosta de carregar pesos. Sir Oswald dirá "A-há!", e a cotação do aço subirá um ponto e cinco oitavos. Pongo deixa registrada sua emoção jogando os óculos no chão e pisoteando-os.

— Você não conhece Gerry — alertou Jimmy. — Ouso dizer que talvez um pouco de água fria *poderia* despertá-lo...

se aplicada com critério, claro. Mas, no fim das contas, ele apenas se viraria e voltaria a dormir.

— Ah! Precisamos pensar em algo mais sutil que água fria — insistiu Meia-Soquete.

— Ora, e o que seria? — questionou Ronny, sem rodeios.

Ninguém tinha uma resposta pronta.

— Deveríamos conseguir pensar em alguma coisa — aventou Bill. — Quem é o crânio aqui?

— Pongo — disse Jimmy. — E aqui está ele, como sempre, correndo afobado. Pongo sempre foi o gênio entre nós. É seu fardo desde a juventude. Vamos delegar essa missão a ele.

Mr. Bateman ouviu com paciência aquela declaração um tanto incoerente. Sua atitude era a de alguém que estava pronto para fugir, por isso apresentou sua solução sem demora.

— Eu sugeriria um despertador — disse ele, com um estalar de dedos. — Sempre uso um por medo de perder a hora. Acho que apenas um chá servido bem cedo, sem estardalhaço, às vezes é incapaz de despertar uma pessoa.

E afastou-se às pressas.

— Um despertador. — Ronny negou com a cabeça. — *Um* despertador. Seria necessária uma dúzia para perturbar o sono de Gerry Wade.

— Ora essa, por que não? — Bill ficou animado e sério. — Já sei. Vamos todos a Market Basing e cada um compra um despertador.

A ideia causou risos e discussão. Jimmy ficou responsável por espionar a sala de jantar enquanto os dois saíam. Ele retornou com rapidez.

— Ele está aqui, sem dúvida. Recuperando o tempo perdido e devorando torradas com geleia. Como vamos impedir que nos acompanhe?

Ficou decidido que deviam incluir Lady Coote na brincadeira, e ela devia segurá-lo ali. Jimmy, Nancy e Helen se incumbiram dessa tarefa. A mulher ficou confusa e apreensiva.

— Pregar uma peça? Vocês vão tomar cuidado, não é mesmo, queridos? Quer dizer, não vão quebrar os móveis, destruir coisas ou usar água em demasia. Temos que entregar esta casa na próxima semana. Eu não gostaria que Lorde Caterham pensasse...

Bill, que havia retornado da garagem, interrompeu-a com um tom tranquilizador:

— Tudo bem, Lady Coote. Bundle Brent, filha de Lorde Caterham, é uma grande amiga minha. E não há nada que a tire do sério... nada mesmo! Pode acreditar em mim. E, de qualquer forma, não haverá nenhum dano. Será bem tranquilo.

— Sutil — concluiu Meia-Soquete.

Lady Coote caminhava triste pelo terraço no momento em que Gerald Wade saía da sala de café da manhã. Jimmy Thesiger era um jovem loiro, parecia um querubim, e era possível dizer que Gerald Wade, ainda mais loiro e angelical, tinha uma expressão vazia que, em comparação, fazia com que o rosto de Jimmy parecesse bastante inteligente.

— Bom dia, Lady Coote — cumprimentou Gerald Wade. — Onde estão todos?

— Foram até Market Basing.

— Para quê?

— Querem pregar uma peça — disse a mulher, melancólica.

— É cedo demais para pregar peças — disse Mr. Wade.

— A manhã já vai bem adiantada — retrucou Lady Coote de um jeito enfático.

— Receio ter me atrasado um pouquinho — comentou Mr. Wade, com uma franqueza envolvente. — É extraordinário, mas, onde quer que eu esteja, sempre sou o último a descer.

— Muito extraordinário — concordou Lady Coote.

— Não sei por que é assim — falou Mr. Wade, refletindo. — Não consigo nem pensar em um motivo.

— Por que o senhor apenas não se levanta? — sugeriu Lady Coote.

— Ah! — disse Mr. Wade, surpreso com a simples solução.

Lady Coote continuou do seu jeito sério:

— Já ouvi Sir Oswald dizer muitas vezes que não há nada melhor para fazer um jovem avançar na vida que ter a pontualidade como hábito.

— Ah, entendo — disse o Sr. Wade. — E eu preciso quando estou na cidade. Quer dizer, preciso chegar ao velho e alegre Ministério das Relações Exteriores às onze da manhã. Não pense que sou sempre preguiçoso, Lady Coote. Ora, que flores incrivelmente bonitas a senhora tem nas cercas dos fundos. Não consigo lembrar o nome delas, mas temos algumas em casa... sei-lá-o-que de malva. Minha irmã é apaixonada por jardinagem.

Lady Coote entrou na conversa de pronto, pois suas gafes a haviam deixado nauseada.

— Que tipo de jardineiros vocês têm?

— Ah, apenas um. Acho que é um velho tolo. Não sabe muita coisa, mas faz o que mandam. E isso é ótimo, não é?

Lady Coote concordou, com uma profundidade de sentimentos em sua voz que teria sido inestimável se fosse uma atriz de drama. Começaram a conversar sobre as iniquidades dos jardineiros.

Enquanto isso, a expedição dos outros ia bem. O principal empório de Market Basing fora invadido, e a demanda repentina por despertadores estava deixando o proprietário um tanto intrigado.

— Gostaria que Bundle tivesse vindo — murmurou Bill. — Você a conhece, certo, Jimmy? Ora, você gostaria dela. É uma garota esplêndida, ótima esportista, e, acredite, também é um gênio. Você a conhece, Ronny?

Ronny negou com a cabeça.

— Não conhece Bundle? Onde esteve nos últimos tempos? Ela é o máximo, simples assim.

— Seja um pouco mais sutil, Bill — pediu Meia-Soquete. — Pare de tagarelar sobre suas amigas e faça o que é preciso.

Mr. Murgatroyd, proprietário das Lojas Murgatroyd, tomou a palavra com eloquência.

— Se me permite aconselhá-la, senhorita, eu diria... *não* pegue o de sete xelins e onze *pence*. É um bom relógio, não estou falando mal dele, mas recomendo vivamente que leve o de dez xelins e seis *pence*. Mesmo mais caro, vale a pena. Uma questão de confiabilidade, entende? Não gostaria que a senhoria dissesse depois...

Ficou evidente para todos que era preciso fechar a torrente tagarela de Mr. Murgatroyd como se fosse uma torneira.

— Não queremos um relógio de alta qualidade — interrompeu Nancy.

— Tem que durar apenas um dia — afirmou Helen.

— Não queremos nada sutil — disse Meia-Soquete. — Queremos um que tenha um som alto.

— Queremos... — começou Bill, mas não conseguiu terminar, porque Jimmy, que tinha um jeito mecânico de pensar, por fim entendeu como funcionava o despertador.

Nos cinco minutos seguintes, a loja se encheu terrivelmente com um barulho alto e estridente de muitos despertadores.

Por fim, seis excelentes relógios foram selecionados.

— E vou lhes dizer uma coisa — comentou Ronny em um gesto gracioso —, vou comprar um para Pongo. A ideia foi dele, e seria uma pena se ficasse de fora. Será representado pelos aqui presentes.

— É isso mesmo — concordou Bill. — E eu vou levar um extra para Lady Coote. Quanto mais, melhor. E ela está fazendo os preparativos para a peça. Provavelmente jogando conversa fora com o velho Gerry.

De fato, naquele exato momento, Lady Coote estava contando uma longa história sobre MacDonald e um pêssego premiado, divertindo-se à beça.

Os relógios foram embalados e pagos. Mr. Murgatroyd observou, com um ar intrigado, os carros se afastarem. "Os jovens da alta sociedade são muito animados hoje em dia, muito animados mesmo, mas não é fácil compreendê-los", pensou. Então virou-se aliviado para atender a esposa do vigário, que queria um novo tipo de bule que não pingasse.

Capítulo 2

E por falar em despertadores

— Agora, onde vamos deixá-los?
O jantar havia terminado. Mais uma tarefa foi designada a Lady Coote. Inesperadamente, Sir Oswald veio em seu socorro ao sugerir uma partida de *bridge* — ainda que sugerir não fosse bem a palavra certa. Sir Oswald, quando virou um dos "Nossos Capitães da Indústria" (nº 7 da série I), apenas expressava uma preferência, e aqueles ao redor se apressavam em se adaptar aos desejos do grande homem.

Rupert Bateman e Sir Oswald fizeram parceria contra Lady Coote e Gerald Wade, o que foi um arranjo muito feliz. Sir Oswald jogava *bridge* extremamente bem, como tudo o mais que fazia, e gostava de um parceiro que correspondesse à altura. Bateman era tão eficiente como jogador de *bridge* quanto era no cargo de secretário. Os dois limitaram-se estritamente ao assunto em questão, proferindo apenas duas breves palavras: "Dois sem trunfo", "dobra", "três de espadas". Lady Coote e Gerald Wade eram tranquilos e comunicativos, e o jovem nunca deixava de dizer no final de cada mão: "Parceira, sua jogada foi simplesmente esplêndida", em um tom de admiração sincera que Lady Coote achava ao mesmo surpreendente e extremamente reconfortante. Eles também pegaram cartas muito boas.

Os outros deviam estar dançando ao som do rádio no grande salão de festa. Na realidade, estavam agrupados ao redor da porta do quarto de Gerald Wade, e o ar se enchia de risadas abafadas e do alto tique-taque dos relógios.

— Debaixo da cama, enfileirados — sugeriu Jimmy em resposta à pergunta de Bill.

— E como vamos colocá-los ali? Quer dizer, que horas? Todos juntos para que haja uma barulheira gloriosa ou em intervalos?

Essa questão foi discutida com fervor. Um grupo defendia que, para um dorminhoco da estirpe de Gerry Wade, era necessário o alarme de oito despertadores combinados. O outro era a favor de um esforço constante e contínuo.

Por fim, o último grupo venceu a discussão. Os relógios foram programados para tocar um após o outro, começando às seis e meia.

— E espero — disse Bill em um tom virtuoso — que isso sirva de lição.

— Isso mesmo — concordou Meia-Soquete.

A tarefa de esconder os relógios estava apenas começando quando um alarme repentino tocou.

— *Shhh* — alertou. — Alguém está subindo as escadas.

Houve pânico entre eles.

— Está tudo bem — acalmou Jimmy. — É só o Pongo.

Aproveitando que era sua vez de "morto" da rodada, Mr. Bateman foi até seu quarto pegar um lenço. Ele parou no caminho e rapidamente analisou a situação, fazendo um comentário simples e prático na sequência.

— Ele vai ouvir o tiquetaquear quando for para a cama.

Os conspiradores entreolharam-se.

— O que eu disse? — comentou Jimmy, com uma voz reverente. — Pongo *sempre* foi o gênio!

O crânio passou por eles.

— É verdade — admitiu Ronny Devereux com a cabeça inclinada para um lado. — Oito relógios funcionando ao mesmo tempo fazem uma barulhada dos infernos. Até o velho

Gerry, idiota como é, não deixaria de perceber. Vai entender que alguma coisa está acontecendo.

— Será mesmo? — questionou Jimmy Thesiger.

— O quê?

— Que ele é um idiota como todos pensamos.

Ronny o encarou.

— Todos conhecemos o velho Gerald.

— Conhecemos? — insistiu Jimmy. — Às vezes acho que... bem, que não é possível que alguém seja tão idiota como o velho Gerry faz parecer.

Todos olharam para ele. Uma expressão séria tomou o rosto de Ronny.

— Jimmy — disse ele —, você é um crânio.

— Um segundo Pongo — comentou Bill, incentivando-o.

— Bem, foi o que acabou de me ocorrer, só isso — retorquiu Jimmy, defendendo-se.

— Ora! Deixem de ser tão sutis — ralhou Meia-Soquete. — O que vamos fazer com esses relógios?

— Lá vem Pongo novamente. Vamos perguntar para ele — sugeriu Jimmy.

Pongo, intimado a usar seu grande cérebro para lidar com a questão, sugeriu:

— Esperem até que ele vá para a cama e durma. Então, entrem no quarto em silêncio e deixem os relógios no chão.

— Nosso pequeno Pongo tem razão de novo — afirmou Jimmy. — Ao meu sinal, escondam seus relógios e, em seguida, desceremos sem levantar suspeitas.

A partida de *bridge* ainda estava em andamento, apenas com uma pequena diferença. Sir Oswald agora estava jogando com a esposa e apontava conscientemente para ela os erros que a mulher havia cometido durante cada mão. Lady Coote aceitava a reprimenda com bom humor e com uma falta genuína de interesse. Não uma, mas muitas vezes, ela reiterou:

— Entendo, meu querido. É muita gentileza sua me dizer.

E continuava cometendo exatamente os mesmos equívocos.

De vez em quando, Gerald Wade dizia a Pongo:

— Que bela jogada, parceiro. Bela jogada!

Nesse meio-tempo, Bill Eversleigh estava maquinando com Ronny Devereux.

— Digamos que ele vá para a cama por volta da meia-noite... quanto acha que devemos aguardar... cerca de uma hora?

Ele bocejou.

— Veja que curioso: três da manhã é meu horário habitual para me recolher, mas hoje à noite, apenas porque sei que precisamos ficar acordados até mais tarde, daria tudo para ser um garotinho e ir agora mesmo para a cama.

Todos concordaram que sentiam a mesma coisa.

— Minha querida Maria. — Sir Oswald elevou a voz com leve irritação. — Já lhe disse várias vezes para não hesitar quando estiver imaginando se deve ou não blefar. Assim você entrega o jogo para a mesa inteira.

Lady Coote tinha uma resposta muito boa para esse reproche: dado que Sir Oswald estava como "morto", não podia comentar aquela mão, mas não lhe disse nada. Em vez disso, sorriu de maneira gentil, inclinou seu farto peito bem para a frente sobre a mesa e olhou com firmeza para a mão de Gerald Wade, sentado à sua direita.

Sua ansiedade acalmou-se ao perceber a rainha, jogou o valete, fez a vaza e começou a baixar suas cartas.

— Quatro vazas e o *rubber* — anunciou ela. — Acho que tive muita sorte de conseguir quatro vazas.

— Sortuda — murmurou Gerald Wade, enquanto empurrava a cadeira para trás e se aproximava da lareira para se juntar aos outros. — Sortuda, é o que ela diz. É preciso ficar de olho nessa mulher.

Lady Coote estava juntando notas e moedas.

— Sei que não sou uma boa jogadora — declarou ela em um tom tristonho, mas que, ainda assim, tinha um toque de prazer. — Mas realmente tenho muita sorte no jogo.

— Você nunca vai ser uma jogadora de *bridge*, Maria — comentou Sir Oswald.

— Não, meu querido — concordou Lady Coote. — Sei que nunca vou ser. Você sempre me diz isso, e eu me esforço bastante.

— Ela se esforça — disse Gerald Wade, baixinho. — Nisso não há dúvidas. Ela seria capaz de colocar a cabeça sobre seu ombro se não pudesse ver sua mão de outra forma.

— Eu sei que se esforça — disse Sir Oswald. — É que você não tem noção das cartas.

— Eu sei, meu querido — replicou Lady Coote. — Você sempre me diz isso. E me deve mais dez xelins, Oswald.

— Devo?

Sir Oswald pareceu surpreso.

— Deve. Mil e setecentos pontos... Oito libras e dez xelins. Você só me deu oito libras.

— Meu Deus — falou Sir Oswald. — Eu me equivoquei.

Lady Coote abriu um sorriso triste para ele e pegou mais uma nota de dez xelins. Ela adorava o marido, mas não tinha intenção nenhuma de permitir que ele a passasse para trás em dez xelins.

Sir Oswald foi até uma mesa lateral e serviu para todos uma rodada de uísque com soda. Já era 00h30 quando todos se despediram.

Ronny Devereux, que estava no quarto ao lado do de Gerald Wade, foi instruído a relatar o avanço da situação. À 1h45, ele apareceu furtivamente, batendo às portas. O grupo, de pijama e roupão, se reuniu em um pequeno tumulto, dando risadinhas e sussurrando.

— A luz dele foi apagada há vinte minutos — relatou Ronny em um sussurro rouco. — Achei que nunca apagaria. Acabei de abrir a porta e espiei lá dentro, parece que desmaiou de sono. E agora?

Mais uma vez os relógios foram arranjados de forma solene. Então, surgiu outra dificuldade.

— Não podemos entrar todos de uma vez, pois faria uma barulheira sem fim. Uma pessoa tem que entrar, e os outros entregam os despertadores pela porta.

Surgiu então uma discussão acalorada sobre a pessoa que devia ser escolhida.

As três garotas foram dispensadas porque começariam a rir. Bill Eversleigh foi rejeitado por causa de sua altura, peso e passos pesados, além de sua falta de jeito de forma geral, características que ele negou com veemência. Jimmy Thesiger e Ronny Devereux foram considerados possíveis candidatos, mas, no final, a esmagadora maioria decidiu a favor de Rupert Bateman.

— Pongo é o camarada certo — concordou Jimmy. — De qualquer forma, ele anda como um gato, sempre andou. E, além do mais, se Gerry acordar, Pongo vai ser capaz de pensar em algo bobo para lhe dizer. Sabem, alguma coisa plausível que vá acalmá-lo sem despertar suspeitas.

— Algo sutil — observou, pensativa, a garota Meia-Soquete.

— Exatamente — disse Jimmy.

Pongo executou seu trabalho de forma organizada e eficiente. Abrindo a porta do quarto com cuidado, desapareceu na escuridão, carregando os dois despertadores maiores. Em um ou dois minutos, ele reapareceu na soleira e mais dois lhe foram entregues, e, em seguida, mais dois. Por fim, Pongo saiu do quarto. Todos seguraram a respiração e ficaram à espreita. Ainda era possível ouvir a respiração ritmada de Gerald Wade, mas abafada, sufocada e amortecida pelo tique-taque triunfante e entusiasmado dos oito despertadores de Mr. Murgatroyd.

Capítulo 3

A pegadinha que deu errado

— Meio-dia — informou Meia-Soquete em desespero. A pegadinha — em seu intuito — não tivera tanto sucesso. Os despertadores, por outro lado, cumpriram seu papel. Eles *tocaram* — com um vigor e uma energia que dificilmente podiam ser superados e que derrubaram Ronny Devereux da cama com a ideia confusa de que o Dia do Juízo Final havia chegado. Se esse havia sido o efeito no quarto ao lado, qual devia ter sido o efeito de perto? Ronny saiu afobado pelo corredor e encostou o ouvido na fresta da porta.

Ele esperava impropérios — esperava-os com confiança e antecipação perspicaz. Mas não ouviu nada. Quer dizer, não ouviu nada do que havia esperado. Os relógios continuaram tiquetaqueando normalmente — um som alto, arrogante e exasperante. E logo outro tocou, ressoando com uma nota grosseira e ensurdecedora que teria despertado a irritação aguda até em um surdo.

Não havia dúvidas: os relógios cumpriram fielmente seu papel. Fizeram tudo e muito mais do que Mr. Murgatroyd havia atribuído a eles, mas, pelo visto, não haviam sido páreo para alguém como Gerald Wade.

O resultado parecia que seria desanimador.

— O camarada não é humano — disse Jimmy Thesiger.

— Provavelmente pensou que era o telefone, rolou para o lado e voltou a dormir — aventou Helen (ou possivelmente Nancy).

— É muito estranho, na verdade — disse Rupert Bateman de um jeito sério. — Acho que ele deveria consultar um médico.

— Deve ter uma doença nos tímpanos — sugeriu Bill, otimista.

— Bem, se me perguntassem — disse Meia-Soquete —, eu diria que está apenas nos enganando. Claro que os despertadores o acordaram, mas ele vai se vingar fingindo que não ouviu nada.

Todos encararam Meia-Soquete com respeito e admiração.

— É uma ideia — afirmou Bill.

— Ele é sutil, isso que ele é — explicou Meia-Soquete. — Vocês vão ver, Gerry vai chegar mais atrasado que nunca para o café da manhã... apenas para nos dar uma lição.

E como o relógio agora marcava alguns minutos após o meio-dia, a opinião geral era que a teoria de Meia-Soquete estava correta. Apenas Ronny Devereux hesitou.

— Vocês esqueceram que eu estava na frente da porta quando o primeiro relógio disparou. Seja qual tenha sido a decisão do velho Gerry para mais tarde, o primeiro deve tê-lo surpreendido. Ele teria reagido de alguma maneira. Onde você o colocou, Pongo?

— Sobre uma mesinha de cabeceira, perto da orelha dele — respondeu Mr. Bateman.

— Bem cuidadoso da sua parte, Pongo — afirmou Ronny. — Agora, me diga. — Ele se virou para Bill. — Se um grande sino começasse a tocar a poucos centímetros do seu ouvido às 6h30 da manhã, o que você diria?

— Ah, meu Deus — falou Bill. — Eu diria... — Ele interrompeu a frase.

— É claro que sim — insistiu Ronny. — Eu também. Qualquer um diria o mesmo. Surgiria o que se costuma chamar de instinto. Ora, isso não aconteceu. Então, digo que Pongo está certo... como sempre... e que Gerry deve ter uma doença obscura nos tímpanos.

— Já são 12h20 — comentou uma das meninas, melancólica.

— Sério — disse Jimmy, devagar —, isso vai um pouco além de qualquer coisa, certo? Digo, pregar uma peça é uma coisa. Mas isso já está indo longe demais. Começa a ficar difícil para os Coote.

Bill encarou-o.

— Como assim?

— Bem — disse Jimmy. — De um jeito ou de outro, isso não é do feitio do velho Gerry.

Ele achou difícil expressar exatamente o que queria dizer. Não queria falar demais, e ainda assim... Jimmy flagrou Ronny o encarando, e o rapaz ficou subitamente alerta.

Foi nesse momento que Tredwell entrou na sala e olhou ao redor, hesitante.

— Achei que Mr. Bateman estivesse aqui — explicou ele, desculpando-se.

— Acabou de sair pela porta do terraço neste minuto — explicou Ronny. — Posso ajudá-lo?

Os olhos de Tredwell vagaram dele para Jimmy Thesiger e, em seguida, voltaram para Ronny. Como se tivessem sido selecionados, os dois jovens saíram da sala com ele. Tredwell fechou a porta da sala de jantar com todo cuidado.

— Bem — começou Ronny. — O que houve?

— Como Mr. Wade ainda não desceu, senhor, tomei a liberdade de mandar William até o quarto dele.

— E então?

— William acabou de chegar correndo, muito agitado, senhor. — Tredwell fez uma pausa. Estava se preparando. — Temo, senhor, que o coitado do jovem cavalheiro tenha morrido durante o sono.

Jimmy e Ronny arregalaram os olhos.

— Que disparate! — gritou Ronny por fim. — É... é impossível. Gerry... — A expressão dele mudou de repente. — Eu vou... vou correr até lá e verificar. Aquele idiota do William pode ter se equivocado.

Tredwell estendeu a mão para detê-lo. Com um sentimento bizarro e anormal de distanciamento, Jimmy percebeu que o mordomo já havia tomado as rédeas da situação.

— Não, senhor, William não cometeu nenhum equívoco. Já mandei chamar o Dr. Cartwright e, enquanto isso, tomei a liberdade de trancar a porta enquanto nos preparamos para dar a notícia a Sir Oswald sobre o ocorrido. Agora, preciso encontrar Mr. Bateman.

Tredwell saiu apressado. Ronny ficou parado, como se estivesse atordoado.

— Gerry — murmurou.

Jimmy tomou o amigo pelo braço e o conduziu por uma porta lateral até uma parte isolada do terraço. Ele o empurrou até que se sentasse

— Fique tranquilo, meu velho — disse, com suavidade.
— Em breve você vai recuperar o fôlego.

No entanto, Jimmy o olhou com curiosidade. Não tinha ideia de que Ronny era tão amigo de Gerry Wade.

— Pobre Gerry — continuou, pensativo. — Ele parecia tão saudável.

Ronny assentiu com a cabeça, e Jimmy prosseguiu:

— Toda essa história de relógios parece tão horrorosa agora. É estranho, não é, que farsa e tragédia pareçam se misturar com tanta frequência?

Estava falando mais ou menos ao acaso para dar tempo de Ronny se recuperar. O outro estava irrequieto.

— Gostaria que o médico chegasse. Quero saber...
— Saber o quê?
— De que... ele morreu.

Jimmy franziu os lábios.

— Coração? — arriscou com uma risadinha desdenhosa.
— Sério, Ronny — insistiu Jimmy.
— Que foi?

Jimmy teve dificuldade para prosseguir.

— Não vai me dizer... você não está achando... quer dizer, você não botou na cabeça que... bem, quer dizer, que ele tenha levado uma pancada na cabeça ou coisa parecida? A ponto de Tredwell trancar a porta e tudo o mais.

Pareceu a Jimmy que suas palavras mereciam uma resposta, mas Ronny continuou olhando fixamente para a frente.

Jimmy balançou a cabeça em negação e voltou a ficar em silêncio. Não pensou em nada a fazer além de aguardar, e assim o fez.

Tredwell foi quem os tirou daquela espera.

— O doutor gostaria de ver os dois cavalheiros na biblioteca, por gentileza.

Ronny levantou-se de uma vez, e Jimmy o acompanhou.

Dr. Cartwright era um jovem magro, enérgico e com uma expressão inteligente. Cumprimentou os dois rapazes com um breve aceno de cabeça. Pongo, parecendo mais sério do que nunca atrás dos óculos, fez as apresentações.

— Sei que o senhor era um grande amigo de Mr. Wade — disse o doutor a Ronny.

— Seu melhor amigo.

— Hum. Bem, a questão aqui é bem simples, ainda que triste. Ele parecia um rapaz jovem e saudável. Sabem se ele tinha o hábito de tomar alguma coisa para ajudá-lo a dormir?

— Ajudá-lo a *dormir*. — Ronny encarou-o. — Sempre dormiu como uma pedra.

— Nunca o ouviu reclamar de insônia?

— Nunca.

— Bem, os fatos são bem simples. Mesmo assim, receio que será necessário um inquérito.

— Como ele morreu?

— Não há muitas dúvidas. Eu diria que foi uma superdosagem de cloral. Havia essa substância ao lado da cama, além de uma garrafa e um copo. Muito triste.

Foi Jimmy quem fez a pergunta que sentiu estar na ponta da língua do amigo, mas que, de uma forma ou de outra, o outro não conseguia deixar passar pelos lábios trêmulos.

— Será que não pode ter sido... um crime?

O médico o encarou com total atenção.

— Por que diz isso? Algum motivo para a suspeita?

Jimmy olhou para Ronny. Se o amigo soubesse de alguma coisa, era a hora de revelar. Mas, para sua surpresa, ele negou com a cabeça.

— Motivo nenhum — respondeu em alto e bom som.

— E suicídio?

— Com certeza, não.

Ronny foi enfático, mas o médico não ficou tão convencido.

— Nenhum problema que o senhor saiba? Dinheiro? Mulher?

Ronny fez que não com a cabeça de novo.

— Bem, sobre os parentes dele: precisam ser comunicados.

— Ele tem uma irmã... uma meia-irmã. Mora em Deane Priory. Cerca de trinta quilômetros daqui. Quando não estava na cidade, Gerry morava com ela.

— Hum — murmurou o doutor. — Ela precisa ser informada, então.

— Eu vou até lá — voluntariou-se Ronny. — É uma tarefa terrível, mas alguém precisa cumpri-la. — Ele olhou para Jimmy. — Você a conhece, não é?

— Mais ou menos. Já dancei com ela uma ou duas vezes.

— Então vamos no seu carro. Você não se importa, certo? Não vou conseguir enfrentar isso sozinho.

— Tudo bem — respondeu Jimmy, tranquilizador. — Eu mesmo ia sugerir isso. Vou preparar meu velho calhambeque.

Jimmy estava feliz por ter algo para fazer. O comportamento de Ronny o deixou intrigado. O que ele sabia ou de que suspeitava? E por que não comentou suas suspeitas, se as tinha, ao médico?

No momento, os dois estavam no carro com um desrespeito animado por coisas como limite de velocidade.

— Jimmy — disse Ronny por fim —, acho que você é o melhor amigo que tenho... agora.

— Ora, e o que tem isso? — perguntou Jimmy.

Ele falou de um jeito ríspido.

— Tem uma coisa que eu gostaria de lhe dizer. Uma coisa que você deveria saber.
— Sobre Gerry Wade?
— É, sobre Gerry Wade.
— E então? — questionou Jimmy, após certo silêncio.
— Não sei se devo — respondeu Ronny.
— Por quê?
— Estou preso a uma... promessa.
— Ah! Bem, então, talvez seja melhor não falar.
Houve um silêncio.
— E, ainda assim, eu gostaria... Veja bem, Jimmy, seu cérebro é melhor que o meu.
— É bem possível que seja mesmo — respondeu, um tanto grosseiro.
— Não, não posso — disse Ronny de repente.
— Tudo bem. Como quiser.
— Como ela é? — perguntou Ronny, depois de outro silêncio.
— Quem?
— Essa mulher. A irmã de Gerry.
Jimmy ficou em silêncio por um tempo, em seguida respondeu com uma voz que de alguma forma havia mudado:
— Ela é legal. Na verdade... ela é incrível.
— Eu sabia que Gerry era muito dedicado a ela. Sempre falava dela.
— Ela era muito dedicada a Gerry também. A notícia... vai ser muito forte.
— Sim, que tarefa desagradável.
Ficaram em silêncio até chegarem ao Deane Priory.
A criada informou-os de que Miss Loraine estava no jardim. A menos que quisessem falar com Mrs. Coker...
Jimmy insistiu que não queriam falar com Mrs. Coker.
— Quem é Mrs. Coker? — perguntou Ronny enquanto caminhavam em direção ao jardim um tanto negligenciado.
— A velhota que mora com Loraine.
Saíram para uma um caminho pavimentado. Ao final dele, havia uma garota com dois *cocker spaniel* pretos. Uma jovem

pequena, loira, vestida com roupas de *tweed* velhas e surradas. Não era bem a pessoa que Ronny esperava ver. Na verdade, não fazia muito o tipo de Jimmy.

Segurando um cachorro pela coleira, ela atravessou o caminho para encontrá-los.

— Como vão? — cumprimentou Loraine. — Não liguem para Elizabeth. Ela acabou de dar cria e está muito desconfiada.

A mulher tinha um jeito extremamente natural e, quando erguia o olhar, sorrindo, o leve rubor de rosa silvestre se aprofundava nas bochechas. Os olhos eram de um azul muito escuro, como uma flor de centáurea.

De repente, eles se arregalaram — havia ficado alarmada? Era como se já tivesse adivinhado.

Jimmy apressou-se a falar:

— Este é Ronny Devereux, Miss Wade. Deve ter ouvido Gerry falar dele com frequência.

— Ah, sim. — Ela lhe lançou um sorriso adorável, caloroso e acolhedor. — Vocês dois estão hospedados em Chimneys, não é? Por que Gerry não veio?

— Nós... hum... não pudemos — respondeu Ronny e, em seguida, estacou.

De novo, Jimmy viu o medo cintilar nos olhos dela.

— Miss Wade — disse ele —, temo que... quer dizer, temos más notícias para a senhorita.

Ela ficou alerta por um momento.

— Gerry?

— Sim... Gerry. Ele está...

Loraine bateu o pé com uma violência repentina.

— Ah, me diga... me diga... — De repente, virou-se para Ronny. — Diga o *senhor*.

Jimmy sentiu uma pontada de ciúme e, naquele momento, percebeu o que até aquele momento havia hesitado em admitir para si mesmo. Sabia por que Helen, Nancy e Meia-Soquete eram apenas "garotas" e nada mais para ele.

Ouviu apenas *parcialmente* a voz de Ronny dizendo de um jeito solene:

— Sim, Miss Wade, vou lhe contar. Gerry está morto.

Ela teve muita coragem. Arfou e recuou, mas, em um ou dois minutos, estava fazendo perguntas ansiosas, meticulosas. Como? Quando?

Ronny respondeu da forma mais gentil que pôde.

— Dormiu *embriagado*? Gerry?

A incredulidade na voz dela era evidente. Jimmy olhou-a de soslaio, quase com uma expressão de advertência. Teve uma sensação repentina de que Loraine, em sua inocência, pudesse falar demais.

Por sua vez, ele explicou da forma mais gentil possível a necessidade de um inquérito. Ela estremeceu. Recusou a oferta de ir até Chimneys, mas explicou que chegaria mais tarde. Tinha um carro próprio de dois lugares.

— Primeiro quero ficar... ficar sozinha um pouco — pediu Loraine, lastimosa.

— Eu sei — disse Ronny.

— Está tudo bem — confirmou Jimmy.

Olharam-na com estranhamento e impotência.

— Muito obrigada aos dois cavalheiros por terem vindo.

Os dois retornaram em silêncio, com certo constrangimento entre eles.

— Meu Deus! Que mulher corajosa — exclamou Ronny.

Jimmy concordou.

— Gerry era meu amigo — comentou Ronny. — Cabe a mim ficar de olho nela.

— Ah, sim! Claro.

Ao retornar para Chimneys, Jimmy foi interceptado por uma chorosa Lady Coote.

— Coitadinho — repetia ela. — Coitadinho.

Jimmy fez todos os comentários adequados em que conseguiu pensar.

Lady Coote contou-lhe em minúcias vários detalhes sobre a morte de diversos amigos queridos. Jimmy ouviu com uma demonstração de simpatia e, por fim, conseguiu se distanciar sem ser realmente rude.

Ele subiu as escadas correndo e encontrou Ronny saindo do quarto de Gerald Wade, surpreso ao encontrá-lo.

— Fui até lá vê-lo — explicou. — Você vai entrar?

— Acho que não — respondeu Jimmy, que era um jovem saudável com uma aversão natural a ser lembrado de sua mortalidade.

— Acho que todos os amigos dele deveriam vê-lo.

— Ah, você acha? — quis saber Jimmy, registrando para si mesmo a impressão de que Ronny Devereux havia ficado deveras estranho com tudo aquilo.

— Acho. Como sinal de respeito.

Jimmy suspirou, mas acabou aquiescendo.

— Ah! Muito bem — concordou e entrou, cerrando um pouco os dentes.

Havia flores brancas dispostas sobre a colcha, e o quarto estava arrumado e em ordem.

Jimmy lançou um olhar de soslaio rápido e nervoso para o rosto pálido e imóvel. Aquele era o querubim cor-de-rosa chamado Gerry Wade? Aquela figura imóvel, tão pacífica. Ele estremeceu.

Quando se virou para sair do quarto, seu olhar passou pela prateleira sobre a lareira, e Jimmy parou, atônito. Os despertadores estavam dispostos em uma fileira bem ordenada.

Ele irrompeu para fora do recinto, e Ronny o esperava.

— Parece muito tranquilo e tudo mais. Que azar ele teve — murmurou Jimmy. — Ei, Ronny, quem organizou todos os relógios daquele jeito?

— Eu sei lá. Suponho que tenha sido um dos criados.

— O engraçado é que tem sete lá, não oito — comentou Jimmy. — Está faltando um. Você notou?

Ronny fez um som inaudível.

— Sete em vez de oito — murmurou Jimmy, franzindo a testa. — Eu me pergunto por quê.

Capítulo 4

Uma carta

— Ingrato, é assim que eu o chamo — disse Lorde Caterham.
Ele falou com voz gentil e queixosa e pareceu satisfeito com o adjetivo que havia encontrado.
— Sim, sem dúvida um ingrato. Muitas vezes, acho que esses homens que sobem na vida por esforço próprio *são* ingratos. É bem possível que seja por isso que acumulam fortunas tão grandes.
Com tristeza, encarou seus hectares ancestrais, dos quais havia recuperado a posse naquele dia.
Sua filha, Lady Eileen Brent, conhecida pelos amigos e pela sociedade em geral como Bundle, viu graça naquilo.
— Exatamente o que o senhor nunca fará — observou ela, sem rodeios —, embora não tenha se saído tão mal com o velho Coote, extorquindo-o com o aluguel deste lugar. Como ele era? Apresentável?
— Um desses homens grandes — respondeu Lorde Caterham, sentindo um leve arrepio —, com rosto quadrado e vermelho e cabelos grisalhos. Poderoso, sabe? O que costumam chamar de personalidade forte. O tipo de homem que as pessoas comparam com um rolo compressor.
— Bem tedioso? — perguntou Bundle, com empatia.
— Terrivelmente tedioso, cheio de todas as virtudes mais deprimentes, como sobriedade e pontualidade. Não sei quem é pior: personalidades poderosas ou políticos escrupulosos. Prefiro os alegres ineficientes.

— Um alegre ineficiente não poderia pagar o preço que o senhor pediu por este velho mausoléu — lembrou-o Bundle.

Lorde Caterham encolheu-se.

— Prefiro que não use essa palavra, Bundle. Tínhamos acabado de mudar de assunto.

— Não entendo por que o senhor é sensível sobre essa questão — disse Bundle. — Afinal, as pessoas precisam morrer em algum lugar.

— Não na minha casa — retrucou Lorde Caterham.

— Não vejo por que não. Tantas pessoas já fizeram isso. Uma porção gigantesca de bisavôs e bisavós enfadonhos.

— Aí é diferente — comentou Lorde Caterham. — Claro que espero que os Brent morram aqui... eles não contam. Mas não quero estranhos morrendo nesta casa. E, em especial, não quero nenhuma investigação, porque acaba se tornando um hábito. Já é o segundo. Lembra toda aquela confusão que tivemos quatro anos atrás? Pela qual, aliás, considero George Lomax totalmente culpado.

— E agora está culpando Coote, o coitado do velho rolo compressor. Tenho certeza de que ficou tão chateado com isso quanto qualquer outro.

— Muito ingrato — repetiu Lorde Caterham, obstinado. — Gente que tem a capacidade de aprontar esse tipo de situação nem devia ser convidada a se hospedar aqui. E pode falar o que quiser, Bundle, mas não gosto de investigações. Nunca as apreciei nem hei de apreciar.

— Bem, não foi o mesmo tipo de coisa que aconteceu da última vez — tranquilizou Bundle. — Quer dizer, não foi um assassinato.

— Pode ter sido... pelo alvoroço que aquele inspetor obtuso fez. Nunca superou aquele assunto. Acredita que toda morte que acontece aqui precisa necessariamente ser um caso de crime com grave significado político. Você não tem ideia do rebuliço que ele fez. Soube disso por Tredwell. Ele testou tudo o que era possível em busca de impressões digitais.

E, claro, encontraram apenas as do defunto. O caso mais claro que se poderia imaginar... embora seja outra questão se foi suicídio ou um acidente.

— Eu conheci Gerry Wade — comentou Bundle. — Era amigo do Bill. O senhor teria gostado dele, pai. Nunca conheci ninguém mais alegremente ineficiente.

— Não gosto de que ninguém venha e morra na minha casa de propósito para me chatear — retrucou Lorde Caterham, teimoso.

— Mas, de verdade, não consigo imaginar alguém assassinando-o — continuou Bundle. — A ideia é absurda.

— Claro que é — concordou Lorde Caterham. — Ou seria para qualquer um, menos para um imbecil como o inspetor Raglan.

— Ouso dizer que buscar impressões digitais fez com que ele se sentisse importante — aventou Bundle em tom tranquilizador. — De qualquer forma, acabaram dando como motivo a "morte por acidente", não foi?

Lorde Caterham aquiesceu.

— Precisavam mostrar alguma consideração pelos sentimentos da irmã.

— Havia uma irmã? Eu nem sabia.

— Meia-irmã, acho. Era muito mais jovem. O pai de Gerry fugiu com a mãe dela... sempre aprontava dessas. Nenhuma mulher o atraía a menos que pertencesse a outro homem.

— Fico feliz que esse seja um mau hábito que o senhor não tem — disse Bundle.

— Sempre levei uma vida muito respeitável e temente a Deus — asseverou Lorde Caterham. — Parece extraordinário, considerando o quanto tento não fazer mal a ninguém, que eu não consiga ter paz. Se pelo menos...

Ele interrompeu a fala quando Bundle de repente saiu pela porta do terraço.

— MacDonald — disse Bundle, com voz clara e autoritária.

O imperador aproximou-se. Um ricto que talvez pudesse ter sido um sorriso de boas-vindas tentou se estampar em seu semblante, mas a desesperança natural dos jardineiros o dissipou.

— Milady?

— Como vai o senhor? — perguntou Bundle.

— Vou indo — respondeu MacDonald.

— Queria falar sobre o campo de boliche. Fiquei em choque porque o mato está altíssimo. Coloque alguém para cuidar disso, por favor.

MacDonald fez que não com a cabeça de um jeito dúbio.

— Teríamos que tirar William da cerca dos fundos, milady.

— Que se dane a cerca dos fundos — retrucou Bundle. — Mande começar agora mesmo. E, MacDonald...

— Pois não, milady?

— Vamos colher algumas dessas uvas da estufa mais distante. Sei que não é o momento ideal para cortá-las, porque nunca é a hora certa, mas não importa, eu as quero. Entendeu?

Então, Bundle entrou de novo para a biblioteca.

— Desculpe, pai — disse ela. — Eu precisava falar com MacDonald. O senhor estava dizendo que...?

— Na verdade, estava mesmo — respondeu Lorde Caterham. — Mas não importa. O que você foi falar com MacDonald?

— Estava tentando curá-lo de achar que ele é Deus Todo-Poderoso, mas é uma tarefa impossível. Imagino que os Coote tenham feito mal a ele. MacDonald não daria a mínima mesmo para o maior rolo compressor que já tenha existido. Como é Lady Coote?

Lorde Caterham refletiu antes de responder:

— Muito parecida com minha ideia de Mrs. Siddons — disse ele por fim. — Acho que esteve muito envolvida com teatro amador. Imagino que tenha ficado muito chateada com a questão dos relógios.

— Que relógios?

— Tredwell acabou de me contar. Parece que pregaram uma peça durante uma festa. Compraram uma porção de despertadores e os esconderam no quarto do jovem Wade.

E então, claro, o coitado do camarada morreu, o que tornou tudo meio brutal.

Bundle assentiu com a cabeça.

— Tredwell me contou outra coisa bastante estranha sobre os relógios — continuou Lorde Caterham, que nesse momento estava se divertindo à beça. — Parece que alguém reuniu todos eles e os dispôs enfileirados na prateleira da lareira depois que o coitado bateu as botas.

— Ora, por que não? — questionou Bundle.

— Eu mesmo não vejo por que não — respondeu Lorde Caterham. — Mas, pelo visto, houve algum rebuliço sobre isso. Ninguém admitiu tê-lo feito, entende? Todos os criados foram interrogados e juraram que não tinham tocado naquelas coisas infernais. De fato, um verdadeiro mistério. E, em seguida, o legista fez perguntas para o inquérito, e você sabe como é difícil explicar as coisas para pessoas dessa estirpe.

— Totalmente em vão — concordou Bundle.

— Claro — continuou Lorde Caterham — que é muito complicado compreender as coisas após muito tempo do ocorrido. Não entendi muito bem o sentido de metade das coisas que Tredwell me contou. A propósito, Bundle, o camarada morreu no seu quarto.

Bundle fechou a cara.

— Por que as pessoas têm que morrer justamente no meu quarto? — perguntou ela, com um tanto de indignação.

— É exatamente isso que eu estava dizendo — respondeu Lorde Caterham, triunfal. — Ingrato. Hoje em dia todo mundo é ingrato à beça.

— Não que eu ligue — disse Bundle, com coragem. — Por que ligaria?

— Eu ligaria — respondeu o pai. — Eu ligaria muito. Sonharia com essas coisas, sabe... mãos espectrais e correntes tilintando.

— Ora essa, a tia-avó Louisa morreu na sua cama — lembrou-o Bundle. — Fico surpresa que não veja o fantasma dela pairando sobre o senhor.

— Às vezes, vejo, sim — revelou Lorde Caterham, estremecendo. — Principalmente depois de comer lagosta.

— Bem, graças a Deus não sou supersticiosa — declarou Bundle.

No entanto, naquela noite, enquanto estava sentada diante da lareira de seu quarto, uma figura esguia de pijama, seus pensamentos se voltaram para aquele jovem alegre e carente de conteúdo, Gerry Wade. Impossível acreditar que alguém tão cheio de alegria de viver pudesse ter cometido suicídio. Não, a outra explicação devia ser a correta. Havia tomado algum sonífero e, por engano, ingeriu uma dose excessiva. Era *possível*. Ela não imaginava que Gerry Wade estivesse sobrecarregado em termos intelectuais.

O olhar dela pairou até a lareira, e ela começou a refletir sobre a história dos relógios. Sua camareira não parava de falar do caso, tendo sido abastecida de informações pela ajudante da faxineira. Havia acrescentado um detalhe que aparentemente Tredwell não achara que valesse a pena revelar a Lorde Caterham, mas que despertou a curiosidade de Bundle.

Sete relógios estavam cuidadosamente dispostos sobre a lareira; o último e remanescente havia sido encontrado no gramado do lado de fora, porque obviamente havia sido jogado pela janela.

Bundle ficou intrigada com essa informação. Parecia algo extraordinariamente sem propósito naquele momento. Ela podia imaginar que uma das criadas talvez tivesse enfileirado os relógios e, em seguida, assustada com a investigação sobre o assunto, negado tê-lo feito. Mas, sem dúvida, nenhuma empregada jogaria um relógio no jardim.

Teria Gerry Wade feito isso quando o primeiro toque estridente o acordou? Não, de novo, era impossível. Bundle lembrou-se de ter ouvido que a morte dele devia ter ocorrido nas primeiras horas da manhã, e que ele teria ficado em coma por algum tempo antes do falecimento.

Bundle franziu a testa. Esse negócio dos relógios *era* curioso. Ela precisava entrar em contato com Bill Eversleigh. Sabia que ele havia estado lá também.

Para Bundle, pensar era agir. Ela se levantou e foi até a escrivaninha. Era um móvel embutido com uma tampa que deslizava para trás. Bundle sentou-se, puxou uma folha de papel e escreveu:

Caro Bill,

Ela fez uma pausa para puxar a parte inferior da mesa. A bandeja emperrara no meio do caminho, como ela se lembrava de acontecer com frequência. Bundle puxou-a com força e impaciência, mas a bandeja não se moveu. Lembrou-se de que, em uma ocasião anterior, um envelope havia sido empurrado para trás e emperrou-a por um tempo. Bundle pegou um abridor de cartas fino e o cravou na fenda estreita. Até aí foi bem-sucedida, fazendo com que um pedaço de papel branco aparecesse. Bundle segurou-o e o desprendeu dali. Era a primeira folha de uma carta, um tanto amassada.

Fora a data que primeiro chamou sua atenção. Uma grande data cheia de floreios que se destacava no papel: 21 de setembro.

— Dia 21 de setembro — resmungou Bundle, devagar. — Ora, é claro, isso foi...

Ela parou de falar. Sim, havia ficado claro. Dia 22 fora o dia em que Gerry Wade havia sido encontrado morto. Esta, então, era uma carta que ele devia estar escrevendo na mesma noite da tragédia.

Bundle desamassou-a e a leu. Não havia sido terminada.

Minha querida Loraine — chegarei na quarta-feira. Estou me sentindo incrivelmente bem e satisfeito comigo mesmo em todos os sentidos. Será maravilhoso revê-la. Olhe só, esqueça o que eu disse sobre aquele negócio de Seven

Dials. Pensei que seria mais ou menos uma brincadeira, mas não é, de jeito nenhum. Sinto muito por ter feito comentários sobre essa questão. Não é o tipo de coisa em que jovens como vocês devem se meter. Então, esqueça isso, está bem?
Tem mais uma coisa que eu queria contar, mas estou com tanto sono que mal consigo manter os olhos abertos.
Ah, quanto a Lurcher, eu acho

A carta foi interrompida nesse ponto.

Com uma carranca, Bundle permaneceu onde estava. *Seven Dials*. Onde ficava? Ela pensou em um bairro deveras decadente de Londres. As palavras *Seven Dials* lembraram-na de outra coisa, mas, naquele instante, não conseguia pensar no que era. Em vez disso, sua atenção se fixou em duas frases. "Estou me sentindo incrivelmente bem" e "estou com tanto sono que mal consigo manter os olhos abertos".

Aquilo não se encaixava, não se encaixava de jeito nenhum. Pois foi naquela mesma noite que Gerry Wade tomou uma dose tão forte de cloral que nunca mais acordara. E, se o que havia escrito naquela carta fosse verdade, por que teria tomado a substância?

Ela fez que não com a cabeça. Olhou ao redor do quarto e sentiu um leve arrepio, imaginando Gerry Wade observando-a naquele momento. Ele morrera naquele quarto...

Bundle permaneceu sentada, sem se mover. O silêncio era quase perfeito, quebrado apenas pelo tique-taque do seu reloginho de ouro. Soava estranhamente alto e significativo.

Ela olhou de relance para a lareira. Uma imagem vívida surgiu em sua mente. O defunto jazia sobre a cama, e sete relógios tiquetaqueavam sobre a lareira — um tique-taque alto, assustador... tique... taque... tique... taque...

Capítulo 5

O homem na estrada

— Pai — chamou Bundle, abrindo a porta do santuário especial de Lorde Caterham e enfiando a cabeça lá dentro —, vou pegar o Hispano para ir até a cidade. Não aguento mais a monotonia daqui.

— Mas chegamos ontem — reclamou Lorde Caterham.

— Eu sei. Mas parece que já faz cem anos. Eu havia me esquecido de quanto o interior pode ser enfadonho.

— Discordo de você — retrucou Lorde Caterham. — É tranquilo, isso que é... tranquilo. E extremamente confortável. Fiquei muito feliz em voltar a Tredwell, mais do que consigo lhe dizer. Aquele homem cuida do meu conforto da forma mais maravilhosa. Alguém veio aqui esta manhã para saber se poderiam fazer uma concentração de escoteiras aqui...

— Uma convenção — interrompeu Bundle.

— Concentração ou convenção, é tudo a mesma coisa. Uma palavra boba que não significa absolutamente nada. Mas isso me deixaria em maus lençóis, ter que recusar... na verdade, eu provavelmente não devia ter recusado. Mas Tredwell me tirou dessa roubada. Esqueci o que ele disse... algo engenhoso à beça, que não magoaria ninguém, e encerrou esse assunto sem mais delongas.

— Esse conforto todo não basta para mim — explicou Bundle. — Eu quero emoção.

Lorde Caterham sentiu um arrepio.

— Não tivemos emoção suficiente quatro anos atrás? — perguntou ele em tom de lamúria.

— Estou quase pronta para mais um pouco — afirmou Bundle. — Não que eu espere encontrar alguma coisa na cidade. Mas, de qualquer forma, não quero deslocar meu maxilar de tanto bocejar.

— Na minha experiência — explicou Lorde Caterham —, as pessoas que saem por aí procurando problemas geralmente os encontram. — Ele bocejou. — Mesmo assim, até gostaria de dar uma volta na cidade.

— Ora, então vamos — convidou Bundle. — Mas seja rápido porque estou com pressa.

Lorde Caterham, que começava a se levantar da cadeira, fez uma pausa.

— Você disse que está com pressa? — perguntou, desconfiado.

— Com uma pressa dos diabos — respondeu Bundle.

— Então, pronto — disse Lorde Caterham. — Eu não vou. Você, dirigindo o Hispano quando está com pressa... não, não é justo com um homem idoso como eu. Vou ficar aqui.

— Fique à vontade — falou Bundle, e se retirou.

Tredwell entrou assim que ela saiu.

— Milorde, o vigário está muito ansioso para vê-lo, pois surgiu uma controvérsia infeliz sobre a situação da Brigada dos Garotos.

Lorde Caterham grunhiu.

— Imaginei, milorde, que o ouvi mencionar no desjejum que o senhor tinha a intenção de se dirigir ao vilarejo esta manhã para discutir o assunto com o vigário.

— Você disse isso? — perguntou Lorde Caterham, ansioso.

— Disse, milorde. Ele partiu, se assim posso dizer, pisando forte. Espero ter feito a coisa certa, milorde.

— Claro que fez, Tredwell. Você sempre tem razão. Nem se tentasse poderia errar.

Tredwell sorriu agradecido e se retirou.

Enquanto isso, Bundle tocava a buzina com impaciência diante da guarita do porteiro, e uma criança pequena saía afobada lá de dentro, seguida pelas advertências da mãe.

— Vamos logo, Katie. Que milady está com uma pressa danada, como sempre.

De fato, era característico de Bundle estar com pressa, especialmente ao dirigir. Tinha habilidade e coragem, além de ser uma boa motorista; se não fosse assim, seu ritmo imprudente talvez tivesse terminado em desastre mais de uma vez.

Era um dia fresco de outubro, com um céu azul e um sol estonteante. O cheiro forte do ar fez as bochechas de Bundle corarem e a encheu de alegria de viver.

Naquela manhã, havia enviado a carta inacabada de Gerald Wade para Loraine Wade, em Deane Priory, incluindo algumas linhas explicativas. A curiosa impressão que aquilo causou nela ficou um pouco atenuada à luz do dia, mas, ainda assim, lhe pareceu que precisava de explicação. Pretendia entrar em contato com Bill Eversleigh em algum momento para extrair dele detalhes mais completos sobre a festa que havia terminado de forma tão trágica. Nesse meio-tempo, uma manhã adorável nasceu, ela se sentia particularmente bem, e o Hispano estava funcionando com perfeição.

Bundle pisou fundo no acelerador, e o automóvel respondeu de pronto. Quilômetro após quilômetro ficava para trás, não havia muito movimento, e Bundle tinha a estrada toda para si adiante.

E, então, sem qualquer aviso, um homem saiu de uma cerca viva e parou na estrada bem diante do carro. Frear a tempo estava fora de questão. Com toda a sua força, Bundle puxou o volante e desviou para a direita. O carro parou quase em uma vala — quase, mas não caiu. Foi uma manobra perigosa, mas bem-sucedida. Bundle tinha quase certeza de que não havia atropelado o tal homem.

Ela olhou para trás e se sentiu completamente nauseada. O carro não passou por cima do homem, mas, mesmo assim, deve tê-lo atingido ao passar. A figura estava deitada de bruços na estrada e permanecia terrivelmente imóvel.

Bundle saltou do carro e correu até ele. Nunca havia atropelado nada além de uma galinha solta na pista. O fato de que o acidente não fora sua culpa não importava para ela naquele momento. O homem parecia bêbado, mas, bêbado ou não, Bundle o havia matado. Tinha certeza de que o havia matado. Seu coração palpitava tão forte, causando tanto mal-estar, que ela o sentia bater nos ouvidos.

Ela ajoelhou-se e o virou com muito cuidado. Ele não grunhiu nem gemeu. Bundle viu que era jovem, um rapaz de rosto bonito, bem-vestido e com um bigodinho estreito como uma escova de dentes.

Não havia nenhuma marca externa de ferimento que pudesse ver, mas tinha certeza de que estava ou morto, ou moribundo. As pálpebras piscaram, e os olhos se entreabriram. Olhos piedosos, castanhos e sofridos, como os de um cãozinho. Parecia estar com dificuldade para falar. Bundle curvou-se sobre ele.

— Pois não — disse ela. — Fale alguma coisa.

Havia algo que o homem queria dizer, isso ela conseguia ver. Algo que ele queria muito falar. E Bundle não podia ajudá-lo, não podia fazer nada.

Por fim, as palavras saíram como um mero suspiro:

— *Seven Dials... diga...*

— Sim — insistiu Bundle. Estava tentando falar um nome, tentando com todas as forças que lhe faltavam. — Diga. Para quem eu tenho que dizer?

— *Diga... a Jimmy Thesiger...*

Por fim, ele conseguiu falar, e, em seguida, de repente, sua cabeça caiu para trás e seu corpo amoleceu.

Bundle recuou, agachando-se e tremendo da cabeça aos pés. Nunca imaginaria que algo tão terrível pudesse acontecer com ela. Ele estava morto — e Bundle o havia matado.

Ela tentou se recompor. O que tinha que fazer naquele momento? Um médico — foi seu primeiro pensamento. Era possível — apenas possível — que o homem estivesse apenas inconsciente, não morto. Seu instinto contrariava essa possibilidade em alto e bom som, mas ela se forçou a agir. De uma forma ou de outra, precisava colocá-lo no carro e levá-lo ao médico mais próximo. Era um trecho deserto de estrada rural e não havia ninguém para ajudá-la.

Apesar de sua magreza, Bundle era forte. Seus músculos eram de aço. Ela levou o Hispano para o mais próximo possível e, então, empregando toda a sua força, arrastou e puxou a figura imóvel para dentro dele. Foi um périplo horrendo, que a fez ranger os dentes, mas, por fim, conseguiu.

Em seguida, pulou no banco do motorista e partiu. Alguns quilômetros levaram-na a uma cidadezinha e, após fazer uma busca, foi rapidamente levada à casa do médico.

Dr. Cassell, um homem gentil de meia-idade, ficou surpreso ao entrar em seu consultório e encontrar uma garota que claramente estava à beira de um colapso.

Bundle começou a falar sem comedimento:

— Eu... eu acho que matei um homem. Eu o atropelei. Eu o trouxe comigo no carro. Está lá fora agora. Eu... estava dirigindo rápido demais, acho. Sempre dirigi rápido demais.

O médico lançou um olhar experiente para ela. Foi até uma prateleira, despejou algo em um copo e lhe entregou.

— Beba tudo — pediu ele —, e a senhorita vai se sentir melhor. Está em choque.

Obediente, Bundle tomou tudo, e um pouco de cor voltou ao seu rosto pálido. O médico assentiu com a cabeça em sinal de aprovação.

— Muito bem. Agora, quero que fique aqui sentada em silêncio. Vou lá fora cuidar das coisas. Depois que eu tiver certeza de que não há nada a ser feito pelo pobre diabo, voltarei e conversaremos sobre a questão.

Ele ausentou-se por um tempo. Bundle observou o relógio sobre a lareira. Cinco minutos, dez, quinze, vinte minutos — será que ele voltaria?

Então, a porta se abriu, e Dr. Cassell reapareceu. Parecia diferente — Bundle percebeu isso de imediato —, mais sombrio e, ao mesmo tempo, mais alerta. Havia alguma coisa a mais em seu comportamento que não entendia muito bem, um laivo de agitação reprimida.

— Então, mocinha — disse ele. — Vamos esclarecer as coisas. A senhorita disse que atropelou esse homem. Me diga como o acidente aconteceu.

Bundle explicou da melhor forma que pôde. O médico acompanhou sua narrativa com grande atenção.

— Muito bem. Então, o carro não passou por cima do corpo dele?

— Não. Na verdade, pensei que eu não o havia atropelado.

— A senhorita disse que ele estava cambaleando, certo?

— Sim, achei que estivesse bêbado.

— E ele saiu da cerca viva?

— Acho que havia um portão bem ali. Ele deve ter atravessado o portão.

O médico concordou com a cabeça e, na sequência, se recostou na cadeira e tirou o pincenê.

— Não tenho a mínima dúvida — retorquiu ele — de que a senhorita é uma motorista bastante imprudente e que provavelmente vai atropelar algum pobre diabo e acabar com ele um dia desses, mas não foi isso que fez dessa vez.

— Mas...?

— O carro nem sequer encostou nele. *O homem foi baleado.*

Capítulo 6

De novo, Seven Dials

Bundle encarou-o. E, bem devagar, o mundo, que pelos últimos 45 minutos estivera de cabeça para baixo, foi virando até ficar de novo do lado certo. Demorou apenas dois minutos para que Bundle falasse, mas, quando o fez, não era mais a garota em pânico, e sim a verdadeira Bundle, fria, eficiente e lógica.

— Como pôde ter sido baleado? — perguntou ela.

— Não sei — respondeu o médico, seco. — Mas foi. Tem uma bala de rifle cravada nele, com certeza. Teve um sangramento interno, por isso a senhorita não notou nada.

Bundle assentiu com a cabeça.

— A questão é — continuou o médico — quem o alvejou? A senhorita não viu ninguém por perto?

Bundle fez que não com a cabeça.

— Estranho — comentou o médico. — Se foi um acidente, era de se esperar que o sujeito que disparou viesse correndo para resgatá-lo, a menos que não soubesse o que tinha feito.

— Não havia ninguém por perto — explicou Bundle. — Digo, na estrada.

— Parece-me que o pobre rapaz devia estar correndo. A bala atingiu-o quando ele passava pelo portão e, como consequência, ele saiu para a estrada cambaleando. A senhorita não ouviu nenhum tiro?

Bundle negou com a cabeça.

— Mas, com o barulho do carro, eu provavelmente não teria ouvido de qualquer forma.
— Muito bem. Ele não disse nada antes de morrer?
— Murmurou algumas palavras.
— Nada que esclareça a tragédia?
— Não. Queria que algo fosse dito... não sei o quê... a um amigo dele. Ah, sim, e ele mencionou Seven Dials.
— Hum — matutou o Dr. Cassell. — Não é uma vizinhança provável para alguém da classe dele. Talvez seu agressor tenha vindo de lá. Bem, não precisamos nos preocupar com isso agora. Pode deixar o caso comigo. Vou notificar a polícia. Claro que a senhorita deve deixar seu nome e endereço, pois, sem dúvida, a polícia vai querer interrogá-la. Na verdade, talvez seja melhor a senhorita vir comigo até a delegacia agora. Talvez digam que eu devia ter detido a senhorita.

Foram juntos no carro de Bundle. O inspetor de polícia era um homem de fala lenta. Ficou um tanto impressionado com o nome e o endereço de Bundle e registrou a declaração dela com muito cuidado.

— Moleques! — disse ele. — É isso mesmo. Moleques treinando tiro ao alvo! Idiotas cruéis, é o que são, esses canalhas. Sempre perdendo tempo com pássaros sem consideração por alguém que possa estar do outro lado de uma cerca viva.

O médico achou que essa era uma explicação muito improvável, mas percebeu que o caso logo estaria em mãos mais capazes e não parecia valer a pena fazer objeções.

— Nome do falecido? — perguntou o sargento, umedecendo a ponta do lápis.

— Ele tinha um porta-cartões no bolso. Parecia ser um tal Mr. Ronald Devereux, com endereço em Albany.

Bundle franziu a testa. O nome Ronald Devereux despertou algumas lembranças. Ela teve certeza de que já o ouvira antes.

Foi apenas na metade do caminho de volta para Chimneys, dentro do carro, que lhe ocorreu. Claro! Ronny Devereux. Amigo de Bill, do Ministério das Relações Exteriores. Ele, Bill e... sim... Gerald Wade.

Quando essa última informação lhe ocorreu, Bundle quase passou pela cerca viva. Primeiro Gerald Wade, depois Ronny Devereux. A morte de Gerry Wade podia ter sido natural, resultada de descuido, mas a de Ronny Devereux certamente exigia uma interpretação mais sinistra.

Então, Bundle se lembrou de outra coisa. Seven Dials! Quando o moribundo falou isso, pareceu vagamente familiar. Agora ela sabia o porquê. Gerald Wade mencionou Seven Dials na última carta que escreveu para a irmã na noite anterior à sua morte, e isso se conectava de novo com outra coisa que ela não conseguia lembrar.

Pensando em tudo isso, Bundle reduziu a velocidade para um ritmo tão sóbrio que ninguém a reconheceria. Ela conduziu o carro até a garagem e saiu em busca do pai.

Lorde Caterham estava lendo tranquilamente um catálogo de uma próxima venda de edições raras e ficou muito surpreso ao ver Bundle.

— Nem você — disse ele — pode ter ido a Londres e voltado tão rápido.

— Não fui até Londres — explicou Bundle. — Atropelei um homem.

— Como assim?

— Só que não atropelei de verdade. Ele foi baleado.

— Como assim, foi baleado?

— Não sei como, mas foi.

— Mas por que você atirou nele?

— *Eu* não atirei nele.

— Você não devia balear pessoas — retrucou Lorde Caterham em tom de leve censura. — Não devia mesmo. Até posso dizer que algumas merecem, mas, mesmo assim, isso pode lhe causar problemas.

— Estou dizendo que não atirei nele.

— Bem, então quem atirou?

— Ninguém sabe — respondeu Bundle.

— Balela — refutou Lorde Caterham. — Um homem não pode ser baleado e atropelado sem que ninguém o tenha feito.

— Ele não foi atropelado — insistiu Bundle.
— Achei que tivesse dito que sim.
— Eu disse que achava que tinha.
— Um pneu estourou, creio eu — disse Lorde Caterham.
— Um ruído que parece um tiro. É o que contam nas histórias de detetive.
— O senhor é impossível, pai, francamente. Não é nenhum desmiolado para dizer tal disparate.
— De jeito nenhum — contestou Lorde Caterham. — Você me chega com uma história totalmente impossível sobre homens sendo atropelados e baleados, e sei lá o quê, e depois espera que eu saiba tudo com um estalar de dedos.

Bundle suspirou, exausta.

— Então, preste atenção — disse ela. — Vou lhe contar tudo, tim-tim por tim-tim. — E contou a situação. — Pronto. Agora o senhor entendeu?

— Claro. Agora entendo perfeitamente. Até consigo compreender por que você está um tanto chateada, minha querida. Não estava muito errado quando comentei com você antes de sair que as pessoas que procuram problemas geralmente os encontram. Fico grato — concluiu Lorde Caterham, com um leve arrepio — por ter ficado aqui, quieto.

Ele pegou o catálogo novamente.

— Pai, onde fica Seven Dials?

— Em algum lugar no East End, imagino eu. Tenho observado com frequência alguns ônibus indo para lá... ou será que estão indo para Seven Sisters? Eu mesmo nunca estive lá, ainda bem. Ainda bem porque não acho que seja o tipo de lugar de que eu gostaria. E, mesmo assim, curiosamente, parece que ouvi falar de lá não faz muito tempo.

— O senhor não conhece nenhum Jimmy Thesiger, certo?

Lorde Caterham já havia mergulhado de novo em seu catálogo. Havia feito um esforço para parecer inteligente sobre o tema de Seven Dials. Dessa vez praticamente não o fez.

— Thesiger — murmurou ele vagamente. — Thesiger. Um dos Thesiger, de Yorkshire?

— É isso que estou lhe perguntando. Preste atenção, pai. É importante.

Lorde Caterham fez um esforço desesperado para se mostrar inteligente sem precisar se concentrar no assunto de verdade.

— *Existem* alguns Thesiger em Yorkshire — explicou ele, com seriedade. — E, a menos que eu esteja enganado, também há alguns Thesiger em Devonshire. Sua tia-avó Selina casou-se com um Thesiger.

— De que me adianta essa informação? — berrou Bundle.

Lorde Caterham riu.

— Adiantou muito pouco para ela, se bem me lembro.

— O senhor é impossível — ralhou Bundle, levantando-se. — Vou ter que falar com Bill.

— Faça isso, querida — aconselhou o pai distraidamente enquanto virava uma página. — Sem dúvida. Não deixe de fazê-lo. É isso.

Bundle levantou-se com um suspiro impaciente.

— Gostaria de lembrar o que dizia aquela carta — murmurou, mais para si mesma que em voz alta. — Não a li com muita atenção. Tinha algo sobre uma brincadeira... que o negócio de Seven Dials não era brincadeira.

De repente, Lorde Caterham olhou por trás do catálogo.

— Seven Dials? — perguntou ele e, em seguida, disse: — Claro. Agora entendi.

— Entendeu o quê?

— Sei por que parecia tão familiar. George Lomax passou por aqui. Tredwell cometeu o erro, para variar, de deixá-lo entrar. Estava a caminho da cidade. Parece que vai dar uma festa política na casa de campo dele, Wyvern Abbey, na semana que vem, e recebeu uma carta de advertência.

— O que quer dizer com carta de advertência?

— Bem, na verdade, eu não sei. Ele não entrou em detalhes. Imagino que dizia "Cuidado" e "Pode haver problemas", e todo esse tipo de coisa. Mas, de qualquer forma, foi enviada de Seven Dials, me lembro com clareza dele dizendo isso. Estava indo até a cidade para consultar a Scotland Yard sobre essa questão. Você conhece George?

Bundle assentiu com a cabeça. Ela conhecia bem o Ministro do Gabinete, George Lomax, subsecretário permanente de Estado para Relações Exteriores de Sua Majestade, devotado aos assuntos públicos, e rejeitado por muitos por seu hábito inveterado de citar seus discursos públicos em eventos particulares. Em alusão aos seus olhos esbugalhados, era conhecido por muitos — entre eles, Bill Eversleigh — como Olho-de-Peixe.

— Me diga — disse ela —, o Olho-de-Peixe estava interessado na morte de Gerald Wade?

— Não que eu tenha ficado sabendo. Talvez estivesse, claro.

Bundle ficou em silêncio por alguns minutos. Estava ocupada tentando lembrar o texto exato da carta que havia enviado para Loraine Wade e, ao mesmo tempo, tentava imaginar a garota para quem a carta havia sido escrita. Que tipo de garota era essa, a quem, aparentemente, Gerald Wade era tão devotado? Quanto mais pensava nisso, mais lhe parecia que era uma carta incomum para um irmão escrever.

— Você comentou que Loraine Wade era meia-irmã de Gerry? — perguntou ela de repente.

— Bem, é claro, estritamente falando, suponho que não seja... quer dizer, não fosse... irmã dele.

— Mas o sobrenome dela é Wade?

— Na verdade, não. Ela não era filha do velho Wade. Como eu estava dizendo, ele fugiu com a segunda esposa, que era casada com um verdadeiro canalha. Acho que os tribunais deram ao marido desonesto a custódia da criança, mas sem dúvida ele não se valeu do privilégio. O velho Wade gostava muito da menina e insistiu que ela fosse chamada pelo nome dele.

— Entendi — comentou Bundle. — Isso explica tudo.
— Explica o quê?
— Algo que me deixou intrigada naquela carta.
— Acho que ela é uma jovem muito bonita — falou Lorde Caterham. — Ou, pelo menos, foi o que ouvi dizer.

Bundle subiu as escadas, pensativa. Estava com várias metas em vista. Primeiro, precisava encontrar o tal Jimmy Thesiger. Bill, talvez, fosse útil nesse caso. Ronny Devereux era amigo de Bill. Se Jimmy Thesiger fosse amigo de Ronny, havia chance de que Bill também o conhecesse. Depois, havia a garota, Loraine Wade. Era possível que pudesse lançar alguma luz sobre o problema de Seven Dials. Claro que Gerry Wade havia dito algo para ela sobre esse assunto. Havia alguma coisa sinistra no temor dele e no pedido que Loraine esquecesse o fato.

Capítulo 7

Bundle faz uma visita

Conseguir falar com Bill não apresentou muitas dificuldades. Bundle foi de carro até a cidade na manhã seguinte — dessa vez sem aventuras pelo caminho — e lhe telefonou. Bill atendeu com presteza e fez várias sugestões sobre sair para almoçar, tomar chá, jantar e dançar, e Bundle rejeitou todas.

— Em um ou dois dias, eu venho e saio com você, Bill. Mas, no momento, estou aqui para tratar de negócios.

— Ora — respondeu Bill. — Que chatice dos diabos.

— Não é desse tipo — disse Bundle. — É tudo, menos chato. Bill, você conhece um sujeito chamado Jimmy Thesiger?

— Claro. Você também.

— Não, não conheço — retrucou Bundle.

— Claro que conhece. Tem que conhecer. Todo mundo conhece o velho Jimmy.

— Desculpe — respondeu Bundle. — Só para variar, todo mundo, menos eu.

— Ah! Mas você precisa conhecer Jimmy... um sujeito de rosto rosado. Parece um pouco idiota. Mas, na verdade, tem tanto cérebro quanto eu.

— Não me diga — falou Bundle. — A cabeça dele deve pesar bastante, então.

— Está sendo sarcástica?

— Nem fiz muito esforço. O que Jimmy Thesiger faz?

— Como assim, o que ele faz?

— Você está desaprendendo sua língua nativa aí no Ministério?

— Ah! Entendi, você quer saber se Jimmy trabalha? Não, ele vive no ócio. Por que deveria trabalhar, se não precisa?

— Na verdade, mais dinheiro do que cérebro?

— Ora! Eu não diria isso. Falei agora mesmo que ele tem mais inteligência do que se pode imaginar.

Bundle ficou em silêncio. Estava ficando cada vez mais confusa. Esse jovem cheio do dinheiro não parecia ser um aliado tão promissor, mas foi seu nome que saiu primeiro dos lábios do moribundo. A voz de Bill ressoou de repente com uma adequação extraordinária.

— Ronny sempre achou que era muito inteligente. Sabe, Ronny Devereux? Thesiger era seu melhor amigo.

— Ronny...

Bundle silenciou, indecisa. Era claro que Bill não sabia nada da morte do rapaz. Ocorreu a Bundle pela primeira vez que era estranho que os jornais da manhã não tivessem nada sobre a tragédia. Com certeza, esse era o tipo de notícia que nunca seria deixada de lado. Talvez houvesse uma explicação, e somente uma. A polícia estava mantendo o caso em sigilo.

Bill continuou:

— Não vejo Ronny faz uma eternidade, desde aquele fim de semana na sua casa. Sabe, quando o pobre e velho Gerry Wade passou desta para a melhor?

Ele fez uma pausa e depois prosseguiu:

— Um negócio bastante cruel, na verdade. Imagino que já tenha ouvido falar disso. Ora, Bundle, você ainda está aí?

— Claro que estou aqui.

— Bem, você não fala nada faz uma eternidade. Pensei que tivesse desligado.

— Não, só estava pensando em uma coisa.

Ela devia contar a Bill sobre a morte de Ronny? Decidiu não o fazer, porque não era o tipo de coisa a se contar por telefone. Mas, em breve, muito em breve, ela precisaria se encontrar com Bill. Enquanto isso...

— Bill?
— Oi!
— Talvez eu jante com você amanhã à noite.
— Ótimo, e depois saímos para dançar. Tenho muitas coisas que quero conversar com você. Na verdade, tomei uma pancada muito dura... um azar daqueles...
— Bem, você me conta amanhã — interrompeu-o Bundle de maneira bem rude. — Até lá, pode me passar o endereço de Jimmy Thesiger?
— Jimmy Thesiger?
— Foi o que eu disse.
— Ele mora na Jermyn Street... quer dizer, será na Jermyn Street ou na outra casa?
— Bote esse cérebro brilhante para pensar.
— Sim, é na Jermyn Street. Espere um momento, vou lhe passar o número.

Houve uma pausa.
— Ainda está aí?
— Sempre estou aqui.
— Bem, nunca se sabe com essas porcarias de telefone. O número é 103. Anotou?
— Cento e três. Obrigada, Bill.
— Sim, mas, sério... para que você precisa disso? Acabou de falar que não o conhecia.
— Não, mas vou conhecê-lo em meia hora.
— Vai até a casa dele?
— Elementar, meu caro Sherlock.
— Sim, mas, olha só... bem, para começar, ele não vai estar acordado.
— Não vai estar acordado?
— Acho que não. Quer dizer, quem estaria acordado se não precisasse estar? Veja por essa perspectiva. Você não tem ideia do esforço que me custa chegar aqui às onze todas as manhãs, e o estardalhaço que Olho-de-Peixe faz quando me

atraso é simplesmente assustador. Você não tem a mínima ideia, Bundle, de como é uma vida de cão...

— Você pode me contar tudo isso amanhã à noite — interrompeu Bundle de novo, apressada.

Ela desligou e avaliou a situação. Primeiro, olhou para o relógio. Eram 11h35. Apesar das informações de Bill sobre os hábitos de seu amigo, ela acreditava que Mr. Thesiger já estaria em condições de receber visitas. Ela tomou um táxi e partiu para Jermyn Street, número 103.

A porta foi aberta por um perfeito exemplo de mordomo aposentado. Seu rosto, inexpressivo e educado, era um que poderia ser encontrado aos montes naquele distrito específico de Londres.

— Faça o favor de me acompanhar, senhora.

Ele conduziu-a escada acima até uma sala de estar extremamente confortável, com poltronas de couro de proporções imensas. Afundada em uma dessas monstruosidades estava outra mulher, bem mais nova que Bundle, uma garota loira e pequena vestida de preto.

— Que nome devo anunciar, senhora?

— Meu nome não importa — respondeu Bundle. — Quero apenas falar com Mr. Thesiger sobre assuntos importantes.

O sério cavalheiro fez uma reverência e se retirou, fechando a porta silenciosamente.

Houve uma pausa.

— Que bela manhã — disse a loira, com timidez.

— Está uma manhã muito agradável.

Houve outra pausa.

— Cheguei do interior de carro esta manhã — falou Bundle, interrompendo o silêncio. — E pensei que teríamos um desses dias horríveis com neblina. Mas não foi.

— Não — confirmou a outra jovem. — Não foi. — E acrescentou: — Também vim do interior.

Bundle olhou-a com mais atenção. Ela ficou um pouco irritada ao encontrar a garota ali. Bundle era o tipo de pessoa enérgica que gostava de "ir direto ao assunto", e previu que seria necessário dar um destino e despachar a segunda visitante antes que pudesse cuidar de suas questões. Não era um tema que ela pudesse abordar diante de um estranha.

Agora, ao olhar mais de perto, uma ideia extraordinária emergiu em sua mente. Seria o caso? Sim, a garota estava em luto profundo; era o que demonstrava seu vestido preto até o tornozelo. Era uma possibilidade remota, mas Bundle estava convencida de que sua ideia estava correta. Respirou fundo e falou:

— Olha, por acaso você é Loraine Wade?

Os olhos de Loraine arregalaram-se.

— Sim, sou eu. Como sabe? Não nos encontramos antes, certo?

— Eu escrevi para você ontem. Meu nome é Bundle Brent.

— Foi muito gentil de sua parte me enviar a carta de Gerry. Escrevi para lhe agradecer. Nunca esperei vê-la aqui.

— Vou lhe dizer por que estou aqui. Você conhecia Ronny Devereux?

Loraine assentiu com a cabeça.

— Ele me procurou no dia em que Gerry... você sabe. E, depois disso, ele foi me ver duas ou três vezes. Era um dos melhores amigos de Gerry.

— Eu sei. Bem, ele está morto.

Loraine ficou boquiaberta de surpresa.

— *Morto?* Mas ele sempre me pareceu tão saudável.

Bundle narrou os eventos do dia anterior da forma mais breve possível. Uma expressão de medo e horror surgiu no rosto de Loraine.

— Então é *verdade*. É *verdade*.

— O que é verdade?

— O que eu pensei... o que venho pensando todas essas semanas. Gerry não morreu de causas naturais. Ele foi assassinado.

— Você acha?

— Acho. Gerry nunca precisou tomar nada para dormir.
— Ela soltou uma risadinha muito baixa. — Ele dormia bem demais para precisar disso. Sempre achei estranho. E *ele* também achava isso... sei que sim.
— Quem?
— Ronny. E agora isso acontece. Agora, ele é assassinado também. — Ela fez uma pausa e continuou: — Foi por isso que vim até aqui hoje. Aquela carta do Gerry que você me enviou... assim que a li, tentei falar com Ronny, mas disseram que ele estava fora. Então, pensei em vir ver Jimmy... ele era outro grande amigo de Ronny. Pensei que talvez me instruísse sobre o que eu deveria fazer.
— Você quer dizer... — Bundle fez uma pausa. — Sobre... Seven Dials.

Loraine assentiu com a cabeça.
— Então... — começou ela.
Mas, nesse instante, Jimmy Thesiger entrou na sala.

Capítulo 8

Visitas para Jimmy

Neste momento, devemos voltar uns vinte minutos, a um momento em que Jimmy Thesiger, emergindo das brumas do sono, percebeu uma voz familiar falando palavras nada familiares.

Seu cérebro adormecido tentou por um momento lidar com a situação, mas fracassou. Ele bocejou e rolou de novo para o lado.

— Uma jovem, senhor, está aqui para vê-lo.

A voz era implacável. Ele estava tão preparado para continuar repetindo a declaração para sempre que Jimmy se resignou ao inevitável. Abriu os olhos e piscou.

— Hein, Stevens? — perguntou ele. — Pode repetir.

— Uma jovem, senhor, está aqui para vê-lo.

— Ah! — Jimmy esforçou-se para compreender a situação. — Por quê?

— Não sei dizer, senhor.

— Não, suponho que não. — Pensou ele por um instante. — Suponho que não saiba mesmo.

Stevens puxou de uma vez uma bandeja que estava ao lado da cama.

— Vou lhe trazer um pouco de chá fresco, senhor. Este aqui está frio.

— Acha que eu deveria me levantar e... hum... ir ver a moça?

Stevens não respondeu, mas manteve as costas bem rígidas, e Jimmy leu os sinais corretamente.

— Ah, sim! Muito bem — disse. — Acho melhor. Ela não disse o nome?

— Não, senhor.

— Hum. Será que tem alguma possibilidade de ser minha tia Jemima? Porque, se for ela, não vou me levantar de jeito nenhum.

— Eu diria, senhor, que a senhora não poderia ser tia de ninguém, a menos que seja a caçula de uma família grande.

— A-há! — exclamou Jimmy. — Jovem e adorável. Ela é... que tipo de pessoa ela é?

— A jovem, senhor, é, sem dúvida, estritamente *comme il faut*, se me permite a expressão.

— Permitida — aquiesceu Jimmy graciosamente. — Sua pronúncia francesa, Stevens, se me permite dizer, é muito boa. Muito melhor que a minha.

— Fico feliz em ouvi-lo, senhor. Tenho feito um curso de francês por correspondência nos últimos tempos.

— Está realmente fazendo isso? Você é um sujeito maravilhoso, Stevens.

O homem sorriu com superioridade e saiu do quarto. Jimmy tentava lembrar o nome de todas as moças jovens e adoráveis estritamente *comme il faut* que talvez pudessem visitá-lo.

Stevens voltou com chá fresco e, enquanto Jimmy o bebia, sentiu uma curiosidade prazerosa.

— Espero que tenha deixado o jornal e tudo o mais com ela, Stevens — falou ele.

— Ofereci a ela o *Morning Post* e a revista *Punch*, senhor.

Um toque de sineta levou-o embora. Em poucos minutos, ele retornou.

— Outra jovem, senhor.

— Como assim?

Jimmy botou as mãos na cabeça.

— Outra jovem. Ela se recusa a dizer o nome, mas diz que seu assunto é importante.

Jimmy encarou-o.

— Isso é estranho para danar, Stevens. Estranho para danar. Escuta, a que horas cheguei em casa ontem à noite?

— Exatamente às cinco horas, senhor.

— E eu estava... hum... como eu estava?

— Apenas um pouco alegre, senhor... nada mais. Inclinado a cantar "Rule, Britannia".

— Que extraordinário — disse Jimmy. — "Rule, Britannia", hein? Não consigo nem me imaginar sóbrio cantando "Rule, Britannia". Algum patriotismo latente deve ter emergido sob o incentivo de... hum... apenas algumas doses a mais. Pelo que me lembro, eu estava comemorando no Mustard and Cress. Não é um lugar tão inocente quanto parece, Stevens. — Ele fez uma pausa. — Eu estava imaginando...

— Sim, senhor?

— Eu estava imaginando se, sob o estímulo já mencionado, eu havia colocado um anúncio em um jornal pedindo uma governanta, ou algo assim.

Stevens tossiu.

— *Duas* jovens estão aí. É estranho. No futuro, me pouparei de ir ao Mustard and Cress. Essa é uma boa palavra, Stevens: *poupar-se*. Encontrei-a em uma palavra cruzada outro dia e fiquei interessado por ela.

Enquanto falava, Jimmy se vestia com agilidade. Ao final de dez minutos, estava pronto para enfrentar suas desconhecidas visitantes. Ao abrir a porta da sala de estar, a primeira pessoa que viu foi uma garota magra de cabelos escuros que lhe era totalmente desconhecida. Estava parada perto da lareira, encostada nela. Então seu olhar se voltou para a grande poltrona revestida de couro, e seu coração teve um sobressalto. Loraine!

Foi ela quem se levantou e falou primeiro, um pouco nervosa.

— Você deve estar muito surpreso em me ver. Mas eu tive que vir. Explicarei em um minuto. Esta é Lady Eileen Brent.

— Bundle... é como geralmente me conhecem. Já deve ter ouvido falar de mim por meio de Bill Eversleigh.

— Ah, sim, claro que ouvi — comentou Jimmy, tentando lidar com a situação. — Bem, sentem-se e vamos tomar um coquetel, ou algo assim.

As duas garotas recusaram.

— Na verdade — continuou Jimmy —, acabei de sair da cama.

— Foi o que Bill me disse — comentou Bundle. — Eu lhe disse que estava vindo vê-lo, e ele disse que você não estaria acordado.

— Bem, agora já estou de pé — disse Jimmy, incentivando-a a continuar.

— É sobre Gerry — explicou Loraine. — E agora sobre Ronny...

— Como assim "e agora sobre Ronny"?

— Ele foi baleado ontem.

— O quê? — gritou Jimmy.

Bundle contou a história pela segunda vez. Jimmy ouviu como alguém dentro de um sonho.

— O velho Ronny, baleado — murmurou. — Que diabo é *isso*?

Ele sentou-se na beirada de uma cadeira, pensou por um ou dois minutos e, em seguida, falou em voz baixa e calma:

— Tem uma coisa que acho que preciso contar.

— Sim — disse Bundle, incentivando-o.

— Foi no dia em que Gerry Wade morreu. No caminho para dar a notícia para *você* — disse Jimmy, e meneou a cabeça para Loraine —, no carro, Ronny me disse uma coisa. Quer dizer, começou a me contar uma coisa. Havia uma coisa que ele queria me dizer, e começou a falar disso, e, em seguida, falou que havia feito uma promessa e não podia continuar a falar.

— Uma promessa — repetiu Loraine, pensativa.

— Foi o que disse. Claro que, depois disso, não o pressionei. Mas Ronny estava estranho... estranho para danar...

o tempo todo. Então, tive a impressão de que ele suspeitava... bem, de algum crime. Pensei que contaria esse fato ao médico. Mas não, não deu nem uma dica. Então, pensei que eu estivesse enganado. E, depois disso, com as provas e tudo mais... Bem, parecia um caso muito claro. Achei que minhas suspeitas eram bobagens.

— Mas acha que Ronny ainda suspeitava? — perguntou Bundle.

Jimmy concordou com a cabeça.

— É o que penso agora. Ora, nenhum de nós soube nada dele desde então. Acredito que estava indo atrás sozinho... tentando encontrar a verdade sobre a morte de Gerry, e, sabe do que mais, acredito que acabou *descobrindo*. Por isso os malditos atiraram nele. E, então, ele tentou me enviar uma mensagem, mas só conseguiu dizer aquelas duas palavras.

— Seven Dials — disse Bundle, e sentiu um leve arrepio.

— Seven Dials — repetiu Jimmy, com seriedade. — De qualquer forma, é o que temos como ponto de partida.

Bundle virou-se para Loraine.

— Você estava prestes a me contar...

— Ah, sim! Primeiro, sobre a carta. — Ela falou com Jimmy. — Gerry deixou uma carta. Lady Eileen...

— Bundle.

— Bundle encontrou-a.

Ela explicou as circunstâncias em poucas palavras.

Jimmy ouviu, bastante interessado. Era a primeira vez que ouvia falar da tal carta. Loraine tirou-a da bolsa e entregou para ele. Jimmy leu e, em seguida, olhou para ela.

— É aqui que você pode nos ajudar. O que Gerry queria que você esquecesse?

As sobrancelhas de Loraine franziram-se um pouco em perplexidade.

— É tão difícil lembrar exatamente agora. Abri uma carta de Gerry por engano. Lembro-me de que estava escrita em um papel barato e certamente com uma caligrafia de um iletrado. No cabeçalho havia um endereço em Seven Dials. Percebi que não era para mim, então devolvi ao envelope sem ler.

— Tem certeza? — perguntou Jimmy, com muita gentileza.

Loraine riu pela primeira vez.

— Sei o que você está pensando e admito que as mulheres *são* curiosas. Mas, veja bem, nem parecia algo interessante. Era uma espécie de lista de nomes e datas.

— Nomes e datas — repetiu Jimmy, pensativo.

— Gerry não pareceu ligar muito — continuou Loraine. — Ele riu. Perguntou-me se eu já tinha ouvido falar da Máfia e depois disse que seria estranho se uma sociedade como a Máfia começasse na Inglaterra... mas que esse tipo de organização secreta não era muito aceita entre os ingleses. "Nossos criminosos", disse ele, "não têm imaginação pitoresca."

Jimmy franziu os lábios e soltou um assobio.

— Estou começando a entender — falou. — Seven Dials deve ser a sede de alguma sociedade secreta. Como ele diz na carta que lhe enviou, pensou que fosse uma brincadeira, para início de conversa. Mas claro que não era, como ele mesmo diz. E tem mais uma coisa: a ansiedade dele de que você se esquecesse do que lhe fora dito. Só pode haver um motivo: se essa sociedade suspeitasse que você tinha algum conhecimento de suas atividades, você também estaria em perigo. Gerald percebeu o risco e ficou terrivelmente ansioso... por você.

Ele parou e continuou com calma:

— Imagino que todos nós estaremos em perigo... se continuarmos com isso.

— Se...? — gritou Bundle, indignada.

— Estou falando de vocês duas. Para mim, é diferente. Eu era amigo do velho Ronny, coitado. — Ele olhou para Bundle. — Você fez sua parte. Entregou a mensagem que ele me enviou. Não, pelo amor de Deus, fiquem fora disso, você e Loraine.

Bundle olhou para a outra garota com uma expressão questionadora. Definitivamente já tinha tomado uma decisão, mas não deu nenhuma indicação disso naquele momento. Não tinha vontade nenhuma de forçar Loraine Wade a se envolver em uma tarefa perigosa.

Mas o rostinho de Loraine se iluminou com indignação de imediato.

— Você é quem está dizendo! Pensou mesmo, nem que fosse por um minuto, que eu me contentaria em ficar de fora disso... quando mataram Gerry... meu querido Gerry, o melhor, mais querido e mais gentil irmão que qualquer garota já teve? A única pessoa que eu tinha no mundo inteiro!

Jimmy pigarreou com desconforto. Ele pensou que Loraine era maravilhosa, simplesmente maravilhosa.

— Olhe aqui — disse, desconcertado. — Não deve dizer uma coisa dessas. Sobre estar sozinha no mundo... que bobagem. Você tem muitos amigos... que ficam felizes demais em fazer o que podem. Entende o que quero dizer?

É possível que Loraine tenha entendido, pois ela corou de repente e, para esconder sua confusão, começou a falar nervosamente.

— Está resolvido. Eu vou ajudar. Ninguém vai me impedir.

— E eu também, claro — concordou Bundle.

As duas olharam para Jimmy.

— É — disse ele, devagar. — Bem, é isso mesmo.

Elas o encararam com curiosidade.

— Eu estava pensando — falou Jimmy — em como poderíamos começar.

Capítulo 9

Planos

As palavras de Jimmy elevaram imediatamente a discussão para uma esfera mais prática.

— Considerando todos os fatos — disse ele —, não temos muito em que nos basear. Na verdade, temos apenas as palavras Seven Dials. Na verdade, eu nem sei exatamente onde fica Seven Dials. Mas, de qualquer forma, é impossível passar um pente-fino pelo distrito inteiro, casa por casa.

— Poderíamos — disse Bundle.

— Bem, talvez até possamos no fim das contas... embora eu não tenha tanta certeza. Imagino que seja uma área populosa. Mas não seria muito sutil.

A palavra lembrou-o de Meia-Soquete, e ele sorriu.

— Então, claro, tem a parte do campo onde Ronny foi baleado. Podíamos dar uma olhada lá. Mas a polícia provavelmente está fazendo tudo o que poderíamos fazer, e fazendo muito melhor.

— O que eu gosto em você — disse Bundle em tom sarcástico — é sua disposição animada e otimista.

— Não ligue, Jimmy — falou Loraine, baixo. — Continue.

— Não seja tão impaciente — retrucou Jimmy a Bundle. — Todos os melhores detetives abordam um caso dessa maneira, eliminando investigações desnecessárias e não lucrativas. Estou chegando agora à terceira alternativa... a morte de Gerald. Agora que sabemos que foi assassinato... a propósito, vocês duas acreditam nisso, certo?

— Sim — respondeu Loraine.

— Eu também — disse Bundle.

— Ótimo. Assim como eu. Bem, me parece que temos uma pequena chance. Afinal, se Gerry não tomou cloral, alguém deve ter entrado em seu quarto e colocado o medicamento lá, o dissolvido no copo de água para que ele pudesse tomar quando acordasse. E, claro, deixou a caixa ou garrafa vazia, ou o que quer que fosse. Concordam com isso?

— S-sim — respondeu Bundle, devagar. — Mas...

— Espere! E esse alguém devia estar na casa naquele momento. Não pode ter sido alguém de fora.

— Não — concordou Bundle, mais prontamente dessa vez.

— Muito bem. Isso simplifica consideravelmente as coisas. Para começar, suponho que muitos dos criados sejam da família... quer dizer, sejam empregados seus.

— Certo — confirmou Bundle. — Praticamente todos os funcionários ficaram lá quando alugamos. Todos os principais ainda estão lá... é claro que houve trocas entre os criados subalternos.

— Exato... é aí que quero chegar. *Você* — dirigiu-se a Bundle — precisa entrar nos detalhes desse fato. Descubra quando novos criados foram contratados... por exemplo, os lacaios.

— Um dos lacaios é novo. O nome dele é John.

— Bem, faça perguntas sobre John por lá. E sobre outros que chegaram há pouco.

— Suponho — comentou Bundle, devagar — que deve ter sido um criado. Não poderia ter sido um dos convidados?

— Não vejo como isso é possível.

— Quem estava lá exatamente?

— Bem, havia três garotas... Nancy, Helen e Meia-Soquete...

— Meia-Soquete Daventry? Eu a conheço.

— Talvez, sim. Uma garota que vive dizendo que as coisas são sutis.

— É ela mesma. Sutil é uma de suas palavras favoritas.

— Também estavam Gerry Wade, eu, Bill Eversleigh e Ronny. E, claro, Sir Oswald e Lady Coote. Ah! E o Pongo.

— Quem é Pongo?
— Um sujeito chamado Bateman... secretário do velho Coote. Um sujeito carrancudo, mas muito consciencioso. Estudei com ele.
— Não parece haver nada de muito suspeito aí — observou Loraine.
— Não, não há — concordou Bundle. — Como você disse, teremos que procurar entre os criados. A propósito, não acha que o fato de o relógio ter sido jogado pela janela teve alguma coisa a ver com isso?
— Um relógio jogado pela janela — repetiu Jimmy, olhando para o nada. Era a primeira vez que ouvia falar disso.
— Não consigo entender como isso pode ter alguma relação — comentou Bundle. — Mas, de algum jeito, é estranho. Não parece fazer sentido nenhum.
— Eu lembro — disse Jimmy lentamente. — Fui até lá... para ver o velho Gerry, coitado, e lá estavam os relógios dispostos sobre a lareira. Lembro-me de notar que eram apenas sete... não oito.
De repente, ele estremeceu e se explicou, desculpando-se.
— Perdoem-me, mas, de alguma forma, esses relógios sempre me deram arrepios. Às vezes, sonho com eles. Eu odiaria entrar naquela sala no escuro e vê-los ali, enfileirados.
— Não conseguiria vê-los se estivesse escuro — alertou Bundle, prática. — Não, a menos que tivessem mostradores luminosos... Ah! — Ela deu um suspiro repentino, e suas bochechas ficaram enrubescidas. — Vocês não estão vendo? Sete mostradores... em inglês se diz *Seven Dials*!
Os outros olharam para ela com desconfiança, mas Bundle insistiu com veemência cada vez maior.
— Tem que ser. Não pode ser coincidência.
Houve uma pausa.
— Talvez você esteja certa — Jimmy Thesiger finalmente rompeu o silêncio. — É... estranho para diabo.
Bundle começou a questioná-lo, ansiosa.

— Quem comprou os relógios?
— Todos nós.
— Quem pensou neles?
— Todos nós.
— Besteira, alguém deve ter pensado neles primeiro.
— Não foi desse jeito que aconteceu. Estávamos discutindo o que poderíamos fazer para acordar Gerry, e Pongo falou de um despertador, e alguém disse que um não seria bom o bastante, e outra pessoa... Bill Eversleigh, acho... perguntou por que não comprar uma dúzia? E todos nós dissemos "Boa, garoto" e saímos para buscá-los. Cada um ficou com um, mais um para Pongo e outro para Lady Coote... porque temos corações generosos. Não houve nada premeditado nisso... simplesmente aconteceu.

Bundle ficou em silêncio, mas não se convenceu.

Jimmy começou a resumir de um jeito metódico.

— Podemos dizer, acho, que temos certeza de alguns fatos. Existe uma sociedade secreta que tem algumas coisas em comum com a Máfia. Gerry Wade ficou sabendo disso. A princípio, tratou como uma brincadeira... um absurdo, digamos assim. Ele não conseguia acreditar que realmente era perigoso. Mas depois aconteceu alguma coisa que o convenceu, e daí ele ficou nervoso para valer. Imagino que deve ter dito alguma coisa a Ronny Devereux sobre isso. De qualquer forma, quando foi tirado da jogada, Ronny suspeitou e deve ter ficado sabendo o bastante para seguir o mesmo caminho. O lamentável é que precisamos começar do zero, sem nenhuma luz no fim do túnel. Não sabemos de nada que os outros dois sabiam.

— Talvez seja uma vantagem — comentou Loraine, com frieza. — Não vão suspeitar de nós e, portanto, não vão tentar nos tirar da jogada.

— Queria ter certeza disso — retrucou Jimmy, com uma voz preocupada. — Sabe, Loraine, o próprio velho Gerry queria que você ficasse de fora dessa. Não acha que poderia...

— Não, eu não poderia — interrompeu Loraine. — Não vamos discutir isso de novo. É perda de tempo.

À menção da palavra "tempo", os olhos de Jimmy se voltaram para o relógio no alto, e ele soltou uma exclamação de espanto. Jimmy levantou-se e abriu a porta.

— Stevens.

— Sim, senhor?

— Que tal cuidar do almoço, Stevens? Seria possível?

— Eu previ que seria necessário, senhor. Mrs. Stevens já tomou as devidas providências.

— Esse homem é maravilhoso — elogiou Jimmy, ao retornar, dando um suspiro de alívio. — Tem cabeça, você sabe. Inteligência pura. Faz cursos por correspondência. Às vezes, imagino se não seria uma boa para mim.

— Não seja bobo — zombou Loraine.

Stevens abriu a porta e começou a trazer uma refeição das mais opulentas. Codornas vieram após a entrada de omelete e um suflê levíssimo.

— Por que os homens são tão felizes quando estão solteiros? — perguntou Loraine em tom trágico. — Por que são muito mais bem tratados por outras pessoas do que por nós?

— Ora essa! Sabe que isso é besteira — retrucou Jimmy. — Quer dizer, não são, não. Por que seriam? Penso várias vezes que...

Ele gaguejou e parou de falar. Loraine enrubesceu de novo.

De repente, Bundle soltou um grito, e os outros dois tiveram um sobressalto violento.

— Idiota — disse Bundle. — Imbecil. Quer dizer, sou eu. Sabia que havia me esquecido de alguma coisa.

— Como assim?

— Você conhece o Olho-de-Peixe, quer dizer, George Lomax?

— Já ouvi falar muito dele — respondeu Jimmy. — De Bill e Ronny, sabe?

— Bem, o Olho-de-Peixe vai dar uma daquelas festas sem graça na próxima semana... e ele recebeu uma carta de advertência de Seven Dials.

— O quê? — berrou Jimmy, cheio de animação, inclinando-se para a frente. — Está falando sério?

— Sim, estou. Ele falou com meu pai sobre isso. Agora, o que acha que isso indica?

Jimmy recostou-se na cadeira. Pensou com agilidade e cuidado. Por fim, falou, de forma breve e direta:

— Vai acontecer alguma coisa nessa festa.

— É o que eu acho — confirmou Bundle.

— Tudo se encaixa — disse Jimmy, sonhador.

Ele virou-se para Loraine.

— Quantos anos você tinha quando a guerra começou? — perguntou ele, de forma inesperada.

— Nove… não, oito.

— E Gerry, suponho, tinha cerca de 20 anos. A maioria dos rapazes com 20 anos foi para a guerra. Gerry não foi.

— Não — confirmou Loraine, depois de pensar por um ou dois minutos. — Não, Gerry não foi soldado. Não sei por quê.

— Posso dizer o porquê — disse Jimmy. — Ou pelo menos posso dar um palpite muito astuto. Ele esteve fora da Inglaterra de 1915 a 1918. Me dei o trabalho de investigar. E ninguém parece saber exatamente onde ele estava. Acho que foi para a Alemanha.

As bochechas de Loraine enrubesceram. Ela olhou para Jimmy com admiração.

— Que inteligente da sua parte.

— Ele falava bem alemão, não é?

— Sim, como um nativo.

— Tenho certeza de que estou certo. Escutem, vocês duas. Gerry Wade estava no Ministério das Relações Exteriores. Ele parecia ser o mesmo tipo de idiota afável... desculpe o termo, mas vocês sabem o que quero dizer... como Bill Eversleigh e Ronny Devereux. Uma excrescência puramente ornamental. Mas, na realidade, ele era bem diferente. Acho que Gerry Wade era um agente duplo. Nosso serviço secreto é considerado o melhor do mundo, e acho que Gerry Wade tinha um alto cargo nesse serviço. E isso explica tudo! Lembro-me de dizer *en passant* naquela noite em Chimneys que não era possível Gerry ser tão idiota quanto se mostrava.

— E se você estiver certo? — perguntou Bundle, prática como sempre.

— Então a questão é maior do que pensávamos. O negócio de Seven Dials não é apenas criminoso... é internacional. Uma coisa é certa, alguém precisa ir até a festa na casa do Lomax.

Bundle fez uma leve careta.

— Eu conheço bem George... mas ele não vai com a minha cara. Nunca pensaria em me convidar para uma reunião séria. Mesmo assim, talvez eu...

Ela permaneceu absorta por um momento.

— Acha que *eu* conseguiria resolver isso com o Bill? — perguntou Jimmy. — Certamente ele vai estar lá, pois é o braço direito do Olho-de-Peixe. De um jeito ou de outro, talvez ele possa me levar.

— Não vejo por que não — disse Bundle. — Vai ter que preparar Bill e fazê-lo dizer as coisas certas. Por conta própria, ele é incapaz de pensar nelas.

— O que sugere? — perguntou Jimmy, com humildade.

— Ora! É bem fácil. Bill descreve você como um jovem rico... interessado em política e ansioso para concorrer ao Parlamento. George vai cair, sem dúvida. Sabe que esses partidos políticos estão sempre procurando por novos jovens ricos. Quanto mais rico Bill disser que você é, mais fácil será conseguir o que quiser.

— Se eu não for apresentado como um Rothschild, tudo bem — disse Jimmy.

— Então, acho que está praticamente resolvido. Vou jantar com Bill amanhã à noite e pegar uma lista de quem vai estar lá. Vai ser útil.

— Sinto muito que você não possa estar lá — comentou Jimmy. — Mas, no geral, acho que será melhor desse jeito.

— Não tenho tanta certeza de que não vou estar lá — disse Bundle. — Olho-de-Peixe tem um ódio encarniçado por mim, mas há outras maneiras.

Ela ficou pensativa.

— E eu? — perguntou Loraine, com voz baixa e mansa.

— Você não vai estar nesta parte — respondeu Jimmy no mesmo instante. — Entendeu? Afinal, precisamos de alguém de fora para... hum...

— Para quê? — inquiriu Loraine.

Jimmy decidiu apelar para Bundle.

— Olha só, Loraine tem que ficar fora disso, certo?

— Acho que é melhor mesmo.

— Fica para a próxima — tranquilizou Jimmy.

— E se não houver uma próxima? — questionou Loraine.

— Ah, provavelmente vai haver. Não tenha dúvida.

— Entendi. Só preciso ir para casa e... aguardar.

— É isso — confirmou Jimmy, sentindo um grande alívio. — Sabia que você entenderia.

— Olhe — explicou Bundle —, três de nós forçando a entrada lá talvez levantasse muitas suspeitas. E seria especialmente difícil para você. Você entende, não é?

— Sim, claro — respondeu Loraine.

— Então, está combinado... você não faz nada — concluiu Jimmy.

— Eu não faço nada — repetiu Loraine, mansa.

Bundle olhou para ela com repentina suspeita. A mansidão com que Loraine estava lidando com a situação parecia falsa. Loraine fitou-a com olhos azuis e ingênuos. Ela encarou Bundle sem nem mesmo pestanejar. Bundle não ficou muito satisfeita. A brandura de Loraine Wade lhe parecia deveras suspeita.

Capítulo 10

Bundle visita a Scotland Yard

Bem, temos que salientar logo que cada um dos três participantes da conversa anterior tinha, por assim dizer, reservado algumas informações para si. O lema "Ninguém conta tudo o que sabe" é muito verdadeiro.

Pode-se questionar, por exemplo, se Loraine Wade foi mesmo sincera em seu relato dos motivos que a levaram a procurar Jimmy Thesiger.

Da mesma forma, o próprio Jimmy Thesiger tinha várias ideias e planos relacionados à festa que aconteceria na casa de George Lomax que ele não tinha intenção de revelar a... digamos, Bundle.

E a própria Bundle já havia tramado um plano que pretendia colocar em execução imediata e sobre o qual ela não teceu nenhum comentário.

Ao sair do quarto de Jimmy Thesiger, ela foi de carro até a Scotland Yard, onde procurou pelo Superintendente Battle.

O Superintendente Battle era um homem bastante grande. Trabalhava quase exclusivamente em casos de natureza política sensível. Tinha ido a Chimneys quatro anos antes para investigar um desses casos, e Bundle apostava francamente que ele se lembraria desse fato.

Após uma breve espera, ela foi levada por vários corredores até a sala particular do superintendente. Battle era um homem de aparência impassível e rosto inexpressivo. Não se mostrava como alguém especialmente inteligente e parecia mais um funcionário de repartição que um detetive.

Estava em pé perto da janela quando ela entrou, olhando de um jeito inexpressivo para alguns pardais.

— Boa tarde, Lady Eileen — cumprimentou. — Sente-se, por favor.

— Obrigada — disse Bundle. — Tive medo de que o senhor não se lembrasse de mim.

— Sempre me lembro das pessoas — afirmou Battle, e acrescentou: — Faz parte do meu trabalho.

— Ah, sim! — falou Bundle, com certo desalento.

— E o que posso fazer pela senhorita? — perguntou o superintendente.

Bundle foi direto ao ponto.

— Sempre ouvi dizer que vocês, da Scotland Yard, têm listas de todas as sociedades secretas e esse tipo de coisa que são criadas em Londres.

— Tentamos nos manter atualizados — comentou o Superintendente Battle, com cautela.

— Imagino que muitas delas não sejam perigosas de fato.

— Seguimos uma regra muito boa para isso — explicou Battle. — Quanto mais falam, menos fazem. É surpreendente o quanto isso funciona bem.

— E soube que com frequência vocês deixam que elas continuem funcionando, certo?

Battle assentiu com a cabeça.

— É isso mesmo. Por que um homem não pode chamar a si próprio de Irmão da Liberdade e ir a reuniões duas vezes por semana em um porão para falar sobre rios de sangue? Não vai lhe fazer mal, nem a nós. E, se *houver* algum problema a qualquer momento, sabemos como botar as mãos nele.

— Mas, às vezes, vamos supor — Bundle retomou a palavra, bem devagar — que uma sociedade possa ser mais perigosa do que qualquer um imagina.

— Muito improvável — retrucou Battle.

— Mas *poderia* acontecer — insistiu Bundle.

— Sim, *poderia* — admitiu o superintendente.

Houve alguns instantes de silêncio. Então, Bundle recomeçou com calma:

— Superintendente Battle, seria possível o senhor me fornecer uma lista de sociedades secretas que tenham sede em Seven Dials?

O Superintendente Battle gabava-se de nunca ter sido visto demonstrando qualquer emoção, mas Bundle podia jurar que, por um momento, as pálpebras dele piscaram, e ele pareceu atônito. Contudo, foi apenas por um momento. Estava com a mesma cara inexpressiva de sempre quando disse:

— A rigor, Lady Eileen, não existe nenhum lugar chamado Seven Dials hoje em dia.

— Não?

— Não. A maior parte foi demolida e reconstruída. Antigamente era um bairro pobre, mas hoje em dia é muito respeitável e de alta classe. Não é um lugar nada romântico para se investigar sociedades secretas misteriosas.

— Ah! — disse Bundle, um tanto perplexa.

— Mas, mesmo assim, eu gostaria muito de saber por que a senhorita mencionou essa vizinhança, Lady Eileen.

— Preciso contar?

— Bem, vai poupar alguns problemas, não é? Sabemos em que pé estamos, por assim dizer.

Bundle hesitou por um minuto.

— Ontem um homem foi baleado — começou ela, hesitante. — Achei que o tivesse atropelado...

— Mr. Ronald Devereux?

— Claro que o senhor já sabe disso. Por que nada foi publicado nos jornais?

— Quer mesmo saber, Lady Eileen?

— Quero, por favor.

— Bem, só pensamos que gostaríamos de aguardar ao menos 24 horas... entende? Amanhã vai estar nos jornais.

— Ah! — Bundle examinou-o, intrigada.

O que se escondia por trás daquele rosto imóvel? Será que ele considerava o assassinato de Ronald Devereux um crime comum ou extraordinário?

— Ele mencionou Seven Dials quando estava à beira da morte — confessou Bundle, devagar.

— Obrigado. Vou anotar isso.

Battle escreveu algumas palavras no bloco de papel à sua frente.

Bundle tomou outro rumo na conversa.

— Pelo que entendi, Mr. Lomax veio até o senhor ontem por causa de uma carta ameaçadora que recebeu.

— Veio, sim.

— E que fora enviada de Seven Dials.

— Acredito que Seven Dials estava escrito no alto da carta.

Bundle sentiu como se estivesse desesperadamente batendo em uma porta trancada.

— Se me permite aconselhá-la, Lady Eileen...

— Eu sei o que o senhor vai dizer.

— Se fosse a senhorita, eu iria para casa e... bem, não pensaria mais nesses assuntos.

— Na verdade, é para deixar para vocês resolverem.

— É — disse o Superintendente Battle —, afinal somos nós os profissionais.

— E eu sou apenas uma amadora? Sim, mas o senhor se esquece de uma coisa... posso não ter seu conhecimento e habilidade, mas tenho uma vantagem sobre o senhor. Posso trabalhar sem ser vista.

Ela achou que o superintendente se mostrou um tanto surpreso, como se a força de suas palavras tivesse atingido o alvo.

— Claro — continuou Bundle —, se o senhor não me entregar uma lista de sociedades secretas...

— Ora! Eu nunca disse que não daria. A senhorita terá uma lista completa.

Ele foi até a porta, enfiou a cabeça para fora e gritou alguma coisa. Em seguida, voltou para sua cadeira. Bundle, de forma um tanto irracional, ficou perplexa. A facilidade com que atendeu ao seu pedido lhe pareceu suspeita. Ele estava olhando para ela nesse momento com toda a placidez.

— O senhor se lembra da morte de Mr. Gerald Wade? — perguntou ela, sem rodeios.

— Na sua casa, não foi? Tomou uma dose excessiva de remédio para dormir.

— A irmã dele diz que ele nunca tomou nada para dormir.

— Ah! — disse o superintendente. — A senhorita ficaria surpresa com a quantidade de coisas que as irmãs não sabem.

Bundle sentiu-se perplexa de novo. Ficou sentada em silêncio até que um homem entrou com uma folha de papel datilografada, que entregou ao superintendente.

— Aqui está — disse o último quando o outro saiu da sala. — Fraternidade de Sangue de São Sebastião. Os Cães de Caça. Os Camaradas da Paz. O Clube dos Camaradas. Os Amigos da Opressão. Os Filhos de Moscou. Os Porta-Estandartes Vermelhos. Os Arenques. Os Camaradas dos Abatidos... e mais uma meia dúzia.

Ele entregou-a para Bundle com um brilho distinto nos olhos.

— O senhor está me entregando esta lista porque sabe que não vai me servir de nada. Quer que eu deixe todo esse assunto para lá?

— Eu preferiria — admitiu Battle. — Veja bem... se a senhorita fuçar todos esses lugares... bem, isso vai nos causar muitos problemas.

— Para cuidar de mim, o senhor quer dizer?

— Isso mesmo, Lady Eileen.

Bundle levantou-se. Nesse momento, ela ficou indecisa. Até aquele momento, as cartas estavam todas na mão do Superintendente Battle. Então, ela se lembrou de um pequeno incidente e baseou nele seu último apelo.

— Eu falei agora mesmo que uma amadora consegue fazer algumas coisas que um profissional não pode. E o senhor não me contestou porque é um homem honesto, Superintendente Battle. Sabia que eu tinha razão.

— Continue — disse Battle, sem rodeios.

— Em Chimneys, o senhor permitiu que eu o auxiliasse. Não vai me deixar ajudar agora?

Battle parecia refletir sobre aquela oferta. Incentivada pelo silêncio dele, Bundle continuou.

— O senhor sabe muito bem como sou, Superintendente Battle. Eu me intrometo nas coisas. Sou uma grande bisbilhoteira. Não quero atrapalhá-lo nem tentar fazer coisas que o senhor já estiver fazendo e pode fazer muito melhor. Mas se houver uma oportunidade para uma amadora, me deixe tentar.

De novo, houve uma pausa, e, em seguida, o Superintendente Battle disse com toda a calma:

— A senhorita não poderia ter descrito de forma mais precisa, Lady Eileen. Mas vou lhe dizer apenas uma coisa. O que a senhorita propõe é perigoso. E, quando eu digo perigoso, é perigoso *mesmo*.

— Eu sei disso — retrucou Bundle. — Eu não sou boba.

— Não — concordou o Superintendente Battle. — Nunca conheci uma jovem que fosse tão esperta. O que vou fazer pela senhorita, Lady Eileen, é o seguinte: lhe darei apenas uma pequena dica. E estou fazendo isso porque nunca acreditei muito no ditado "O seguro morreu de velho". Na minha opinião, metade das pessoas que passam a vida tentando evitar ser atropeladas por ônibus deviam ser atropeladas de uma vez para acabar com essa questão. Essas não têm serventia nenhuma.

Essa declaração notável vinda da boca de uma pessoa tão convencional como Superintendente Battle deixou Bundle atônita.

— Qual a dica que você queria me dar? — perguntou ela por fim.

— A senhorita conhece Mr. Eversleigh, não é?
— Bill? Claro, mas o que ele...?
— Acho que Mr. Bill Eversleigh poderá lhe contar tudo o que quer saber sobre Seven Dials.
— Bill está sabendo de alguma coisa? *Bill?*
— Eu não disse isso. De jeito nenhum. Mas acho que, sendo uma jovem perspicaz, vai conseguir o que deseja dele.
— E agora — disse o Superintendente Battle com firmeza —, não vou lhe dizer mais nenhuma palavra.

Capítulo 11

Jantar com Bill

Cheia de expectativa, Bundle se preparou para o encontro com Bill na noite seguinte.

Ele a recebeu com sinais claros de euforia.

"Bill é mesmo muito legal", pensou Bundle. "Como um cachorro grandalhão e desajeitado que abana o rabo quando fica feliz em ver você."

O cachorro grande emitia latidos curtos, entrecortados com comentários e informações.

— Você parece tremendamente em forma, Bundle. Não sei nem como expressar minha alegria em ver você. Eu pedi ostras... você gosta de ostras, certo? E como vão as coisas? Por que quis ficar mofando por tanto tempo no exterior? Você estava se divertindo à beça?

— Não, muito enfadonho — respondeu Bundle. — Uma bela porcaria. Só coronéis velhos e caquéticos se arrastando embaixo do sol e velhas solteironas esbaforidas e enrugadas tomando conta de bibliotecas e igrejas.

— Sou mais a Inglaterra — confessou Bill. — Evito esse negócio de ir para o exterior... menos para a Suíça. A Suíça é excelente. Estou pensando em ir para lá neste Natal. Por que não vem também?

— Vou pensar nisso. E você, Bill, o que tem feito ultimamente?

Foi uma pergunta imprudente. Bundle estava questionando apenas por educação e como uma preparação para introduzir os temas de que queria tratar na conversa. No entanto, essa era a oportunidade pela qual Bill estava ansiando.

— É exatamente isso que eu queria te contar. Você é um gênio, Bundle, e preciso do seu conselho. Conhece aquele musical, *Damn Your Eyes*?

— Conheço.

— Bem, vou te contar sobre uma das peças mais imundas de que já se ouviu falar. Meu Deus! Esse povo do teatro. Tem uma garota... uma garota americana... ela é estonteante...

Bundle ficou desesperada. As queixas das amigas de Bill eram sempre intermináveis — elas não tinham fim, e não havia como contê-lo.

— Essa garota, a Babe St. Maur, esse é o nome dela...

— Queria saber onde ela arranjou esse nome — disse Bundle, sarcástica.

Bill respondeu como se fosse sério:

— Ela pegou no catálogo *Who's Who*. Abriu-o e apontou o dedo para uma página sem olhar. Engenhoso, não é? O nome verdadeiro dela é Goldschmidt ou Abrameier... alguma coisa assim, completamente impossível.

— Ah, claro — concordou Bundle.

— Bem, Babe St. Maur é muito esperta. E musculosa. Foi uma das oito garotas que formaram aquela ponte humana...

— Bill — interrompeu Bundle, já em pânico. — Fui visitar Jimmy Thesiger ontem pela manhã.

— O bom e velho Jimmy — disse Bill. — Bem, como eu estava dizendo, Babe é bem esperta. Tem que ser assim hoje em dia. Ela não se deixa enganar por esse pessoal do teatro. Se quiser sobreviver, fique sempre com as rédeas na mão, é o que Babe diz. E, veja bem, ela é ótima e tudo o mais. E sabe atuar... é maravilhoso como a garota sabe atuar. Não tinha muita chance em *Damn Your Eyes*... estava cercada por um bando de garotas bonitas. Perguntei por que ela não tentava uma peça legítima... você sabe, Mrs. Tanqueray... esse tipo de coisa... mas Babe apenas riu...

— Você tem visto Jimmy?

— Encontrei-me com ele hoje de manhã. Deixe-me ver, onde eu estava? Ah, sim, ainda não cheguei à parte da briga. E, veja bem, foi inveja... inveja pura e rancorosa. A outra garota não chegava aos pés de Babe em termos de aparência, e ela sabia disso. Então, ela chegou pelas costas...

Bundle resignou-se ao inevitável e ouviu toda a história das circunstâncias infelizes que levaram ao desaparecimento sumário de Babe St. Maur do elenco de *Damn Your Eyes*. A espera foi longa. Quando, por fim, Bill fez uma pausa para respirar e expressar empatia, Bundle disse:

— Você tem razão, Bill, é mesmo uma pena. Deve ter muita inveja por aí...

— O mundo do teatro inteiro está apodrecido pela inveja.

— Deve estar mesmo. Jimmy disse-lhe alguma coisa sobre ir a Abbey na semana que vem?

Pela primeira vez, Bill prestou atenção ao que Bundle estava dizendo.

— Ele veio com conversa-fiada e queria que eu levasse essa falação para o Olho-de-Peixe. Sobre querer defender os interesses do Partido Conservador. Mas você sabe, Bundle, é muito arriscado.

— Leve, então — disse Bundle. — Se George *descobrir* que a conversa era fiada, não vai culpar você. Você simplesmente vai ter sido enganado, só isso.

— Não é só isso — comentou Bill. — Quer dizer, é muito arriscado para Jimmy. Antes que tome ciência, vai estar largado em algum lugar como Tooting East, tendo que beijar bebês e fazer discursos. Você não tem ideia de como o Olho-de-Peixe é meticuloso e assustadoramente enérgico.

— Bem, vamos ter que arriscar — concluiu Bundle. — Jimmy sabe cuidar de si mesmo muito bem.

— Você não conhece o Olho-de-Peixe — repetiu Bill.

— Quem vai a essa festa, Bill? É um evento muito especial?
— Só os maçantes de sempre. Mrs. Macatta, por exemplo.
— A deputada?
— É, você sabe, sempre perdendo a mão com relação ao Bem-Estar Social, ao Leite Puro e ao "Salve as Crianças". Pense no coitado do Jimmy sendo abordado por ela.
— Não se preocupe com Jimmy. Quem mais vai estar lá?
— Depois tem a húngara, que diz ser da Juventude Húngara. Condessa de sei-lá-o-quê, um sobrenome impronunciável. Ela é bacana.

Ele engoliu em seco, como se estivesse envergonhado, e Bundle observou que ele esfarelava seu pão com nervosismo.

— Jovem e bonita? — questionou ela, com delicadeza.
— Ah, bastante.
— Não sabia que George estava metido com belas mulheres.
— Ah, ele não está. É porque ela cuida da nutrição infantil em Budapeste... alguma coisa assim. Claro que ela e Mrs. Macatta querem ser apresentadas.
— Quem mais?
— Sir Stanley Digby...
— O Ministro da Aeronáutica?
— O próprio. E seu secretário, Terence O'Rourke. Aliás, ele é um rapazote... ou pelo menos era quando voava. Depois, tem um sujeito alemão, asqueroso que só, chamado *Herr* Eberhard. Não sei quem é, mas todo mundo está fazendo uma grande balbúrdia sobre ele. Já me mandaram levá-lo para almoçar duas vezes, e posso lhe dizer, Bundle, não foi brincadeira. Não é como os caras da Embaixada, que são todos muito decentes. O homem suga sopa fazendo barulho e come ervilhas com a faca. E mais, o grosseirão vive roendo as unhas... inclusive deve comê-las.
— Que nojento.
— Não é? Acho que ele inventa coisas... alguma coisa assim. Bom, é só. Ah, sim, e Sir Oswald Coote.

— E a Lady Coote?

— Sim, acredito que ela também vá.

Bundle ficou absorta em pensamentos por alguns minutos. A lista de Bill era sugestiva, mas não havia tempo para pensar nas diversas possibilidades. Ela precisava passar para o próximo tópico.

— Bill? E esse negócio todo de Seven Dials?

De repente, Bill pareceu terrivelmente envergonhado. Piscou algumas vezes e evitou o olhar dela.

— Não sei do que você está falando — disse ele.

— Besteira — falou Bundle. — Disseram que você sabe tudo sobre isso.

— Sobre o quê?

Ele estava fazendo cena. Bundle tentou outra abordagem.

— Não entendo para que fazer tanto segredo — reclamou.

— Não há nada para esconder. Ninguém vai mais lá hoje em dia. Foi só uma coqueluche.

Aquilo pareceu intrigante.

— A gente fica tão perdida quando fica um tempo longe — lamentou Bundle, com voz triste.

— Ora, você não perdeu muita coisa — disse Bill. — Todo mundo foi até lá só para dizer que tinha ido. Uma chatice só, meu Deus, *cansa* comer apenas peixe frito.

— Aonde todo mundo foi?

— Ao Seven Dials Club, claro — respondeu Bill, olhando-a fixamente. — Não era disso que você estava perguntando?

— Eu não sabia o nome — disse Bundle.

— Costumava ser um bairro pobre perto da Tottenham Court Road. Agora foi tudo demolido e limpo. Mas o Seven Dials Club mantém uma atmosfera antiga. Peixe com fritas. Uma miséria total. Uma imitação do East End, mas extremamente conveniente depois de um espetáculo.

— Acho que é como uma boate. Com dança e tudo o mais?

— Isso mesmo! Um pessoal bem misturado, nada luxuoso. Artistas, sabe, e todo tipo de mulher estranha e um pouquinho do nosso pessoal. Dizem uma porção de coisas de lá, mas acho que é tudo bobagem, só dizem para fazer o lugar encher.

— Ótimo — disse Bundle. — Vamos lá hoje à noite.

— Ora! Não devemos ir até lá — falou Bill. Seu constrangimento havia retornado. — Estou lhe dizendo, o lugar já era. Ninguém vai mais lá.

— Bem, nós vamos.

— Você não vai gostar, Bundle. Sem dúvida alguma.

— Você vai me levar para o Seven Dials Club, porque não vou para nenhum outro lugar, Bill. Queria saber por que você está tão arredio.

— Eu? Arredio?

— Demais. O que você está devendo na praça?

— Devendo na praça?

— Pare de repetir o que eu digo. Está fazendo isso para ganhar tempo.

— Eu, não — retrucou Bill, indignado. — É só que...

— Então? Sei que tem alguma coisa. Você nunca consegue esconder nada de mim.

— Não tenho nada a esconder. É só que...

— O que foi?

— É uma longa história. Veja só, eu levei Babe St. Maur lá uma noite...

— Ah! Lá vem a Babe St. Maur de novo.

— Por que não?

— Eu não sabia que era sobre ela — disse Bundle, reprimindo um bocejo.

— Como eu disse, levei Babe lá. Ela queria comer lagosta. Eu botei uma lagosta debaixo do braço...

A história continuou: quando a lagosta foi finalmente desmembrada em uma luta entre Bill e um sujeito que era um estranho fedorento, Bundle voltou sua atenção para ele.

— Entendo. E houve uma briga?

— Sim, mas a lagosta era *minha*. Eu comprei e paguei por ela. Eu tinha todo o direito...

— Ah, você tinha, claro — disse Bundle, apressada. — Mas tenho certeza de que tudo isso já ficou para trás. E, de qualquer forma, eu não gosto de lagosta. Então, vamos embora.

— A polícia pode fazer uma batida lá. Tem uma sala lá em cima onde jogam bacará.

— Talvez meu pai tenha que ir me resgatar, só isso. Vamos.

Bill ainda parecia um pouco relutante, mas Bundle foi inflexível, e logo tomaram um táxi para ir até o local.

Quando chegaram, o lugar era bem como ela imaginou que seria. Uma casa alta em uma rua estreita, na Hunstanton Street, número 14, que ela anotou.

Um homem cujo rosto era estranhamente familiar abriu a porta. Bundle achou que ele teve um pequeno sobressalto quando a viu, mas cumprimentou Bill de maneira respeitosa, mostrando que o conhecia. Era um homem alto, com cabelos loiros, rosto um tanto fraco, anêmico, e olhos ligeiramente espertos. Bundle perguntou-se onde poderia tê-lo visto antes.

Bill havia recuperado a tranquilidade e gostava bastante de bancar o empresário. Dançaram no porão, que estava cheio de fumaça... tanto que só dava para ver as outras pessoas através de uma névoa azul. O cheiro de peixe frito era quase acachapante.

Na parede, havia esboços grosseiros em carvão, alguns deles executados com verdadeiro talento. A companhia era extremamente heterogênea. Havia estrangeiros corpulentos, judias opulentas, um punhado de pessoas realmente inteligentes, e várias mulheres que exerciam a profissão mais antiga do mundo.

Logo, Bill levou Bundle escada acima. Ali, o homem de rosto fraco estava de vigia, observando todos os que entravam na sala de jogos com olhos de lince. De repente, Bundle lembrou quem era.

— É claro — disse ela. — Que estupidez da minha parte. É Alfred, que costumava trabalhar como segundo lacaio em Chimneys. Como vai, Alfred?

— Muito bem, obrigado, milady.
— Quando saiu de Chimneys, Alfred? Foi muito antes de voltarmos?
— Faz mais ou menos um mês, milady. Tive uma chance de melhorar de vida, e pareceu uma pena não a aproveitar.
— Imagino que paguem muito bem — observou Bundle.
— É muito justo, milady.

Bundle entrou na sala de jogos. Parecia-lhe que naquela sala a vida real do clube estava exposta. Ela percebeu de imediato que havia muita coisa em jogo, e as pessoas reunidas ao redor das duas mesas jogavam para valer. Olhos de falcão, abatidas, com o sangue fervilhando por conta das apostas.

Ela e Bill ficaram ali por cerca de meia hora, até sua companhia ficar inquieta.

— Vamos sair daqui, Bundle, vamos dançar lá embaixo.

Bundle concordou. Não havia nada para ser visto ali. Desceram de novo. Dançaram por mais meia hora, comeram peixe com batatas, e então Bundle anunciou que estava pronta para ir para casa.

— Mas é muito cedo — protestou Bill.
— Não, não é. De verdade, não. E, de qualquer forma, tenho um longo dia pela frente amanhã.
— O que você vai fazer?
— Depende — disse Bundle em um tom misterioso. — Mas posso lhe dizer uma coisa, Bill, meu negócio não é ficar parada.
— Nunca foi — concordou Mr. Eversleigh.

Capítulo 12

Inquérito em Chimneys

O temperamento de Bundle certamente não foi herança de seu pai, cuja característica predominante era uma inércia das mais amenas. Como Bill Eversleigh havia observado com muita justeza, o negócio de Bundle nunca fora ficar parada.

Na manhã seguinte ao jantar com Bill, Bundle despertou cheia de energia. Tinha três planos distintos que pretendia colocar em prática naquele dia, e percebeu que seria um pouco prejudicada pelos limites de tempo e espaço.

Felizmente, não sofria da aflição de Gerry Wade, Ronny Devereux e Jimmy Thesiger — a de não conseguir levantar cedinho. O próprio Sir Oswald Coote não teria nada a reclamar dela a esse respeito. Às 8h30, Bundle já havia tomado café da manhã e estava a caminho de Chimneys no seu Hispano.

Seu pai pareceu um pouco satisfeito em revê-la.

— Nunca sei quando você vai aparecer — disse ele. — Mas isso me poupa de ter que telefonar, o que detesto. O Coronel Melrose esteve aqui ontem para tratar do inquérito.

O Coronel Melrose era o delegado do condado e um velho amigo de Lorde Caterham.

— Quer dizer o inquérito de Ronny Devereux? Quando vai ser?

— Amanhã. Ao meio-dia. Melrose vai te convocar para depor. Como você encontrou o corpo, vai ter que prestar depoimento, mas ele falou que você não precisa ficar assustada, de jeito nenhum.

— Ora, por que eu ficaria assustada?

— Bem, você sabe — disse Lorde Caterham em tom de desculpas —, Melrose é um pouco antiquado.

— Meio-dia — confirmou Bundle. — Ótimo. Estarei aqui, se ainda estiver viva.

— Tem algum motivo para achar que não estará viva?

— Nunca se sabe. A tensão da vida moderna... como dizem os jornais.

— O que me lembra que George Lomax me pediu para ir a Abbey na semana que vem. Eu recusei, claro.

— Muito bem. — Bundle alegrou-se. — Não queremos que você se envolva em negócios esquisitos.

— Vai ter alguma coisa esquisita lá? — perguntou Lorde Caterham, com um súbito interesse despertado.

— Ora... cartas de advertência e tudo o mais, o senhor sabe — alertou Bundle.

— Talvez George seja assassinado — disse Lorde Caterham, esperançoso. — O que acha, Bundle? Talvez seja melhor eu ir, no fim das contas.

— Controle seus instintos sanguinários e fique quietinho aqui em casa — admoestou Bundle. — Vou dar uma palavrinha com Mrs. Howell.

A governanta, Mrs. Howell, era aquela senhora digna e ruidosa que tanto terror causava no coração de Lady Coote. Ela não temia Bundle, a quem, na verdade, sempre chamava de Miss Bundle, uma relíquia dos dias em que a garota ficava em Chimneys, uma criança travessa e de pernas longas, antes de seu pai assumir o título.

— Olha só, Howellzinha — disse Bundle —, vamos tomar uma xícara de chocolate quente juntas para você me contar todas as novidades da casa.

Ela conseguiu o que queria sem muita dificuldade, fazendo anotações mentais.

"Duas novas copeiras... meninas da aldeia... não parece ter grandes novidades aqui. A terceira arrumadeira é nova... sobrinha da chefe das arrumadeiras. Parece que está tudo bem aí. Howellzinha parece ter intimidado bastante a coitada de Lady Coote. É óbvio."

— Nunca pensei que chegaria o dia em que veria Chimneys habitada por estranhos, Miss Bundle.

— Ah! É preciso acompanhar nossa época — explicou Bundle. — Você vai ter sorte, Howellzinha, se nunca vir esta casa convertida em um prédio de apartamentos luxuosos com excelente área de lazer.

Mrs. Howell sentiu um arrepio descer por sua espinha aristocrática reacionária.

— Nunca conheci Sir Oswald Coote — comentou Bundle.

— Sir Oswald é sem dúvida um cavalheiro muito esperto — disse Mrs. Howell, distante.

Bundle concluiu que Sir Oswald não era querido por seus serviçais.

— É claro que foi Mr. Bateman quem cuidou de tudo — continuou a governanta. — Um cavalheiro muito eficiente. De verdade, um cavalheiro muito eficiente, alguém que sabia como as coisas precisavam ser feitas.

Bundle desviou a conversa para o tema da morte de Gerald Wade. Mrs. Howell estava muito disposta a falar sobre esse fato e cheia de exclamações de comiseração sobre o coitado do jovem cavalheiro, mas Bundle não descobriu nenhuma novidade. Nesse momento, ela se despediu de Mrs. Howell e voltou a descer ao térreo, onde prontamente tocou a sineta para chamar Tredwell.

— Tredwell, quando Arthur foi embora?

— Já faz mais ou menos um mês, milady.

— Por que ele foi embora?

— Por vontade própria, milady. Creio que foi para Londres. De forma alguma fiquei insatisfeito com ele. Acho que a senhorita achará o novo lacaio, John, muito satisfatório. Parece conhecer seu trabalho e é bastante esforçado.

— De onde ele veio?

— Ele apresentou excelentes referências, milady. Seu último trabalho foi com Lorde Mount Vernon.

— Entendi — disse Bundle, pensativa.

Ela lembrou que Lorde Mount Vernon estava naquele momento em uma viagem de caça na África Oriental.

— Qual é o sobrenome dele, Tredwell?

— Bower, milady.

Tredwell parou por um ou dois minutos e então, vendo que Bundle havia terminado, saiu silenciosamente da sala. Ela permaneceu perdida em pensamentos.

John havia aberto a porta para Bundle no dia da sua chegada, e ela notou especialmente a presença dele, sem que se desse conta disso. Aparentemente, ele era o criado perfeito, bem-treinado e com rosto inexpressivo. Tinha, talvez, um porte mais militar que a maioria dos lacaios, e havia alguma coisa de estranha no formato da nuca, mas esses detalhes, como Bundle percebeu, dificilmente seriam relevantes para a situação. Ela sentou-se, franzindo a testa, olhando para o mata-borrão à sua frente. Tinha um lápis na mão e estava rabiscando distraidamente o nome Bower várias vezes.

De repente, uma ideia lhe ocorreu, e ela parou de repente, olhando para a palavra. Então, chamou Tredwell mais uma vez.

— Tredwell, como se soletra Bower?

— É B-A-U-E-R, milady.

— Não é um sobrenome inglês.

— Acredito que ele seja de origem suíça, milady.

— Ah! É só isso, Tredwell, obrigada.

De origem suíça? Não. É alemão! Aquele porte marcial, aquela nuca reta que emenda com a cabeça. E ele chegou a Chimneys quinze dias antes da morte de Gerry Wade.

Bundle levantou-se. Tinha feito tudo o que podia ali. Era hora de pôr a mão na massa! Foi procurar o pai.

— Estou saindo de novo — disse ela. — Preciso ir ver a tia Marcia.

— Ver Marcia? — A voz de Lorde Caterham encheu-se de espanto. — Coitadinha, por que vai fazer isso consigo mesma?

— Para variar — respondeu Bundle —, vou por vontade própria.

Lorde Caterham olhou para ela com espanto. Era incompreensível para ele que alguém pudesse ter um desejo genuíno de enfrentar sua temível cunhada. Marcia, a Marquesa de Caterham, viúva de seu falecido irmão Henry, era uma personalidade muito proeminente. Lorde Caterham admitia que fora uma esposa admirável para Henry e que, sem ela, provavelmente ele nunca teria ocupado o cargo de Secretário de Estado de Relações Exteriores. Por outro lado, ele sempre considerou a morte prematura de Henry uma libertação misericordiosa.

Para ele, Bundle estava prestes a fazer a tolice de enfiar a cabeça na boca do leão.

— Ah! Faça-me o favor! — exclamou ele. — Eu não faria isso se fosse você. Não sabe o que essa visita pode causar.

— Eu sei o que espero que essa visita possa causar — retrucou Bundle. — Tudo bem, pai, não se preocupe comigo.

Lorde Caterham suspirou, se acomodou mais confortavelmente em sua poltrona e retornou à leitura de *Field*. Mas, dois minutos depois, Bundle de repente colocou a cabeça para dentro da sala de novo.

— Desculpe — falou ela. — Mas tem mais uma coisa que eu queria perguntar. Quem é Sir Oswald Coote?

— Eu já lhe disse: um rolo compressor.

— Não estou falando de sua impressão pessoal sobre ele. Como ele ganhava dinheiro... com botões de calças, camas de latão ou o quê?

— Ah, sim. Ele é da área do aço. Aço e ferro. Tem a maior siderúrgica, ou seja lá como se chama isso, da Inglaterra. É claro que não comanda a empresa pessoalmente agora. É uma empresa ou então são várias. Colocou-me como diretor de uma delas. Um ótimo negócio para mim... não tenho nada para fazer, exceto ir à cidade uma ou duas vezes por ano, a um desses hotéis... na Cannon Street ou Liverpool Street... e me sentar a uma mesa sobre a qual há um mata-borrão novo e muito bom. Então, o próprio Coote, ou algum outro canalha espertinho, faz um discurso repleto de números, mas, felizmente, não é preciso ouvi-lo... e, posso lhe dizer, geralmente vale a pena, pois o almoço é excelente.

Desinteressado nos almoços de Lorde Caterham, Bundle saiu de novo antes que ele terminasse de falar. No caminho de volta para Londres, ela tentou juntar as peças para chegar a uma solução satisfatória.

Até onde conseguia enxergar, aço e bem-estar infantil não combinavam. Um dos dois, então, era apenas *proforma* — presumivelmente o último. Mrs. Macatta e a condessa húngara podiam ser deixadas de lado, pois não passavam de camuflagem. Não, o ponto central de tudo parecia ser o nada atraente *Herr* Eberhard. Não parecia ser o tipo de homem que George Lomax normalmente convidaria para suas festas. Bill disse vagamente que ele inventava coisas. Então, havia o Ministro da Aeronáutica e Sir Oswald Coote, que era do aço. De alguma maneira, essas duas peças pareciam se encaixar.

Como era inútil continuar com a especulação, Bundle abandonou a tentativa e se concentrou em sua próxima entrevista com Lady Caterham.

A senhora morava em uma casa grande e sombria em uma das praças grã-finas de Londres. Lá dentro, havia um cheiro forte de cera, sementes de pássaros e flores um tanto apodrecidas. Lady Caterham era uma mulher grande — grande em todos os sentidos. Suas proporções não eram amplas, mas majestosas. Tinha um nariz grande e adunco, usava um pincenê com aros dourados, e um levíssimo buço recobria seu lábio superior.

Ela ficou um tanto surpresa ao ver a sobrinha, mas estendeu a bochecha fria, que Bundle beijou de forma adequada.

— Que prazer inesperado, Eileen — observou, com frieza.

— Acabamos de voltar, tia Marcia.

— Eu sei. Como está o seu pai? Como sempre?

Seu tom transmitia desprezo. Tinha uma opinião nada lisonjeira sobre Alastair Edward Brent, o nono Marquês de Caterham. Se conhecesse o termo, ela o chamaria sem dúvida de "pobre diabo".

— Meu pai está muito bem. Está em Chimneys.

— É mesmo? Sabe, Eileen, eu nunca aprovei que alugassem Chimneys. Em muitos aspectos, o lugar é um monumento histórico. Não devia ser tão desvalorizado.

— Deve ter sido maravilhoso na época do tio Henry — comentou Bundle, com um leve suspiro.

— Henry sabia de suas responsabilidades — retrucou a viúva.

— Imagino as pessoas que se hospedavam lá — continuou Bundle, entusiasmada. — Todos os principais estadistas da Europa.

Lady Caterham suspirou.

— Realmente, posso dizer que a história foi feita lá mais de uma vez — observou. — Se ao menos seu pai...

Ela fez que não com a cabeça, triste.

— A política entedia meu pai — explicou Bundle —, e, mesmo assim, eu diria que é a área mais fascinante que existe. Principalmente quando se conhece a política em suas entranhas.

Ela fez essa declaração de uma falsidade extravagante sobre seus sentimentos sem nem mesmo enrubescer. Sua tia olhou-a com certa surpresa.

— Fico feliz em ouvir você dizer isso. Sempre imaginei, Eileen, que você não se importasse com nada além desse hedonismo moderno.

— Eu costumava ser assim — admitiu Bundle.

— É verdade que você ainda é muito jovem — comentou Lady Caterham, pensativa. — Mas com suas vantagens, e caso você se case a contento, poderia ser uma das principais anfitriãs políticas da sua época.

Bundle ficou um pouco alarmada. Por um momento, temeu que sua tia pudesse arranjar imediatamente um marido adequado para ela.

— Mas eu me sinto uma tola — disse Bundle. — Quer dizer, eu sei tão pouco.

— Isso pode ser remediado com facilidade — explicou Lady Caterham, enérgica. — Tenho uma boa quantidade de livros que posso lhe emprestar.

— Obrigada, tia Marcia — agradeceu Bundle, e prosseguiu rapidamente para a segunda investida: — A senhora conheceu Mrs. Macatta, tia Marcia?

— Claro que conheci. Uma mulher das mais valorosas e muito brilhante. Posso dizer que, via de regra, não concordo com mulheres concorrendo ao Parlamento. Elas poderiam exercer sua influência de uma maneira mais feminina. — Ela fez uma pausa, sem dúvida para relembrar a maneira feminina com que havia forçado um marido relutante a entrar na arena política e o maravilhoso sucesso que havia coroado os esforços deles. — Mas, ainda assim, os tempos mudam. E o trabalho que Mrs. Macatta está fazendo é realmente de importância nacional, e de valor extremo para todas as mulheres. Creio que posso dizer que esse é o verdadeiro trabalho feminino. Você precisa conhecer Mrs. Macatta, sem dúvida.

Bundle soltou um suspiro bastante desanimado.

— Ela vai estar em uma festa na casa de George Lomax na semana que vem. Ele chamou meu pai, que, claro, não quis ir, mas nem sequer fez menção de me convidar. Ele deve achar que sou muito idiota.

Ocorreu a Lady Caterham que sua sobrinha havia realmente melhorado de um jeito maravilhoso. Será que tivera um caso amoroso infeliz? Um caso de amor infeliz, na opinião de Lady Caterham, muitas vezes era extremamente benéfico para as jovens. Fazia com que levassem a vida a sério.

— Creio que George Lomax não se deu conta em nenhum momento que você está... digamos, crescida? Eileen querida, preciso dar uma palavrinha com ele.

— Ele não gosta de mim — disse Bundle. — Sei que não vai me chamar.

— Bobagem — retrucou Lady Caterham. — Faço questão. Conheci George Lomax quando ele era deste tamanho. — Ela indicou uma altura quase impossível. — Vai ficar tão contente em me fazer um favor. E certamente verá por si próprio que é de vital importância que as jovens de nossa classe atual se interessem de maneira inteligente pelo bem-estar de seu país.

Bundle quase gritou "Aplausos, aplausos", mas se conteve.

— Agora, vou buscar alguns livros para você — falou Lady Caterham, levantando-se.

Ela gritou com uma voz penetrante:

— Miss Connor.

Uma secretária muito organizada e com uma expressão apavorada chegou correndo. Lady Caterham deu-lhe várias instruções. Então, Bundle estava voltando para Brook Street com uma braçada de livros com a aparência mais árida que se possa imaginar.

Seu próximo passo foi telefonar para Jimmy Thesiger. As primeiras palavras dele soaram triunfais.

— Consegui. Mas tive uma porção de problemas com Bill. Ele enfiou naquela cabeça dura que eu viraria um cordeiro entre lobos. Mas, por fim, botei juízo naquela cabeça. Agora, tenho um monte de negócios aqui e estou estudando tudo. Sabe, aqueles tomos azuis, projetos de lei e tudo o mais. Chato para danar... mas é preciso fazer a coisa direito. Já ouviu falar da controvérsia sobre as fronteiras de Santa Fé?

— Nunca — respondeu Bundle.

— Bem, isso está me dando uma dor de cabeça a mais. Durou anos e foi deveras complicado. Esse vai ser meu tema. Hoje em dia é preciso se especializar.

— Consegui umas coisas parecidas — comentou Bundle. — Tia Marcia me deu.

— Tia quem?

— Tia Marcia... cunhada do meu pai. Ela é bem política. Na verdade, ela vai me fazer entrar na festa do George.

— É mesmo? Ah, vai ser esplêndido. — Houve uma pausa e então Jimmy disse: — Ei, acho que é melhor não contarmos nada a Loraine... hein?

— Talvez não.

— Veja bem, talvez ela não goste de ficar de fora. E ela precisa ser mantida fora disso.

— Concordo.

— Quer dizer, você não pode deixar uma garota dessas correr perigo!

Bundle refletiu que Mr. Thesiger tinha uma leve falta de tato. A perspectiva de *ela* correr perigo não parecia lhe causar incômodo.

— Desligou? — perguntou Jimmy.

— Não, só estava pensando.

— Entendi. Ei, você vai ao inquérito de amanhã?

— Sim, e você?

— Também. A propósito, está nos jornais vespertinos. Mas escondido em um cantinho. Engraçado, pensei que eles fariam um imenso estardalhaço sobre o caso.

— Sim... também achei.

— Bem — disse Jimmy —, preciso continuar com minha tarefa. Acabei de chegar à página em que a Bolívia nos enviou uma nota de protesto.

— Acho que preciso dar conta das minhas coisas aqui — comentou Bundle. — Tem a pretensão de ficar estudando a noite toda?

— Acho que sim. E você?

— Ah, provavelmente. Boa noite.

Os dois eram mentirosos da espécie mais descarada. Jimmy Thesiger sabia perfeitamente bem que levaria Loraine Wade para jantar.

Quanto a Bundle, assim que desligou, ela se vestiu com várias roupas discretas que pertenciam, na verdade, à sua criada. E, depois de vesti-las, saiu a pé, decidindo se o ônibus ou o metrô seria o melhor meio de transporte para chegar ao Seven Dials Club.

Capítulo 13

O Seven Dials Club

Bundle chegou ao número 14 da Hunstanton Street por volta das dezoito horas. Àquela hora, como corretamente previu, o Seven Dials Club estava deserto. O objetivo de Bundle era simples. Ela pretendia entrar em contato com o ex-lacaio Alfred. Estava convencida de que, depois que o encontrasse, o resto seria tranquilo. Bundle tinha um método autocrático e simples de lidar com empregados. Raramente falhava, e ela não via motivo para que ele falhasse ali.

A única coisa de que não tinha certeza era quantas pessoas habitavam as dependências do clube. Claro, ela desejava que sua presença fosse notada pelo menor número possível de pessoas.

Enquanto hesitava sobre a melhor estratégia para o ataque, o problema foi resolvido de forma excepcionalmente fácil. A porta do número 14 abriu-se, e quem saiu de lá foi o próprio Alfred.

— Boa noite, Alfred — cumprimentou Bundle, com toda gentileza.

Alfred se sobressaltou.

— Ah! Boa noite, milady. Eu... eu não reconheci a senhorita por um instante.

Agradecendo mentalmente aos trajes de sua criada, Bundle continuou a tratar com ele.

— Queria conversar com você, Alfred. Para onde vamos?

— Bem... realmente, milady... eu não sei... esta aqui não é o que poderíamos chamar de uma boa vizinhança... eu não sei, tenho certeza de que...

Bundle interrompeu-o:

— Quem está no clube?

— Ninguém no momento, milady.

— Então vamos entrar.

Alfred pegou uma chave do bolso e abriu a porta. Bundle entrou, e Alfred, incomodado e reticente, seguiu-a. Bundle sentou-se e olhou diretamente para Alfred em seu desconforto.

— Você deve muito bem saber — disse ela secamente — que o que está fazendo aqui é totalmente contra a lei.

Intranquilo, Alfred jogou o peso do corpo de um pé para o outro.

— É verdade, já sofremos duas batidas policiais — admitiu. — Mas nada de comprometedor foi encontrado, graças à precisão dos arranjos de Mr. Mosgorovsky.

— Não estou falando apenas da jogatina — insistiu Bundle. — Há mais do que isso... provavelmente muito mais do que você imagina. Vou lhe fazer uma pergunta direta, Alfred, e gostaria de ouvir a verdade, por favor. *Quanto você recebeu para sair de Chimneys?*

Alfred olhou duas vezes para a sanca do teto, como se buscasse inspiração, engoliu em seco três ou quatro vezes e, em seguida, tomou o curso inevitável de uma vontade fraca frente a uma forte.

— Foi desse jeito, senhorita. Mr. Mosgorovsky veio com um grupo para visitar Chimneys em um dos dias abertos à visitação. Mr. Tredwell estava indisposto... na verdade, com uma unha encravada... então coube a mim acompanhar os grupos. Ao final da visita, Mr. Mosgorovsky permanece atrás dos outros e, depois de me entregar uma bela gorjeta, começa a puxar conversa comigo.

— E então? — incentivou-o Bundle.

— Resumindo — respondeu Alfred, acelerando repentinamente a narrativa —, ele me oferece cem libras adiantadas para eu sair naquele instante e cuidar deste clube. Estava em busca de alguém que estivesse acostumado com as melhores famílias... para dar um tom ao lugar, como ele mesmo disse. E, bem, parecia abusar da providência recusar... sem falar que o salário que recebo aqui é simplesmente três vezes maior que o que recebia como segundo lacaio.

— Cem libras — repetiu Bundle. — É uma quantia muito alta, Alfred. Disseram alguma coisa sobre quem ocuparia seu lugar em Chimneys?

— Milady, eu hesitei um pouquinho em partir de supetão. Como eu enfatizei, aquilo não era normal e talvez causasse inconvenientes. Mas Mr. Mosgorovsky havia conhecido um rapaz jovem... que prestava bons serviços e pronto para aparecer a qualquer momento. Então, mencionei o nome dele a Mr. Tredwell, e tudo se resolveu com tranquilidade.

Bundle assentiu com a cabeça. Suas suspeitas estavam corretas, e o *modus operandi* era muito parecido com o que ela havia pensado. Ela tentou avançar mais em sua investigação.

— E quem é Mr. Mosgorovsky?

— O dono deste clube. Um cavalheiro russo. E muito inteligente também.

Bundle parou de tentar conseguir informações por ora e passou a tratar de outras questões.

— Cem libras é uma quantia muito grande, Alfred.

— Maior do que qualquer uma que eu já tivesse visto ao vivo, milady — disse Alfred, com uma franqueza simplória.

— Chegou a suspeitar de que havia algo errado?

— Errado, milady?

— Sim. Não estou falando da jogatina, mas de uma coisa muito mais séria. Não quer ser condenado a prestar trabalhos forçados, certo, Alfred?

— Ah, Senhor! Milady, a senhorita não está falando sério, certo?

— Estive na Scotland Yard anteontem — respondeu Bundle de um jeito impressionante. — Ouvi coisas muito curiosas. Quero que me ajude, Alfred, e, se me ajudar, bem... se as coisas derem errado, vou intervir a seu favor.

— Farei tudo o que eu puder, com o maior prazer, milady. Quer dizer, eu faria de qualquer maneira.

— Bem, em primeiro lugar — disse Bundle —, quero percorrer todo esse lugar, de cima a baixo.

Acompanhada por Alfred, que estava perplexo e assustado, ela fez uma visita de inspeção muito minuciosa. Nada chamara sua atenção até chegarem à sala de jogos. Lá, ela percebeu a existência de uma porta discreta no canto, e a porta estava trancada.

Alfred logo explicou:

— É usada como rota de fuga, milady. Há uma sala e uma porta que dá para uma escada que desemboca na próxima rua. É por ali que os aristocratas saem quando há uma batida.

— Mas a polícia não sabe disso?

— É uma porta perspicaz, milady, veja só. Parece um armário, só isso.

Bundle sentiu uma agitação crescente.

— Preciso entrar aí — disse.

Alfred negou com a cabeça.

— Não pode, milady. Apenas Mr. Mosgorovsky tem a chave.

— Ora — retrucou Bundle —, deve haver outras chaves.

Ela percebeu que a fechadura era daquelas bem comuns e que, assim esperava, poderia ser facilmente destrancada pela chave de uma das outras portas. Alfred, bastante preocupado, foi enviado para coletar as prováveis candidatas. A quarta que Bundle tentou se encaixou. Ela virou-a, abriu a porta e passou por ela.

Viu-se em um quartinho imundo com uma longa mesa no centro da sala e cadeiras dispostas ao redor dela. Não havia outra mobília naquele espaço. Dois armários embutidos ficavam de cada lado da lareira. Alfred apontou o mais próximo com um aceno de cabeça.

— É ali — explicou ele.

Bundle tentou abrir a porta do armário, mas ela estava trancada, e viu logo que aquela fechadura era muito diferente. Do tipo de encaixe que cederia apenas com uma chave própria.

— É muito engenhoso — explicou Alfred. — Quando abrimos, é normal. Prateleiras, sabe, com alguns livros-razão e tudo mais nelas. Ninguém jamais suspeitaria, mas, se tocarmos no ponto certo, a coisa toda se abre.

Bundle virou-se e, pensativa, começou a examinar a sala. A primeira coisa que notou foi que a porta pela qual entraram era cuidadosamente revestida com feltro grosso. Devia ser completamente à prova de som. Então, seus olhos se voltaram para as cadeiras. Eram sete, três de cada lado da mesa, e uma com uma estrutura um pouco mais imponente à cabeceira.

Os olhos de Bundle brilharam. Ela havia encontrado o que procurava. Tinha certeza de que aquele era o local de reuniões da organização secreta. O lugar era planejado quase à perfeição. Parecia tão inocente — era possível chegar ali apenas saindo da sala de jogos ou pela entrada secreta — e qualquer segredo, qualquer precaução, era facilmente explicado pelos jogos que aconteciam na sala ao lado.

Enquanto esses pensamentos passavam por sua mente, ela correu com o dedo pelo mármore da prateleira da lareira. Alfred viu a cena e interpretou mal a ação.

— A senhorita não vai encontrar nenhuma sujeira aqui, mesmo. Mr. Mosgorovsky mandou que o local fosse varrido esta manhã, e eu varri enquanto ele aguardava.

— Ah! — exclamou Bundle, queimando a mufa de pensar. — Esta manhã, hein?

— Às vezes é necessário — explicou Alfred. — Embora o quarto nunca seja usado, no estrito senso da palavra "usado".

No minuto seguinte, ele se assustou.

— Alfred — disse Bundle —, você precisa encontrar um lugar nesta sala onde eu possa me esconder.

Alfred olhou para ela, consternado.

— Mas isso é impossível, milady. A senhorita vai me causar problemas, e eu vou perder meu emprego.

— Vai perdê-lo de qualquer jeito quando for para a prisão — ralhou Bundle. — Mas, na verdade, você nem precisa se preocupar, ninguém vai saber de nada.

— Mas não há nenhum lugar — lamentou Alfred. — Se não acredita em mim, olhe ao redor e veja por si mesma, milady.

Bundle foi forçado a admitir que o ex-lacaio tinha razão, mas seu verdadeiro espírito era de quem se lança em aventuras.

— Bobagem — disse, determinada. — *Precisa* ter algum lugar.

— Mas não há — lamentou Alfred.

Nunca um cômodo se provou tão desfavorável à ocultação. Venezianas sujas estavam abaixadas sobre os vidros das janelas imundas, e não havia cortinas. O parapeito da janela do lado de fora, que Bundle examinou, tinha cerca de dez centímetros de largura! Dentro da sala havia a mesa, as cadeiras e os armários.

O segundo armário estava com uma chave na fechadura. Bundle foi até ele e abriu a porta. Lá dentro havia prateleiras cobertas com uma estranha variedade de copos e louças.

— Coisas extras que não usamos — comentou Alfred. — Pode ver por si mesma, milady, não há um lugar aqui onde um gato possa se esconder.

Mas Bundle estava examinando as prateleiras.

— Coisas frágeis — disse. — Então, Alfred, será que tem um armário lá embaixo no qual você possa enfiar todo esse vidro? Tem? Ótimo. Então, pegue uma bandeja e comece a carregá-los imediatamente. Depressa... não há tempo a perder.

— Não dá, milady. Aliás, já está ficando tarde. Os cozinheiros vão chegar a qualquer momento.

— Mr. Mosgo... não chega até mais tarde, acredito eu?
— Ele nunca chega antes da meia-noite. Mas, ai, milady...
— Pare de falação, Alfred — repreendeu Bundle. — Pegue aquela bandeja. Se ficar discutindo, você *vai* ter problemas.

"Retorcendo as mãos", como se descreve familiarmente esse gesto, Alfred partiu. Então, ele voltou com uma bandeja e, tendo percebido que seus protestos encontraram ouvidos moucos, ele trabalhou com uma energia nervosa bastante surpreendente.

Como Bundle viu, as prateleiras eram facilmente removíveis. Ela as arrancou, colocando-os em pé contra a parede, e, em seguida, entrou no armário.

— Hum, bem estreito — observou. — Vai ficar bem apertado. Feche a porta com cuidado, Alfred... assim mesmo. É, assim funciona. Agora, me traga uma broca.

— Uma broca, milady?
— Foi o que eu disse.
— Não sei...
— Bobagem, você tem que ter uma broca aí, talvez até tenha um parafuso também. Se não tiver o que eu preciso, terá que sair para comprar, por isso é melhor fazer um esforço para encontrar a coisa certa.

Alfred saiu e retornou logo em seguida com uma variedade considerável de ferramentas. Bundle pegou o que queria e procedeu de forma rápida e eficiente para fazer um pequeno furo na altura do olho direito. Fez isso de fora para dentro para que fosse menos perceptível e não ousou fazê-lo muito grande para não chamar a atenção.

— Pronto, vai funcionar — comentou por fim.
— Ora, mas, milady, milady...
— Fale?
— Mas eles vão encontrá-la se abrirem a porta.
— Eles não vão abrir a porta — afirmou Bundle. — Porque você vai trancá-la e levar a chave.
— E se por acaso Mr. Mosgorovsky pedir a chave?

— Diga que foi perdida — respondeu Bundle no ato. — Mas ninguém vai se preocupar com este armário... ele está aqui apenas para tirar a atenção do outro e formar um par. Agora, vá, Alfred, alguém pode aparecer a qualquer momento. Tranque-me, pegue a chave e volte para abrir a porta quando todos tiverem ido embora.

— A senhorita vai se dar mal, milady. Vai desmaiar e...

— Eu nunca desmaio — interrompeu Bundle. — Mas você bem que podia me trazer um drinque. Com certeza, vou precisar. Depois, tranque a porta do quarto de novo... não se esqueça... e leve as chaves de volta às suas portas de origem. E, Alfred... não seja tão medroso. Lembre-se, se algo der errado, eu vou tentar intervir.

Alfred serviu o drinque e, por fim, foi embora.

— E é isso — disse Bundle para si mesma.

Alfred serviu o drinque e, por fim, foi embora.

Ela não ficou nervosa, temendo que Alfred falhasse e a denunciasse. Sabia que o senso de autopreservação dele era forte demais para isso. Seu treinamento ajudava-o a esconder emoções íntimas sob a máscara de um criado bem-treinado.

Apenas uma coisa preocupava Bundle. A interpretação que ela havia escolhido para a limpeza do quarto naquela manhã talvez estivesse toda errada. E, se assim fosse... Bundle suspirou no estreito confinamento do armário. A perspectiva de passar longas horas ali sem nada para fazer não era nada satisfatória.

Capítulo 14

A reunião dos Seven Dials

Seria melhor passar pelos sofrimentos das quatro horas seguintes o mais rápido possível. Bundle achou sua posição extremamente desconfortável. Havia previsto que a reunião, se houvesse, aconteceria no momento em que o clube estivesse a todo vapor — provavelmente entre meia-noite e duas da manhã.

Ela acabou concluindo que deviam ser pelo menos seis horas da manhã quando um som agradável chegou a seus ouvidos: o som de uma porta sendo destrancada.

No minuto seguinte, a luz elétrica foi ligada. O zumbido de vozes, que chegou até ela por um ou dois minutos, mais ou menos como o rugido distante de ondas do mar, parou de forma tão repentina quanto havia começado, e Bundle escutou o som de um tiro sendo disparado. Claramente alguém entrara vindo da sala de jogos ao lado, e Bundle ficou admirada com o cuidado com que a porta de comunicação entre os cômodos tinha sido revestida à prova de som.

No minuto seguinte, o intruso passou pela sua linha de visão — que era obviamente um tanto parcial, mas que ainda assim atendia a seu propósito. Era um homem alto, de ombros largos e aparência poderosa, ostentando uma longa barba preta. Bundle lembrou-se de tê-lo visto sentado a uma das mesas de bacará naquela outra noite.

Esse, então, era o misterioso cavalheiro russo de Alfred, o proprietário do clube, o sinistro Mr. Mosgorovsky. O coração de Bundle palpitou mais rápido. Ela se parecia tão pouco com seu pai que, naquele momento, até comemorou, mesmo com o extremo desconforto de sua posição.

O russo permaneceu ali por alguns minutos em pé ao lado da mesa, cofiando a barba. Então, tirou um relógio do bolso e olhou as horas. Assentindo com a cabeça como se estivesse satisfeito, novamente enfiou a mão no bolso e, tirando algo que Bundle não conseguiu identificar, se afastou da linha de visão.

Quando reapareceu, ela mal conseguiu segurar um arfar surpreso.

Seu rosto agora estava coberto por uma máscara, mas talvez não desse para chamá-la assim. Não era moldada ao rosto, mas apenas um pedaço de pano pendurado diante de suas feições, como uma cortina na qual duas fendas haviam sido abertas para os olhos. O formato era redondo, e nele havia a representação de um relógio, com os ponteiros voltados para as seis horas.

— Os *Seven Dials*! — disse Bundle para si mesma.

E, naquele minuto, ouviu-se um novo som: sete batidas abafadas.

Mosgorovsky caminhou até onde Bundle sabia que era a outra porta do armário. Ela ouviu um estalo agudo e, em seguida, o som de saudações em uma língua estrangeira.

Nesse momento, teve uma visão dos recém-chegados.

Também usavam máscaras de relógio, mas, no caso deles, os ponteiros estavam em uma posição diferente: quatro e cinco horas, respectivamente. Os dois homens estavam em trajes de noite, mas com uma diferença. Um deles era um jovem elegante e magro, trajando roupas de noite com corte requintado. A graça com que se movia tinha um ar mais estrangeiro que inglês. O outro homem podia ser mais bem descrito como forte e esbelto. Suas roupas lhe serviam muito bem, mas nada mais, e Bundle adivinhou a nacionalidade antes mesmo de ouvir sua voz.

— Parece que somos os primeiros a chegar nesta reuniãozinha.

Uma voz agradável e encorpada com um leve sotaque norte-americano e uma inflexão irlandesa por trás.

O jovem elegante disse em um inglês fluente, mas um tanto afetado:

— Tive imensa dificuldade em sair esta noite. Essas coisas nem sempre se arranjam tão bem assim. Não sou, como o número 4 aqui, meu próprio senhor.

Bundle tentou adivinhar sua nacionalidade. Até ele falar, pensou que pudesse ser francês, mas o sotaque definitivamente não era. Talvez, ela pensou, pudesse ser austríaco, ou húngaro, ou até mesmo russo.

O norte-americano foi para o outro lado da mesa, e Bundle ouviu uma cadeira sendo arrastada.

— Uma hora está sendo um grande sucesso — disse. — Eu parabenizo você por assumir esse risco.

Cinco horas deu de ombros.

— Ao menos alguém corre riscos... — disse ele, deixando a frase inacabada.

De novo, sete batidas soaram, e Mosgorovsky foi até a porta secreta.

Ela não conseguiu captar nada definido por alguns instantes, já que todo o grupo se pusera fora da linha de visão, mas logo ouviu a voz do russo barbudo se elevar.

— Devemos começar os trabalhos?

Ele próprio contornou a mesa e sentou-se ao lado da poltrona com braços na cabeceira. Sentado assim, estava diretamente de frente para o armário de Bundle. O elegante das cinco horas ocupou o lugar ao lado dele. A terceira cadeira daquele lado estava fora da vista de Bundle, mas o norte-americano, número 4, entrou em seu campo de visão por um ou dois segundos antes de se sentar.

No lado mais próximo da mesa, apenas duas cadeiras estavam visíveis, e, enquanto ela observava, uma mão virou a segunda — na verdade, a cadeira do meio — para baixo. E, então, com um movimento rápido, um dos recém-chegados passou pelo armário e se sentou na cadeira diante da de Mosgorovsky. Quem quer que estivesse sentado ali ficou, claro, de costas para Bundle — e era para essas costas que ela olhava com bastante interesse, pois eram as costas de uma mulher singularmente bela e com um decote profundo.

Foi ela quem primeiro se pronunciou. Sua voz era musical, estrangeira, com uma nota grave e sedutora. Estava olhando para a cadeira vazia na ponta da mesa.

— Então, não veremos o número 7 esta noite? Digam-me, meus amigos, algum dia o veremos?

— Essa foi boa — comentou o norte-americano. — Muito boa! Estou começando a acreditar que o tal sete horas nem sequer existe.

— Eu não pensaria assim se fosse você, meu amigo — interveio o russo, com gentileza.

Houve um silêncio — daqueles bem desconfortáveis, sentiu Bundle.

Ela ainda estava olhando como se estivesse fascinada pelas belas costas à sua frente. Havia uma pequena pinta preta logo abaixo da omoplata direita que realçava a brancura da pele. Bundle sentiu que finalmente o termo "bela aventureira", lido com tanta frequência, tinha um significado real para ela. Estava certa de que aquela mulher tinha um rosto bonito — um rosto eslavo de pele escura e olhos apaixonados.

Foi arrancada de seus devaneios pela voz do russo, que parecia agir como mestre de cerimônias.

— Vamos avançar com nossa pauta? Primeiro ao nosso camarada ausente! Número 2!

Ele fez um gesto curioso com a mão em direção à cadeira ao lado da mulher, que todos os presentes imitaram, se virando para a cadeira ao fazê-lo.

— Gostaria que o número 2 estivesse conosco esta noite — continuou ele. — Há muitas coisas a serem feitas. Surgiram dificuldades inesperadas.

— Você recebeu o relatório dele? — Foi o norte-americano quem falou.

— Até agora... não recebi nada. — Houve uma pausa. — Não consigo compreender.

— Acha que ele pode ter se perdido?

— É uma possibilidade.

— Em outras palavras — disse cinco horas, com suavidade —, há... perigo.

Ele pronunciou a palavra delicadamente, mas com prazer.

O russo assentiu com a cabeça de um jeito enfático.

— Sim... há perigo. Já estão sabendo coisas demais sobre nós... sobre este lugar. Conheço várias pessoas que estão desconfiadas. — Ele acrescentou friamente: — Elas precisam ser silenciadas.

Bundle sentiu um pequeno arrepio percorrer a espinha. Se ela fosse encontrada, seria silenciada? De repente, uma palavra chamou sua atenção.

— Então, nada veio à tona sobre Chimneys?

Mosgorovsky negou com a cabeça.

— Nada.

De repente, o número 5 se inclinou para a frente.

— Concordo com Anna: onde está nosso presidente, o número 7? Aquele que criou este grupo. Por que nunca o encontramos?

— O número 7 — respondeu o russo — tem uma maneira própria de trabalhar.

— É o que você sempre diz.

— Não vou dizer mais nada — anunciou Mosgorovsky. — Tenho pena do homem... ou da mulher... que se opuser a ele.

Sobreveio um silêncio constrangedor.

— Precisamos continuar com nossos negócios — disse Mosgorovsky, com calma. — Número 3, você tem as plantas baixas de Wyvern Abbey?

Bundle aguçou os ouvidos. Até então, não tinha visto o número 3 nem ouvido sua voz. Assim que a escutou, ela a reconheceu, pois era inconfundível. Baixa, agradável, indistinta — a voz de um inglês bem-educado.

— Eu as tenho aqui, senhor.

Alguns papéis foram empurrados sobre a mesa. Todos inclinaram-se para a frente. Nesse momento, Mosgorovsky levantou de novo a cabeça.

— E a lista de convidados?

— Aqui.

O russo os leu.

— Sir Stanley Digby. Mr. Terence O'Rourke. Sir Oswald e Lady Coote. Mr. Bateman. Condessa Anna Radzky. Mrs. Macatta. Mr. James Thesiger... — Ele fez uma pausa e perguntou com rispidez: — Quem é Mr. James Thesiger?

O norte-americano riu.

— Acho que você não precisa se preocupar com ele. Um completo idiota como sempre fora.

O russo continuou lendo.

— *Herr* Eberhard e Mr. Eversleigh. Isso completa a lista.

— É mesmo? — zombou Bundle, baixinho. — E aquela garotinha doce, Lady Eileen Brent?

— Sim, parece que não precisamos nos preocupar com ela — afirmou Mosgorovsky. Ele olhou para o outro lado da mesa. — Acredito que não haja nenhuma dúvida sobre o valor da invenção de Eberhard?

Três horas soltou uma resposta lacônica britânica.

— Nenhuma mesmo.

— Comercialmente, deveria valer milhões — continuou o russo. — E, internacionalmente, bem, conhecemos muito bem a ganância das nações.

Bundle teve a impressão de que por trás da máscara ele abria um sorriso asqueroso.

— É — comentou. — Uma mina de ouro.

— Vale a pena perder algumas vidas — disse o número 5 com cinismo, e riu.

— Mas você sabe como são os inventores — comentou o norte-americano. — Às vezes, essas desgraças não funcionam.

— Um homem como Sir Oswald Coote não vai cometer nenhum erro — afirmou Mosgorovsky.

— Falando como o aviador que sou — disse o número 5 —, a coisa é perfeitamente viável. Vem sendo discutida há anos, mas foi necessária a genialidade de Eberhard para torná-la realidade.

— Bem — Mosgorovsky retomou a palavra —, não acho que precisamos discutir mais esse assunto. Todos vocês viram os planos. Não creio que nosso esquema original possa ser melhorado. A propósito, ouvi alguma coisa sobre uma carta de Gerald Wade que foi encontrada... uma carta que menciona esta organização. Quem a encontrou?

— A filha de Lorde Caterham, Lady Eileen Brent.

— Bauer devia ter ficado esperto aí — disse Mosgorovsky. — Foi descuido da parte dele. Para quem a carta foi escrita?

— Acredito que foi para a irmã dele — respondeu o número 3.

— Infelizmente — falou Mosgorovsky. — Mas não há nada que se possa fazer. O inquérito de Ronald Devereux é amanhã. Acredito que já tenha sido arranjado.

— Relatos de que rapazes da região estavam praticando com rifles se espalharam por toda parte — afirmou o norte-americano.

— Então, tudo deve ficar bem. Acho que não há mais nada a ser dito nesse sentido. Acho que todos nós devemos parabenizar nossa querida uma hora e desejar-lhe sorte no papel que precisará desempenhar.

— Viva! — gritou o número 5. — Um brinde a Anna!

Todas as mãos estenderam-se com o mesmo gesto que Bundle havia observado antes.

— A Anna!

Uma hora respondeu à saudação com um gesto tipicamente estrangeiro. Em seguida, ela se levantou, e os outros a acompanharam. Pela primeira vez, Bundle teve um vislumbre do número 3 quando ele se aproximou para pousar a capa sobre os ombros de Anna — um homem alto e bem corpulento.

Então o grupo saiu pela porta secreta. Mosgorovsky trancou-a logo atrás deles. Ele esperou alguns instantes e, em seguida, Bundle o ouviu destrancar a outra porta e passar por ela depois de apagar a luz elétrica.

Somente duas horas depois é que Alfred, pálido e ansioso, foi libertar Bundle. Ela quase caiu nos braços dele, e foi necessário segurá-la em pé.

— Não foi nada — afirmou Bundle. — Só estou dormente, é isso. Bem, vou me sentar ali.

— Ai, minha nossa, milady, foi horrível.

— Bobagem — disse Bundle. — Tudo ocorreu de um jeito esplêndido. Não fique nervoso agora, que tudo acabou. Poderia ter dado errado, mas, graças a Deus, não deu.

— Graças aos céus, como diz, milady. Fiquei em pânico a noite toda. É uma gente bem estranha, sabia?

— Uma gente estranha para danar — afirmou Bundle, massageando com vigor seus braços e pernas. — Na verdade, é o tipo de gente que sempre imaginei existir apenas em livros até hoje à noite. Vivendo e aprendendo sempre, Alfred.

Capítulo 15

O inquérito

Bundle chegou em casa por volta das seis da manhã. Por volta das 9h30, ela já estava acordada, vestida e pendurada ao telefone com Jimmy Thesiger.

Ele atendeu tão prontamente que Bundle se surpreendeu, até que Jimmy explicou que estava indo ao inquérito.

— Eu também — explicou Bundle. — E tenho muita coisa para contar.

— Bem, então eu passo aí para buscá-la e vamos conversando no caminho. Que tal?

— Tudo bem. Mas reserve um pouco mais de tempo porque você vai ter que me levar até Chimneys. O delegado vai passar para me buscar lá.

— Por quê?

— Porque ele é um homem gentil — respondeu Bundle.

— Eu também sou — afirmou Jimmy. — Muito gentil.

— Ora essa! Você é um idiota — disse Bundle. — Alguém me disse isso na noite passada.

— Quem?

— Para ser precisa, um judeu russo. Não, não foi. Foi um...

Mas um protesto indignado abafou suas palavras.

— Eu posso até ser um idiota — ralhou Jimmy. — Acho que sou mesmo... mas não permito que judeus russos digam isso. O que você estava fazendo ontem à noite, hein, Bundle?

— É sobre isso que vou lhe contar — respondeu Bundle.
— Por ora, tchauzinho.

Ela desligou de um jeito provocador que deixou Jimmy agradavelmente intrigado. Ele nutria o maior respeito pelas habilidades de Bundle, embora não houvesse o menor traço romântico em seus sentimentos por ela.

— Ela andou aprontando alguma — refletiu enquanto tomava um último gole de café. — Pode apostar, ela andou aprontando alguma.

Vinte minutos depois, seu carrinho de dois lugares parou em frente à casa da Brook Street, e Bundle, que estava esperando, desceu os degraus aos tropeços. Em geral, Jimmy não era um jovem observador, mas notou que Bundle carregava olheiras, parecendo ter passado a noite anterior acordada até tarde.

— Pois bem — disse quando o carro começou a adentrar nas cercanias de Londres —, em que aventuras obscuras você andou se enfiando?

— Eu vou contar — prometeu Bundle. — Mas não me interrompa até eu terminar.

Era uma história um tanto longa, e Jimmy fez de tudo para manter atenção suficiente na pista para evitar um acidente. Quando Bundle terminou, ele soltou um suspiro e a olhou com atenção.

— Bundle?
— Fale.
— Acho que você está zombando da minha cara.
— Como assim?
— Me perdoe — desculpou-se Jimmy —, mas parece que já ouvi isso tudo antes... em um sonho, sabe?
— Eu sei — disse Bundle, empática.
— É impossível — insistiu Jimmy, seguindo uma linha de raciocínio própria. — A bela aventureira estrangeira, uma quadrilha internacional, o misterioso número 7, cuja identidade ninguém conhece... já li tudo isso uma centena de vezes em livros.

— Claro que já. Eu também. Mas não há motivo para que não aconteça de verdade.

— Acho que não — admitiu Jimmy.

— Afinal... acredito que a ficção se baseia na realidade. Quer dizer, as pessoas só conseguem pensar nessas coisas porque elas acontecem.

— Você tem razão — concordou Jimmy. — Mas, mesmo assim, tenho que pedir para você me beliscar para ver se estou acordado.

— Foi assim que me senti.

Jimmy soltou um suspiro profundo.

— Bem, acho que estamos acordados. Vamos lá, um russo, um ianque, um inglês... possivelmente um austríaco ou húngaro... e a moça que pode ser de qualquer nacionalidade... russa ou polonesa, por exemplo... um grupo bastante diverso.

— E um alemão — lembrou Bundle. — Você se esqueceu do alemão.

— Ah, sim! — concordou Jimmy lentamente. — Você acha...

— O ausente número 2. O número 2 é Bauer... nosso lacaio. Me parece bastante claro pelo que disseram sobre esperar um relatório que não chegou... embora eu não consiga imaginar o que possa haver para relatar sobre Chimneys.

— Deve ter alguma coisa a ver com a morte de Gerry Wade — sugeriu Jimmy. — Tem algo aí que ainda não compreendemos. Você disse que realmente mencionaram o nome de Bauer?

Bundle assentiu com a cabeça.

— Culparam-no por não ter encontrado aquela carta.

— Bem, não vejo o que poderia ser mais claro que isso. Não há como negar isso. Me perdoe pela incredulidade do início da conversa, Bundle, mas, sabe, é uma história um tanto exagerada. Você disse que sabiam que eu iria para Wyvern Abbey na semana que vem?

— Sim, foi quando o norte-americano... foi ele, não o russo... disse que não era necessário se preocupar... que você era só um idiota comum.

— Ora essa! — repreendeu Jimmy. Pisou forte no acelerador, e o carro saiu em disparada. — Fico muito feliz que você tenha me dito isso. Me traz o que podemos chamar de interesse pessoal no caso.

Ele ficou em silêncio por alguns minutos.

— Você falou que o nome do inventor alemão era Eberhard?

— Sim. Por quê? — questionou Bundle.

— Espere um minuto. Estou me lembrando de alguma coisa. Eberhard, Eberhard... sim, tenho certeza de que esse era o nome.

— Diga.

— Eberhard era um qualquer que tinha um processo patenteado que ele aplicava ao aço. Não consigo descrever a coisa certinha porque não tenho conhecimento científico... mas sei que o resultado foi que ele endurecia tanto o aço que um fio ficava tão forte quanto uma barra. Eberhard tinha alguma relação com aviões, e sua ideia era que o peso seria reduzido de forma tão considerável que haveria uma revolução na aviação... digo, no seu custo. Acredito que ele ofereceu sua invenção ao governo alemão, e eles a recusaram, apontando alguma falha inegável nela... mas o fizeram de um jeito bastante desagradável. Eberhard se pôs a trabalhar e contornou a dificuldade, qualquer que fosse, mas ficou ofendido com a atitude dos alemães e jurou que teriam sua galinha de ovos de ouro. Sempre achei que a coisa toda fosse um disparate, mas agora... o negócio me parece diferente.

— É isso — concordou Bundle, ávida. — Você deve ter razão, Jimmy. Eberhard deve ter oferecido a invenção ao nosso governo. Eles pediram, ou vão pedir, o parecer especializado de Sir Oswald Coote sobre o assunto. Vai haver uma conferência não oficial em Abbey. Sir Oswald, George, o Ministro da Aeronáutica e Eberhard, que levará a patente ou o processo, ou como quer que você chame isso...

— A fórmula — sugeriu Jimmy. — Acho que "fórmula" é uma boa palavra.
— Ele vai levar a fórmula consigo, e os Seven Dials vão querer roubá-la. Me lembro do russo dizendo que valia milhões.
— Imagino que sim — aquiesceu Jimmy.
— E vale algumas vidas perdidas... foi o que o outro homem disse.
— Bem, parece que valeu — comentou Jimmy, com o rosto se fechando. — Olhe para esse inquérito danado de hoje. Bundle, tem certeza de que Ronny não disse mais nada?
— Não — respondeu Bundle. — Só isso. *Seven Dials. Diga a Jimmy Thesiger.* Foi tudo o que conseguiu dizer, coitado.
— Queria que soubéssemos o que ele sabia — disse Jimmy.
— Mas uma coisa nós descobrimos. Suponho que o lacaio, Bauer, deve ter sido, quase com toda a certeza, o responsável pela morte de Gerry. Sabe, Bundle...
— Diga.
— Bem, às vezes fico um pouco preocupado. Quem será o próximo! Esse não é mesmo o tipo de negócio em que uma mulher deve se envolver.
Bundle abriu um sorriso, mesmo sem querer. Ocorreu-lhe que Jimmy levou um bom tempo para colocá-la na mesma categoria de Loraine Wade.
— É muito mais provável que seja você do que eu — comentou ela, brincalhona.
— Claro, claro — concordou Jimmy. — Mas que tal haver algumas baixas do outro lado, só para variar? Estou me sentindo um tanto sanguinário esta manhã. Me diga, Bundle, você reconheceria alguma dessas pessoas se as visse?
Bundle hesitou.
— Acho que reconheceria o número 5 — comentou ela por fim. — Ele tem um jeito estranho de falar... um jeito meio venenoso, sibilante... que acho que reconheceria.
— E o inglês?
Bundle negou com a cabeça.

— Eu o vi muito pouco... apenas de relance... e a voz dele é muito comum. Tirando o fato de que ele é grandalhão, não há muito mais o que considerar.

— Tem a mulher, claro — continuou Jimmy. — Ela deve ser mais fácil reconhecer. Mas é pouco provável que a encontre. Provavelmente, está fazendo o trabalho sujo, sendo levada para jantar por ministros do governo amorosos e arrancando segredos de Estado deles depois que já tomaram umas e outras. Pelo menos, é assim que acontece nos livros. Na realidade, o único ministro que conheço bebe água quente com umas gotas de limão.

— Veja o George Lomax, por exemplo. Consegue imaginá-lo apaixonado por belas mulheres estrangeiras? — perguntou Bundle, rindo.

Jimmy concordou com a crítica dela.

— E, agora, o homem misterioso, o número 7 — sugeriu Jimmy. — Não tem ideia de quem ele possa ser?

— Nenhuma mesmo.

— De novo... pelos padrões literários, ou seja... ele deveria ser alguém que todos nós conhecemos. Que tal o próprio George Lomax?

Bundle negou com a cabeça, relutante.

— Em um livro, seria perfeito — concordou. — Mas conhecendo o Olho-de-Peixe... — E ela se entregou a uma gargalhada repentina e incontrolável. — Olho-de-Peixe, o grande organizador do crime. — Bundle suspirou. — Não seria maravilhoso?

Jimmy concordou. A conversa durou algum tempo, e ele diminuiu a velocidade sem querer uma ou duas vezes. Chegaram a Chimneys e encontraram o Coronel Melrose já esperando. Jimmy foi apresentado a ele, e os três seguiram juntos para o inquérito.

Como o Coronel Melrose havia previsto, o caso todo era muito simples. Bundle prestou seu depoimento; o médico, o dele. Foram apresentadas provas de prática de tiros de rifle na vizinhança. Foi aventado um veredito de morte acidental.

Após o término dos trabalhos, o Coronel Melrose se ofereceu para levar Bundle de volta a Chimneys, e Jimmy Thesiger retornou a Londres.

Apesar de seu jeito bem-humorado, a história de Bundle o impressionou profundamente. Ele apertou os lábios com força.

— Ronny, meu velho — murmurou —, vou ter que passar por poucas e boas. E você não está aqui para me acompanhar.

Outro pensamento surgiu em sua mente. Loraine! Estaria ela em perigo?

Depois de um ou dois minutos de hesitação, foi até o telefone e ligou para ela.

— Sou eu... Jimmy. Achei que você gostaria de saber o resultado do inquérito. Morte acidental.

— Ora, mas...

— É, mas eu acho que tem alguma coisa por trás disso. O médico-legista deu um indício. Alguém está trabalhando para abafar o assunto. Ei, Loraine...

— Pois não?

— Veja bem. Há... há alguns negócios bizarros acontecendo. Tome muito cuidado, viu? Por mim.

Ele ouviu a rápida nota alarmada que se imiscuiu na voz dela.

— Jimmy... mas então é perigoso... para *você*.

Ele riu.

— Ah, está *tudo* bem. Sou o gato com suas sete vidas. Tchau, tchau, benzinho.

Ele desligou e ficou por alguns minutos absorto em pensamentos. Em seguida, chamou Stevens.

— Você acha que conseguiria sair e comprar uma pistola para mim, Stevens?

— Uma pistola, senhor?

Fiel ao seu treinamento, Stevens não demonstrou nenhum sinal de surpresa.

— De que tipo de pistola você precisaria?

— Aquele tipo de arma que a gente coloca o dedo no gatilho, e a arma continua atirando até a gente tirar o dedo.

— Uma automática, senhor.

— Isso mesmo — confirmou Jimmy. — Uma automática. E eu gostaria que fosse uma de cano azul... se você e o lojista souberem o que isso significa. Nas histórias ianques, o herói sempre tira a arma automática de cano azul do bolso da frente das calças.

Stevens permitiu-se um leve e discreto sorriso.

— A maioria dos cavalheiros americanos que conheci, senhor, carrega uma coisa bem diferente nos bolsos — observou.

Jimmy Thesiger caiu na risada.

Capítulo 16

A festa em Wyvern Abbey

Bundle chegou de carro a Wyvern Abbey bem a tempo para o chá na tarde de sexta-feira. George Lomax foi recebê-la com uma cordialidade efusiva demais.

— Minha querida Eileen, nem consigo expressar o prazer em vê-la por aqui. Por favor, me perdoe por não a ter convidado quando falei com seu pai, mas, para dizer a verdade, nunca imaginei que uma festa desse feitio pudesse ser do seu agrado. Fiquei ao mesmo tempo... hum... surpreso e... hum... encantado quando Lady Caterham me contou sobre seu... hã... interesse em... ah... política.

— Eu queria muito vir — respondeu Bundle de um jeito simples e ingênuo.

— Mrs. Macatta só chegara no último trem — explicou George. — Fez um discurso em uma reunião em Manchester ontem à noite. Conhece Thesiger? Um sujeito bem jovem, mas com uma compreensão notável de política externa. Pela aparência, é muito difícil suspeitar disso.

— Conheço Mr. Thesiger — confirmou Bundle, apertando em tom solene a mão de Jimmy, que ela observou ter repartido o cabelo ao meio na tentativa de dar mais seriedade à sua expressão.

— Veja bem — disse Jimmy em voz baixa e apressada, quando George se afastou por um momento. — Não vá ficar brava, mas tive que contar a Bill sobre nossa pequena façanha.

— Bill? — questionou Bundle, irritada.

— Bem, afinal — disse Jimmy —, Bill é um dos rapazes, certo? Ronny era amigo dele, e Gerry também.

— Ah! Eu sei — falou Bundle.

— Mas acha que meti os pés pelas mãos? Desculpe.

— Para Bill, tudo bem, claro. Não é isso — explicou Bundle. — Mas ele é... bem, Bill é um boca-aberta nato.

— Não é muito ágil mentalmente? — sugeriu Jimmy. — Mas você se esqueceu de uma coisa: Bill tem um punho bem pesado. E tenho a impressão de que um punho pesado vai ser bem útil.

— Ora, talvez você esteja certo. Como ele reagiu?

— Bem, ele levou as mãos à cabeça por um tempinho, mas... quer dizer, os fatos exigiram muitos esclarecimentos. Mas, ao repetir a coisa toda com paciência em palavras mais simples, por fim consegui fazer com que entrassem naquela cabeça dura. E, claro, ele vai estar conosco até a morte, como se diz.

De repente, George reapareceu.

— Preciso lhe apresentar algumas pessoas, Eileen. Este é Sir Stanley Digby... Lady Eileen Brent. Mr. O'Rourke.

O Ministro da Aeronáutica era um homenzinho gorducho com um sorriso alegre. Mr. O'Rourke, um jovem alto com olhos azuis sorridentes e um rosto tipicamente irlandês, cumprimentou Bundle com entusiasmo.

— E eu achando que seria uma reunião enfadonha, apenas sobre política — murmurou em um sussurro sagaz.

— Tenha modos — ralhou Bundle. — Meu interesse aqui é político... muito político.

— Sir Oswald e Lady Coote, você conhece — continuou George.

— Na verdade, não nos encontramos — disse Bundle, sorrindo.

Mentalmente, ela estava aplaudindo os poderes descritivos do pai.

Sir Oswald apertou a mão dela com força, e Bundle estremeceu de leve.

Lady Coote, depois de um cumprimento um tanto triste, se virou para Jimmy Thesiger e pareceu mostrar algo muito próximo ao prazer. Apesar de seu hábito repreensível de se atrasar para o café da manhã, Lady Coote tinha uma queda por aquele jovem amável de rosto rosado. Seu ar de bonomia irreprimível a fascinava. Tinha um desejo maternal de curá-lo de seus maus hábitos e transformá-lo em um verdadeiro trabalhador. Uma questão que nunca havia feito era se, uma vez formado, ele seria tão atraente. Ela começou a lhe contar sobre um acidente de carro muito pesado que acontecera com um de seus amigos.

— Mr. Bateman — disse George, rápido, como se quisesse passar para coisas melhores.

Um jovem sério e pálido fez uma reverência.

— E agora — continuou George —, devo apresentá-la à Condessa Radzky.

A Condessa Radzky estava conversando com Mr. Bateman. Bem recostada no sofá, com as pernas cruzadas de forma ousada, ela fumava um cigarro com uma piteira incrivelmente longa, cravejada de turquesas.

Bundle achou que era uma das mulheres mais bonitas que já tinha visto. Seus olhos eram muito grandes e azuis; os cabelos, pretos como carvão; tinha uma pele opaca, o nariz ligeiramente achatado dos eslavos e um corpo sinuoso e esguio. Seus lábios estavam pintados em um tom de vermelho que Bundle sabia nunca ter sido visto assim em Wyvern Abbey.

Ansiosa, ela perguntou:

— É Mrs. Macatta... certo?

Quando George respondeu negativamente e apresentou Bundle, a condessa assentiu de um jeito negligente e retomou a conversa com o sério Mr. Bateman em seguida.

Bundle ouviu a voz de Jimmy em seu ouvido:

— Pongo está absolutamente fascinado pela adorável eslava. Patético, não? Vamos tomar um chá.

Eles foram mais uma vez para perto de Sir Oswald Coote.

— É um belo lugar aquele seu, Chimneys — comentou o homenzarrão.

— Fico feliz que tenha gostado — comentou Bundle em um tom humilde.

— Precisa de um encanamento novo — disse Sir Oswald. — Uma repaginada, sabe?

Ele ruminou por alguns minutos.

— Devo alugar a casa do Duque de Alton. Por três anos. Enquanto estou procurando um lugar para comprar. Seu pai não poderia vendê-la, mesmo se quisesse, não é?

Bundle sentiu-se quase sem fôlego. Teve uma visão de pesadelo da Inglaterra com inúmeros Coote em inúmeras casas semelhantes a Chimneys... todos, que fique bem claro, com um sistema de encanamento inteiramente novo instalado.

Sentiu um ressentimento repentino e violento que, ela disse a si mesma, era absurdo. Afinal, comparando Lorde Caterham com Sir Oswald Coote, não havia dúvidas sobre quem se daria mal. Sir Oswald tinha uma daquelas personalidades poderosas que faziam todos com quem se relacionava parecerem apagados. Ele era, como Lorde Caterham havia dito, um rolo compressor humano. E, no entanto, sem dúvida, em muitos aspectos, Sir Oswald era estúpido. Além de sua área de especialidade e de sua tremenda força motriz, era provável que sofresse de uma extrema ignorância. As cem centenas de delicadas apreciações da vida de que Lorde Caterham podia desfrutar e desfrutava eram um terreno desconhecido para Sir Oswald.

Enquanto se dedicava a essas reflexões, Bundle continuou a conversar em um tom agradável. Ouviu que *Herr* Eberhard havia chegado, mas fora se deitar por conta de uma dor de cabeça nervosa, o que foi informado a ela por Mr. O'Rourke, que havia conseguido parar ao lado dela e segurar o lugar.

Bundle subiu para trocar de roupa em um clima agradável de expectativa, com um leve medo nervoso pairando ao fundo sempre que pensava na chegada iminente de Mrs. Macatta. Sentia que o contato com a política não seria dos mais fáceis.

Seu primeiro choque foi quando ela desceu, vestida de um jeito recatado com um traje de renda preta, e passou pelo corredor. Um lacaio estava ali — ao menos era um homem vestido como lacaio. No entanto, aquela figura quadrada e corpulenta não enganava ninguém. Bundle parou e encarou-o.

— Superintendente Battle — sussurrou.

— Isso mesmo, Lady Eileen.

— Ai! — disse Bundle, indecisa. — O senhor está aqui para... para...?

— Ficar de olho nas coisas.

— Entendi.

— Aquela carta de advertência, sabe — disse o superintendente —, deixou Mr. Lomax vexado. Ele ficou sossegado apenas quando eu prometi vir.

— Mas não acha que... — começou Bundle, e parou.

Não gostaria de sugerir ao superintendente que aquele disfarce não estava sendo muito eficiente. Parecia que a palavra "policial" estava estampada nele, e Bundle nem sequer conseguia imaginar o criminoso mais desavisado não ficando alerta.

— Acha — disse o superintendente daquele jeito impassível — que talvez eu seja reconhecido?

Ele deu toda a ênfase à última palavra da frase.

— Acho que sim — admitiu Bundle.

Uma expressão que talvez pudesse ser vista como a intenção de um sorriso cruzou as feições imóveis do Superintendente Battle.

— Assim eles ficam alertas, hein? Bem, Lady Eileen, por que não?

— Por que não? — ecoou Bundle, de um jeito um tanto estúpido, foi o que ela se sentiu.

O Superintendente Battle fez que não com cabeça, bem devagar.

— Não queremos que nada desagradável aconteça, queremos? — perguntou ele. — Não precisa ser esperto demais...

só mostrar a qualquer aristocrata de dedos leves que esteja por aí... bem, só mostrar para eles que tem alguém de olho aqui, como dizem.

Bundle olhou para o homem com certa admiração. Imaginava que o aparecimento repentino de um personagem tão renomado como o Superintendente Battle talvez desencorajasse qualquer tramoia e seus idealizadores.

— É um grande erro ser esperto demais — repetia o Superintendente Battle. — Melhor é que não haja nenhum aborrecimento neste fim de semana.

Bundle passou adiante, imaginando quantos dos outros convidados haviam reconhecido ou reconheceriam o detetive da Scotland Yard. Na sala de estar, George estava de pé, com a testa franzida e um envelope laranja na mão.

— Muito irritante. Um telegrama de Mrs. Macatta, dizendo que não poderá vir. Seus filhos estão com caxumba.

O coração de Bundle ficou leve de tanto alívio.

— Sinto por você, Eileen — comentou George, com gentileza. — Sei o quanto estava ansiosa para conhecê-la. A condessa também ficará bastante decepcionada.

— Ah, tudo bem — retrucou Bundle. — Odiaria se ela viesse e me passasse caxumba.

— Uma condição deveras dolorida — concordou George. — Mas não acredito que a infecção seja transmitida dessa maneira. Na verdade, tenho certeza de que Mrs. Macatta não teria corrido nenhum risco dessa espécie. É uma mulher de princípios elevados, com senso de suas responsabilidades para com a comunidade. Nesses dias de estresse nacional, todos devemos levar em consideração...

Prestes a embarcar em um discurso não solicitado, George se conteve.

— Mas isso pode ficar para outra ocasião — falou. — Felizmente, não há pressa no seu caso. Mas, infelizmente, a condessa está apenas de passagem em nosso país.

— Ela é húngara, não é? — perguntou Bundle, curiosa.

— É. Sem dúvida já deve ter ouvido falar do partido Juventude Húngara. A condessa é uma líder do partido. Mulher de grande riqueza, viúva ainda bem jovem, ela dedicou seu dinheiro e seus talentos ao serviço público. Ela se dedicou especialmente ao problema da mortalidade infantil... um problema terrível nas atuais condições da Hungria. Eu... Olha só! Eis *Herr* Eberhard.

O inventor alemão era mais jovem do que Bundle imaginava. Não tinha mais que 33 ou 34 anos. Ele tinha modos rudes e ficava pouco à vontade. E, ainda assim, não tinha uma personalidade desagradável. Seus olhos azuis eram mais tímidos que furtivos, e seus maneirismos mais grosseiros, como o roer de unhas que Bill havia descrito, surgiam mais pelo nervosismo, pensou ela, que por qualquer outra causa. Era magro e franzino, parecia anêmico e delicado.

Entabulou uma conversa um tanto desconcertada com Bundle em um inglês forçado, e os dois abraçaram com satisfação a interrupção do alegre Mr. O'Rourke. Nesse momento, Bill entrou apressado... não há outra palavra para descrevê-lo. Parecia um cão terra-nova de estimação quando entrou, aproximando-se esbaforido de Bundle. Tinha uma expressão perplexa, como se tivesse sido acossado.

— Oi, Bundle. Fiquei sabendo que você havia chegado. Passei a tarde toda trabalhando como um maluco, por isso não cheguei antes.

— Grandes preocupações do Estado esta noite? — comentou O'Rourke, com simpatia.

Bill grunhiu.

— Não sei como é o seu patrão — reclamou ele. — Parece um gordinho boa praça. Mas o Olho-de-Peixe é absolutamente impossível. De manhã à noite, é só trabalho, trabalho, trabalho. Tudo o que a gente faz está errado, e tudo o que a gente não fez devia ter feito.

— Parece um trecho de uma ladainha — comentou Jimmy, que tinha acabado de se aproximar.

Bill olhou para ele de relance com ar de reprovação.

— Ninguém sabe o que eu preciso aguentar — retrucou ele em um tom patético.

— Como divertir a condessa, hein? — insinuou Jimmy. — Pobre Bill, deve ter sido um fardo muito grande para alguém que nem gosta de mulheres, como você.

— Como assim? — perguntou Bundle.

— Depois do chá — respondeu Jimmy, com um sorriso — a condessa pediu a Bill que lhe mostrasse este interessante lugar histórico.

— Bem, eu não podia recusar, certo? — comentou Bill, seu semblante assumindo um tom vermelho-tijolo.

Bundle sentiu certo desconforto. Ela conhecia muito bem a suscetibilidade de Mr. William Eversleigh aos encantos femininos. Nas mãos de uma mulher como a condessa, Bill ficaria todo derretido. Ela se perguntou mais uma vez se Jimmy Thesiger fora esperto ao confiar em Bill.

— A condessa — admitiu Bill — é uma mulher muito charmosa. E inteligente até dizer chega. Vocês tinham que ver como ela se portou na visita. Fez todo tipo de pergunta.

— Quais perguntas? — perguntou Bundle de repente.

Bill foi vago.

— Ah! Sei lá. Sobre a história da casa. E dos móveis antigos. E... ah, todo tipo de coisas.

Naquele momento, a condessa entrou na sala. Parecia um pouco esbaforida. Estava magnífica em um vestido justo de veludo preto. Bundle percebeu como Bill gravitou imediatamente na direção da mulher. O jovem sério e de óculos juntou-se a ele.

— Bill e Pongo estão muito apaixonados — observou Jimmy Thesiger, com uma risada.

Bundle não sabia ao certo se havia motivo para rir daquela situação.

Capítulo 17

Após o jantar

George não acreditava em inovações. Wyvern Abbey não contava nem com uma coisa tão comum quanto aquecimento central. Por isso, quando as senhoras entraram na sala de estar depois do jantar, infelizmente, a temperatura do ambiente estava inadequada considerando os modernos trajes de noite. O fogo que ardia no gradil de aço da lareira virou um ímã. As três mulheres aglomeraram-se ao redor dela.

— *Brrrrrrrrrr!* — falou a condessa, um som estrangeiro fino e extravagante.

— Os dias estão ficando cada vez mais curtos — comentou Lady Coote, e puxou um lenço florido atroz para mais perto de seus ombros largos.

— Por que diabos George não traz um aquecimento decente para a casa? — perguntou Bundle.

— Vocês, ingleses, nunca aquecem suas casas — disse a condessa.

Ela tirou a longa piteira da bolsa e começou a fumar.

— Essa grade é antiquada — apontou Lady Coote. — O calor sobe pela chaminé em vez de entrar na sala.

— Ah! — exclamou a condessa.

Houve uma pausa. Era tão claro que a condessa estava totalmente entediada com sua companhia que ficou difícil conversar.

— É engraçado — continuou Lady Coote, rompendo o silêncio — que os filhos de Mrs. Macatta estejam com caxumba. Não quis dizer exatamente engraçado...

— O que é caxumba? — quis saber a condessa.

Bundle e Lady Coote começaram a explicar ao mesmo tempo e, por fim, juntas, conseguiram.

— Acredito que as crianças húngaras tenham isso também, certo? — perguntou Lady Coote.

— Como assim? — disse a condessa.

— Crianças húngaras. Eles sofrem de caxumba?

— Não sei. Como eu saberia?

Lady Coote olhou para ela com certa surpresa.

— Mas, pelo que entendi, a senhora trabalhava com...

— Ah, sim! — A condessa descruzou as pernas, tirou a piteira da boca e começou a falar em ritmo frenético: — Vou lhes contar alguns horrores. Horrores que eu vi. Vocês nem acreditariam!

E cumpriu com sua palavra. Falou com grande fluência e poder de descrição. Cenas inacreditáveis de fome e miséria foram pintadas para que o público desfrutasse. Ela falou da Budapeste do pós-guerra e descreveu suas vicissitudes até aquele momento. Era dramática, mas também agia, na opinião de Bundle, um pouco como uma gravação de gramofone. Bastava ligá-la, e a mulher já disparava. E também parava tão repentinamente quanto começava.

Lady Coote ficou emocionada até o âmago — isso ficou claro. Permaneceu sentada com a boca ligeiramente aberta e os olhos grandes, tristes e escuros fixados na condessa. Às vezes, interrompia com um comentário ou outro.

— Um dos meus primos teve três filhos queimados até a morte. Horrível, não?

A condessa mal prestava atenção, falando sem parar. E, por fim, parou de maneira tão repentina quanto havia começado.

— Pronto! Foi o que eu disse. Temos dinheiro, mas não temos organização. É de organização que precisamos.

Lady Coote suspirou.

— Sempre ouço meu marido dizer que nada pode ser feito sem métodos regulares. Ele atribui o próprio sucesso inteiramente a isso. Diz que nunca teria conseguido sobreviver sem eles.

A mulher suspirou de novo. Uma visão repentina e fugaz passou diante de seus olhos: um Sir Oswald que não progredira na vida. Um Sir Oswald que manteve, em todos os aspectos essenciais, os atributos daquele rapazinho alegre da bicicletaria. Por um segundo, lhe ocorreu o quanto a vida talvez fosse mais agradável para ela se Sir Oswald *não* tivesse observado os tais métodos.

Por uma associação de ideias bastante compreensível, ela se voltou para Bundle.

— Me diga, Lady Eileen: a senhorita tem apreço por aquele seu jardineiro-chefe?

— MacDonald? Bem... — Bundle hesitou. — Não é muito possível *gostar* de MacDonald — explicou ela, em tom de desculpa. — Mas é um jardineiro de primeira.

— Ah! Sei que é.

— Ele fica muito bem quando deixado em paz.

— Acho que sim.

Lady Coote olhou com inveja para Bundle, que parecia encarar a tarefa de manter MacDonald em seu lugar de um jeito muito despreocupado.

— Eu adoraria um jardim luxuoso — disse a condessa em tom sonhador.

Bundle encarou-a, mas, naquele momento, algo a distraiu. Jimmy Thesiger entrou na sala e virou-se para ela com uma voz estranha e apressada.

— Ei, você quer vir ver aquelas gravuras agora? Estão esperando por você.

Bundle saiu da sala às pressas com Jimmy logo atrás de si.

— Que gravuras? — perguntou ela, enquanto a porta da sala se fechava.

— Não tem gravura nenhuma. Eu precisei dizer alguma coisa para poder falar com você. Vamos, Bill está nos esperando na biblioteca. Não tem ninguém lá.

O outro estava andando de um lado para o outro da biblioteca, claramente em um estado de espírito muito perturbado.

— Veja bem — explodiu ele —, não estou gostando nada disso.

— Não está gostando de quê?

— De você estar envolvida nisso. Aposto dez contra um que vai ser uma confusão dos diabos, e daí...

Ele a olhou com uma espécie de consternação patética que deu a Bundle uma sensação de acalanto confortável.

— Ela precisa ficar fora disso, não é, Jimmy? — disse, apelativo.

— Eu disse isso a ela — respondeu o amigo.

— Caramba, Bundle, quer dizer... alguém pode se machucar.

Ela se virou para Jimmy.

— Até que parte você contou para ele?

— Ora essa, contei tudo!

— Ainda não me entrou direito na cabeça — confessou Bill. — Você naquele lugar, em Seven Dials, e tudo o mais. — Ele encarou-a com tristeza. — Veja, Bundle, eu não queria que você fizesse isso.

— Isso o quê?

— Se envolver nesse tipo de coisa.

— Por que não? São emocionantes.

— Ah, sim... emocionantes. Mas podem ser terrivelmente perigosas. Olhe o coitado do velho Ronny.

— É mesmo. Se não fosse pelo seu amigo Ronny, acho que eu nunca teria me "envolvido" nesse tipo de coisa. Mas aqui estou eu. E não adianta nada você reclamar.

— Sei que você é dura na queda, Bundle, mas...

— Deixe os elogios para lá. Vamos planejar.

Para alívio dela, a reação de Bill à sugestão foi favorável.

— Você tem razão quanto à fórmula — confirmou. — Eberhard tem um tipo de fórmula com ele, ou melhor, com Sir Oswald. O material foi testado em uma das siderúrgicas do velho Coote... com todo o sigilo e tudo o mais. Eberhard ficou lá com ele. Estão todos no gabinete agora... devem estar "botando os pingos nos is", como se diz por aí.

— Quanto tempo Sir Stanley Digby vai ficar? — perguntou Jimmy.

— Volta para a cidade amanhã.

— Hum — resmungou em resposta. — Então, uma coisa fica bem clara. Se, como eu suponho, Sir Stanley levar a fórmula com ele, se for acontecer algo estranho, será hoje à noite.

— Creio que sim.

— Não tenha dúvida. Isso restringe bastante a questão. Mas os rapazes brilhantes terão que ser geniais. Precisamos ir direto aos detalhes. Primeiro de tudo, onde vai estar a fórmula sagrada esta noite? Será que ficará com Sir Oswald Coote ou com Eberhard?

— Nem um, nem outro. Pelo que entendi, vai ser entregue ao Ministro da Aeronáutica esta noite, para que ele a leve até a cidade amanhã. Nesse caso, O'Rourke vai ficar com ela. Pode apostar.

— Bem, só tem uma coisa a fazer. Se acreditarmos que alguém vai ter uma chance de roubar aquele papel, Bill, meu camarada, vamos precisar ficar atentos esta noite.

Bundle abriu a boca como se fosse protestar, mas voltou a fechá-la sem dizer palavra.

— A propósito — continuou Jimmy —, será que reconheci o recepcionista da Harrods no corredor esta noite ou era nosso velho amigo Lestrade da Scotland Yard?

— Elementar, meu caro Watson — brincou Bill.

— Acredito — disse Jimmy — que estamos invadindo o terreno dele.

— É inevitável — comentou Bill. — Quer dizer, se quisermos levar tudo isso até o fim.

— Então combinado. Vamos fazer a vigilância à noite em dois turnos?

Bundle abriu a boca de novo e voltou a fechá-la sem falar nada.

— Você tem razão — concordou Bill. — Quem vai pegar o primeiro turno?

— Vamos tirar na sorte?

— Melhor assim.

— Tudo bem. Aí vai. Cara é você primeiro, eu depois. Coroa, vice-versa.

Bill concordou com a cabeça. A moeda girou no ar. Jimmy curvou-se para olhar no chão.

— Coroa.

— Porcaria — disse Bill. — Você pega a primeira metade e provavelmente toda a diversão.

— Ah, nunca se sabe. Os criminosos são muito imprevisíveis. A que horas devo acordar você? Três?

— Faz sentido, acho.

E, por fim, Bundle se pronunciou:

— E *eu*? — perguntou.

— Nada. Você vai para a cama dormir.

— Ah! — disse Bundle. — Não tem graça nenhuma.

— Nunca se sabe — comentou Jimmy, gentil. — Você pode ser assassinada enquanto dorme, enquanto Bill e eu escapamos ilesos.

— Bem, sempre há essa possibilidade. Sabe, Jimmy, eu não gosto nem um pouco de como aquela condessa age. Estou desconfiando dela.

— Bobagem — falou Billy, com fervor. — Está absolutamente acima de qualquer suspeita.

— Como sabe? — retrucou Bundle.

— Eu sei. Ora, um dos colegas da Embaixada da Hungria deu seu aval.

— Ah, sim! — disse Bundle, por um instante surpresa com o fervor de Bill.

— Vocês, mulheres, são todas iguais — resmungou Bill.
— Só porque ela é uma mulher muito bonita...

Bundle conhecia bem demais esse argumento masculino injusto.

— Bem, não vá despejar confidências nos ouvidinhos dela — observou Bundle. — Vou para a cama. Estava entediada naquela sala de estar e não vou voltar.

Ela os deixou, e Bill olhou para Jimmy.

— Essa é nossa Bundle. Temi que tivéssemos problemas. Sabe o quanto ela gosta de se intrometer. A maneira como se conformou foi simplesmente maravilhosa.

— Eu também achei — concordou Jimmy. — Fiquei pasmo.

— Bundle sabe onde pisa. Sabe quando algo é impossível. Ei, não devíamos carregar conosco algumas armas letais? Os camaradas geralmente carregam quando estão fazendo essas coisas.

— Tenho uma automática com cano azul — disse Jimmy, com um quê de orgulho. — É bem pesada e parece muito perigosa. Empresto a você quando for a hora.

Bill olhou para ele com respeito e inveja.

— O que fez você pensar em comprar uma dessas?

— Não sei — respondeu Jimmy, despreocupado. — Só me veio à cabeça.

— Espero que a gente não acerte a pessoa errada — observou Bill, um tanto ansioso.

— Seria lamentável — concordou Mr. Thesiger, com toda a seriedade.

Capítulo 18

As aventuras de Jimmy

Neste momento, nossa crônica precisa ser dividida em três partes distintas. A noite havia se mostrado um tanto agitada, e cada uma das três pessoas envolvidas a via de seu próprio ângulo.

Começaremos com aquele jovem agradável e envolvente, Mr. Jimmy Thesiger, no momento em que finalmente desejou boa-noite a seu companheiro conspirador, Bill Eversleigh.

— Não se esqueça — alertou Bill —, três da manhã. Quer dizer, se você ainda estiver vivo — acrescentou, com gentileza.

— Posso ser um idiota — retrucou Jimmy, com a rancorosa lembrança do comentário que Bundle lhe repetira —, mas não sou tão idiota quanto pareço.

— Foi isso que você disse sobre Gerry Wade — falou Bill, bem devagar. — Lembra? E naquela mesma noite ele...

— Fique quieto, seu estúpido — ralhou Jimmy. — Você não tem tato?

— Claro que tenho — respondeu Bill. — Sou diplomata iniciante. Todos os diplomatas têm tato.

— Ora! Você ainda deve estar no que chamam de estágio de larva.

— Não consigo superar Bundle — confessou Bill, voltando de forma abrupta ao assunto. — Eu teria imaginado que ela seria... bem, difícil. Bundle melhorou. Melhorou bastante.

— Foi isso que seu chefe estava dizendo — concordou Jimmy. — Comentou que teve uma agradável surpresa.

— Também achei que Bundle estava exagerando um bocado — continuou Bill. — Mas o Olho-de-Peixe é tão idiota que engoliria qualquer coisa. Bem, boa noite. Imagino que vá ter uma trabalheira para me acordar quando chegar a hora... mas não desista.

— Não vai adiantar muito se você seguir o exemplo de Gerry Wade — retrucou Jimmy maldosamente.

Bill o olhou com ar de censura.

— Por que diabos você quer me deixar aflito?

— É só uma vingança — disse Jimmy. — Pode ir tranquilo.

Mas Bill permaneceu ali. Parou de um jeito desconfortável no mesmo lugar, primeiro com um pé, depois com outro.

— Veja bem.

— Pois não?

— O que quero dizer é que... bem, quero dizer que você vai ficar bem e tudo o mais, não é? Toda essa zombaria é muito boa, mas quando penso no pobre e velho Gerry... e depois no pobre e velho Ronny...

Jimmy encarou-o, exasperado. Bill era uma daquelas pessoas que, sem dúvida, tinha boas intenções, mas seria difícil descrever como animador o resultado de seus esforços.

— Entendo — observou ele — que vou ter que lhe mostrar Leopold.

Jimmy enfiou a mão no bolso do terno azul-escuro que tinha acabado de vestir e estendeu uma coisa para que Bill a inspecionasse.

— Um automático verdadeiro, genuíno e de cano azul — explicou, com modesto orgulho.

— Não me diga — espantou-se Bill. — É mesmo?

O outro ficou indubitavelmente impressionado.

— Stevens, meu camarada, conseguiu para mim. Decididamente limpo e metódico em seus hábitos. Você aperta o botão e Leopold faz o resto.

— Uau! — exclamou Bill. — Ei, Jimmy?
— Sim?
— Tenha cuidado, está bem? Quer dizer, não saia por aí mostrando esse negócio para ninguém. Seria bem esquisito se você, enquanto caminha por aí, alvejasse o velho Digby enquanto ele dorme.
— Não se preocupe — tranquilizou Jimmy. — Claro que quero tirar proveito do velho Leopold agora que o comprei, mas vou conter meus instintos sanguinários o máximo possível.
— Bem, boa noite — repetiu Bill pela décima quarta vez, e então partiu de verdade.
Jimmy ficou sozinho para cumprir sua vigília.
Sir Stanley Digby ocupava um quarto na extremidade da ala oeste. De um lado, havia um banheiro e, do outro, uma porta de comunicação levava até um ambiente menor, que era ocupado por Mr. Terence O'Rourke. As portas desses três cômodos davam para um pequeno corredor. O observador tinha uma tarefa simples. Uma cadeira colocada discretamente à sombra de uma prensa de carvalho para roupa, exatamente onde o corredor dava para a galeria principal, formava um ponto de observação perfeito. Não havia outra maneira de entrar na ala oeste, e qualquer um que entrasse ou saísse dela não conseguiria se esconder. Uma luz elétrica ainda permanecia acesa.
Jimmy acomodou-se com todo o conforto, cruzou as pernas e esperou. Leopold estava preparado sobre seus joelhos.
Ele deu uma olhada para o relógio. Eram 00h40 — apenas uma hora desde que a família havia se recolhido. Nenhum som rompia o silêncio, exceto o tique-taque distante de um relógio em algum lugar.
De um jeito ou de outro, Jimmy não apreciava muito aquele som. Trazia lembranças. Gerald Wade — e aqueles sete relógios tiquetaqueando sobre a lareira... Quem foi que os enfileirou ali e por quê? Ele estremeceu.
Essa espera era assustadora. Não se admirava que coisas acontecessem em sessões espíritas. Sentado na escuridão,

qualquer um ficaria agitado — pronto para ter um sobressalto ao menor som. E pensamentos desagradáveis não deixavam de emergir.

Ronny Devereux! Ronny Devereux e Gerry Wade! Os dois jovens, cheios de vida e energia, jovens comuns, alegres e saudáveis. E agora, onde estavam? Embaixo da terra úmida... com os vermes os devorando... Ai, ai! Por que ele não conseguia tirar esses pensamentos horríveis da cabeça?

Olhou de novo para o relógio. 1h20, apenas. Como o tempo rastejava.

Garota extraordinária, a Bundle! Imagine ter coragem e ousadia para realmente ir até o meio daquele tal de Seven Dials. Por que ele não teve a coragem e a iniciativa de pensar nisso? Supôs que fosse porque a coisa era fantástica *demais*.

Número 7. Quem diabos poderia ser o número 7? Talvez ele estivesse na casa naquele momento, certo? Disfarçado de criado. Sem dúvida, não podia ser um dos convidados. Não, era impossível. Por outro lado, o negócio todo era impossível. Se não acreditasse que Bundle estava essencialmente falando a verdade... bem, Jimmy teria pensado que ela havia inventado tudo.

Ele bocejou. Estranho sentir-se sonolento e, ao mesmo tempo, nervoso. Olhou de novo para o relógio. Dez minutos para as duas. O tempo estava avançando.

E então, de repente, Jimmy prendeu a respiração e se inclinou para a frente, à espreita. Ouvira alguma coisa.

Os minutos passaram... lá estava o barulho de novo. O rangido de uma tábua... mas vinha de algum lugar distante. E de novo! Um rangido leve e sinistro. Alguém estava se movendo furtivamente pela casa.

Em silêncio, Jimmy se levantou de uma vez. Caminhou sem fazer nenhum ruído até o alto da escada. Tudo parecia perfeitamente tranquilo, mas ele estava certo de que tinha escutado aquele som furtivo. Não era imaginação.

Muito silenciosamente e com cautela, ele desceu as escadas, com Leopold preso com firmeza à sua mão direita. Nenhum som vinha do grande salão. Se estivesse correto em supor que o som abafado viera diretamente de baixo dele, então provavelmente viera da biblioteca.

Jimmy esgueirou-se até a porta, espreitou de novo, mas nada ouviu; em seguida, escancarando a porta de supetão, ele acendeu as luzes.

Nada! O grande salão foi inundado pela luz, mas estava vazio.

Jimmy franziu a testa.

— Eu poderia jurar que... — murmurou para si mesmo.

A biblioteca era uma sala grande com três janelas que se abriam para o terraço. Jimmy cruzou a sala. A janela do meio estava destrancada.

Ele abriu-a e saiu para o terraço, procurando de uma ponta a outra. Nada!

— Parece que está tudo bem — voltou a murmurar para si mesmo. — Mas, ainda assim...

Ele permaneceu por um minuto perdido em pensamentos e depois voltou para a biblioteca. Ao atravessar a porta, Jimmy a trancou e deslizou a chave para dentro do bolso. Então apagou a luz. Ficou parado por um minuto na espreita, em seguida caminhou tranquilamente até a janela aberta e ficou ali parado, com Leopold pronto em sua mão.

O ruído suave de passos vinha ou não do terraço? Não... era a imaginação de Jimmy. Ele agarrou Leopold com força e ficou de tocaia...

Ao longe, um relógio estável bateu duas horas da manhã.

Capítulo 19

As aventuras de Bundle

Bundle Brent era uma mulher deveras engenhosa — e também era uma mulher cheia de imaginação. Previu que Bill, se não fosse Jimmy, faria objeções à sua participação nos possíveis perigos da noite. Não havia sido ideia de Bundle perder tempo com discussões. Havia feito planos e arranjos próprios. Uma olhada pela janela de seu quarto pouco antes do jantar havia sido altamente satisfatória. Sabia que as paredes cinzentas da abadia eram adornadas em abundância com hera, mas a planta do lado de fora de sua janela tinha uma aparência particularmente maciça e não apresentaria dificuldades para alguém com suas propensões atléticas.

Não tinha nada que reclamar dos arranjos de Bill e Jimmy, até o ponto em que eles chegavam. Mas, na opinião dela, não iam longe o suficiente. Ela não teceu nenhuma crítica, porque pretendia cuidar das coisas sozinha. Em resumo, enquanto Jimmy e Bill se dedicavam ao interior da abadia, Bundle tinha a intenção de dedicar suas atenções ao exterior.

Sua aquiescência dócil ao papel manso que lhe fora atribuído lhe dava uma infinidade de prazer, embora se perguntasse com desdém como aqueles dois homens puderam ser enganados com tamanha facilidade. Bill, é claro, nunca fora famoso por uma capacidade intelectual brilhante. Por outro lado, conhecia, ou deveria conhecer, sua Bundle. E ela considerava que Jimmy Thesiger, embora a conhecesse apenas superficialmente, devia ter pensado melhor antes de supor que ela poderia ser deixada de lado de forma tão fácil e sumária.

Uma vez na privacidade de seus aposentos, Bundle se pôs rapidamente a trabalhar. Primeiro, descartou o vestido de noite e a insignificante ninharia que usava por baixo, e recomeçou, por assim dizer, do zero. Bundle não havia levado sua camareira, e ela mesma havia feito as malas. Do contrário, a francesa desorientada poderia ter imaginado por que a milady havia levado apenas um par de calças de montaria e nenhum outro equipamento equestre.

Vestida com calças de montaria, sapatos com sola de borracha e um pulôver de cor escura, Bundle estava pronta para a escaramuça. Ela checou as horas. Ainda eram apenas meia-noite e meia. Cedo demais. O que quer que fosse acontecer ainda demoraria. Todos na casa precisavam ter tempo para cair no sono. Uma e meia fora o horário fixado por Bundle para o início das operações.

Ela apagou a luz e se sentou perto da janela para esperar. Pontualmente no horário combinado, ela se levantou, empurrou o caixilho da janela para cima e passou a perna sobre o parapeito. A noite estava agradável, fria e tranquila. Havia luz das estrelas, mas sem luar.

Ela achou a descida bastante fácil. Bundle e suas duas irmãs corriam à solta no parque em Chimneys quando eram crianças, e todas sabiam escalar como gatos. Bundle chegou a um canteiro de flores, um tanto ofegante, mas ilesa.

Parou por um minuto para recapitular seus planos. Sabia que os aposentos ocupados pelo Ministro da Aviação e seu secretário ficavam na ala oeste; esse era o lado oposto da estufa onde estava naquele momento. Um terraço percorria o lado sul e oeste da casa, terminando de repente em um pomar murado.

Bundle afastou-se do canteiro de flores e virou a esquina da casa em direção ao ponto onde o terraço começava no lado sul. Ela esgueirou-se em silêncio por ele, mantendo-se perto da sombra da casa. No entanto, ao chegar à segunda esquina, ela tomou um susto, pois um homem estava ali parado com a clara intenção de pará-la.

No instante seguinte, ela o reconheceu.

— Superintendente Battle! O senhor me deu um susto!

— É para isso que estou aqui — comentou o superintendente, amigável.

Bundle encarou-o. Ocorreu-lhe nesse momento, como tantas vezes antes, o quanto era notável a pouca camuflagem que ele usava. O homem era grande e firme, bem visível; era, de alguma forma, muito inglês. Mas de uma coisa Bundle tinha certeza: o Superintendente Battle não era tolo.

— O que o senhor está fazendo aqui? — perguntou ela, ainda sussurrando.

— Só estou garantindo — respondeu Battle — que ninguém esteja onde não deva estar.

— Ah! — exclamou Bundle, um tanto surpresa.

— A senhorita, por exemplo, Lady Eileen. Imagino que não costume dar passeios a esta hora da noite.

— O senhor está dizendo — falou Bundle, bem devagar — que quer que eu volte?

O Superintendente Battle assentiu com a cabeça.

— A senhorita é muito inquieta, Lady Eileen. É exatamente o que quero dizer. A senhorita... hum... saiu por uma porta ou pela janela?

— Pela janela. É muito fácil descer pela hera.

Pensativo, o Superintendente Battle olhou para a janela.

— É — disse ele. — Eu diria que sim.

— E o senhor quer que eu volte? — insistiu Bundle. — Fico bastante chateada com isso. Minha vontade era ir até o terraço na parte oeste.

— Talvez a senhorita não seja a única que deseja fazê-lo — explicou Battle.

— O senhor estava bem à vista — ralhou Bundle, com bastante maldade.

O superintendente pareceu ainda mais satisfeito que antes.

— Espero que me vejam mesmo — retrucou ele. — *Sem desagrados.* Esse é o meu lema. E, se a senhorita me der licença, Lady Eileen, acho que está na hora de voltar para a cama.

A firmeza do tom que ele usava não admitia regateio. Um tanto cabisbaixa, Bundle voltou pelo mesmo caminho pelo qual viera. Ela estava na metade de sua subida pela hera quando uma ideia repentina lhe ocorreu, e quase soltou as mãos e despencou.

Supondo que o Superintendente Battle tivesse suspeitado dela.

Havia alguma coisa — sim, certamente havia alguma coisa na atitude dele que vagamente sugeria a ideia. Ela não conseguiu conter o riso enquanto escalava pelo parapeito até seu quarto. Imagine o firme superintendente suspeitando *dela*!

Embora até então tivesse obedecido às ordens de Battle de retornar ao quarto, Bundle não tinha intenção de ir para a cama e dormir. Também não achava que Battle realmente pretendia que ela fizesse isso. Não era homem de esperar impossibilidades. E permanecer inerte quando algo ousado e emocionante podia estar acontecendo era impossível para Bundle.

Ela olhou o relógio. Faltavam dez para as duas. Depois de um ou dois momentos de indecisão, abriu a porta com cautela. Nem um som. Tudo estava calmo e tranquilo. Bundle caminhou com muito cuidado pelo corredor.

Mais de uma vez, ela parou, pensando ter ouvido uma tábua ranger em algum lugar, mas, convencida de que estava enganada, continuou a caminhar. Estava agora no corredor principal, seguindo para a ala oeste. Bundle chegou à intersecção de corredores e olhou prudentemente ao redor — então, encarou em pura surpresa.

O posto de observador estava vazio. Jimmy Thesiger não estava lá.

Bundle estava encarando aquele ponto em completo assombro. O que havia acontecido? Por que Jimmy deixara seu posto? O que aquilo significava?

Naquele momento, ouviu um relógio bater duas horas.

Ela ainda estava ali, ponderando o que faria em seguida, quando, de repente, seu coração teve um sobressalto e, na sequência, pareceu estacar. *A maçaneta da porta do quarto de Terence O'Rourke estava girando lentamente.*

Bundle observou, fascinada. Mas a porta não se abriu. Em vez disso, a maçaneta voltou devagar à posição original. O que aquilo significava?

De repente, Bundle chegou a uma decisão. Jimmy, por algum motivo desconhecido, abandonara seu posto. Ela precisava falar com Bill.

Rápida e silenciosamente, Bundle escapou pelo caminho que havia percorrido. Sem cerimônia, irrompeu pelo quarto de Bill.

— Acorde! Ei, acorde!

Ela estava sussurrando com urgência, mas não obteve resposta.

— Bill — murmurou Bundle.

Impaciente, acendeu as luzes e ficou parada, estupefata.

O quarto estava vazio, e ninguém nem sequer havia dormido naquela cama.

Então, onde estava Bill?

De repente, ela perdeu o fôlego. *Aquele não era o quarto de Bill.* O delicado *négligé* jogado sobre uma cadeira, as quinquilharias femininas sobre a penteadeira, o vestido de noite de veludo preto jogado com descuido em outra cadeira — é claro que, na pressa, ela havia confundido as portas. Aquele era o quarto da Condessa Radzky.

Mas onde, minha nossa, estava a condessa?

E, no momento em que Bundle se fazia essa pergunta, o silêncio da noite foi interrompido, e de maneira que não deixava dúvidas.

O clamor vinha lá de baixo. Em um instante, Bundle saiu às pressas do quarto da condessa e desceu as escadas. Os sons vinham da biblioteca: um estrondo violento de cadeiras sendo lançadas.

Bundle tentou em vão abrir a porta do cômodo. Estava trancada. Mas pôde ouvir claramente que uma luta acontecia lá dentro — a respiração ofegante e a briga, xingamentos em vários tons, o estrondo ocasional quando algum móvel leve entrava na linha de batalha.

E, então, sinistro e distinto, rompendo a paz da noite de uma vez por todas, dois tiros em rápida sucessão.

Capítulo 20

As aventuras de Loraine

Loraine Wade sentou-se na cama e acendeu a luz. Era exatamente 1h50 da manhã. Ela fora dormir bem cedo, às 21h30. Dominava a útil arte de conseguir acordar na hora certa, o que lhe permitira desfrutar de algumas horas de sono revigorante.

Dois cães dormiam no quarto com ela, e um deles levantou a cabeça e olhou-a com uma expressão inquisidora.

— Quieto, Bonachão — disse Loraine, e o grande animal abaixou a cabeça novamente, obediente, observando-a por entre cílios desgrenhados.

É verdade que Bundle já duvidara da mansidão de Loraine Wade, mas aquele breve momento de suspeita passara. Loraine parecia tão inteiramente razoável, tão disposta a ficar fora de tudo.

E, no entanto, se estudasse o rosto da garota, veria que havia força de vontade naquele maxilar pequeno e resoluto e nos lábios que se estreitavam com tanta firmeza.

Loraine levantou-se e vestiu um conjunto de *tweed* com casaco e saia. Dentro de um dos bolsos do casaco, ela pôs uma lanterna elétrica. Em seguida, abriu a gaveta da penteadeira e tirou uma pequena pistola com cabo de marfim — parecia quase um brinquedo. Ela a havia comprado no dia anterior, na Harrods, e havia ficado muito satisfeita.

Deu uma última olhada ao redor da sala para ver se havia esquecido alguma coisa, e naquele momento o cachorro grande se levantou e se aproximou, encarando-a com olhos suplicantes e abanando o rabo.

— Não, Bonachão. Você não pode ir. Sua dona não pode levá-lo. Vai ter que ficar aqui e ser um bom menino.

Loraine deu um beijo na cabeça do cachorro, fez com que o animal voltasse a se deitar no tapete e, em seguida, saiu do quarto em silêncio, fechando a porta atrás de si.

Saiu da casa por uma porta lateral e seguiu até a garagem, onde seu carrinho de dois lugares estava pronto para partir. Havia uma ladeira suave, e ela deixou o carro descer sem fazer ruído, deixando para ligar o motor quando estivesse bem longe da casa. Então, olhou para o relógio em seu braço e pisou fundo no acelerador.

Deixou o carro em um local que havia marcado anteriormente. Havia uma abertura na cerca pela qual ela conseguiria passar facilmente. Poucos minutos depois, um pouco enlameada, Loraine estava dentro do terreno de Wyvern Abbey.

Da forma mais silenciosa possível, ela abriu caminho em direção ao venerável edifício colorido pela hera. Ao longe, um relógio estável bateu duas horas da manhã.

O coração de Loraine palpitava cada vez mais rápido à medida que se aproximava do terraço. Não havia ninguém por perto, nenhum sinal de vida em lugar algum. Tudo parecia tranquilo e imperturbável. Ela chegou ao terraço e ficou ali, olhando ao redor.

De repente, sem o menor aviso, alguma coisa caiu com estrondo lá de cima quase aos seus pés. Loraine abaixou-se para pegá-la. Era um pacote de papel pardo mal embrulhado. Segurando-o, Loraine olhou para cima.

Havia uma janela aberta logo acima de sua cabeça e, enquanto olhava, uma perna passou por cima dela, e um homem começou a descer pela hera.

Loraine não esperou um segundo, saiu em disparada, ainda segurando o pacote.

Atrás dela, de repente, se ouviu o barulho de uma luta. Uma voz rouca disse:

— Me larga!
E outra que ela conhecia bem respondeu:
— Não se eu sei que... ah, você faria isso, não faria?
Ainda assim, Loraine correu — cegamente, como se estivesse em pânico — até a esquina do terraço — e despencou nos braços de um homem grande e firme.
— Acalme-se, acalme-se — pediu, com gentileza, o Superintendente Battle.
Loraine esforçou-se para falar.
— Ah, rápido! Rápido! Eles vão se matar. Ah, faça alguma coisa, rápido!
Ouviu-se um forte estampido de tiro — e, na sequência, outro.
O Superintendente Battle começou a correr. Loraine seguiu-o. De volta à esquina do terraço, passando em direção à janela da biblioteca, que estava aberta.
Battle abaixou-se e acendeu uma lanterna elétrica. Loraine seguia logo atrás dele, espiando por sobre o ombro do homem. Ela deu um pequeno suspiro soluçante.
Na soleira da porta do terraço jazia Jimmy Thesiger, no que parecia uma poça de sangue. Seu braço direito pendia em uma posição curiosa.
Loraine soltou um grito agudo.
— Ele está morto — lamentou. — Ah, Jimmy... Jimmy... ele está morto!
— Pronto, pronto — disse o Superintendente Battle, tranquilizador. — Pode se acalmar. O jovem cavalheiro não está morto, isso eu garanto. Veja se consegue encontrar as luzes e acendê-las.
Loraine obedeceu. Ela atravessou a sala cambaleando, encontrou o interruptor perto da porta e o acionou. A sala foi inundada de luz. O Superintendente Battle deu um suspiro de alívio.
— Está tudo bem, ele só levou um tiro no braço direito. Desmaiou pela perda de sangue. Venha me ajudar.
Veio uma batida da porta da biblioteca, ouviram-se vozes fazendo perguntas, protestando, exigindo explicações.

Loraine olhou para ele com dúvida.

— Posso...?

— Não tenha pressa — respondeu Battle. — Vamos deixá-los entrar daqui a pouco. Venha comigo, me dê uma ajuda.

Loraine aproximou-se, obediente. O superintendente havia puxado um lenço grande e limpo do bolso e estava enfaixando cuidadosamente o braço do homem ferido. Loraine ajudou-o.

— Ele vai ficar bem — afirmou o superintendente. — Não se preocupe. Esses jovens têm tantas vidas quanto gatos. Não foi a perda de sangue que o deixou inconsciente. Ele deve ter batido a cabeça no chão quando caiu.

Lá fora, as batidas na porta ficaram mais intensas. A voz de George Lomax, em um tom elevado e furioso, ressoava alta e distinta:

— Quem está aí dentro? Abra a porta imediatamente.

O Superintendente Battle suspirou.

— Acho que vamos ter que abrir — disse ele. — Que pena.

Seus olhos moveram-se rapidamente, registrando a cena. Uma pistola automática estava ao lado de Jimmy. O superintendente pegou-a com cuidado, segurando-a com muita delicadeza, e a examinou. Ele resmungou e deixou-a sobre a mesa. Em seguida, se aproximou e destrancou a porta.

Várias pessoas irromperam pela sala. Quase todo mundo disse alguma coisa ao mesmo tempo. George Lomax, balbuciando palavras empedernidas que se recusavam a sair com fluência suficiente, exclamou:

— O que-que-que... que significa isto? Ah! É o senhor, superintendente. O que houve? Quer dizer, o que aconteceu?

Bill Eversleigh olhou para a figura inerte no chão e disse:

— Meu Deus! O velho Jimmy!

— Coitadinho! — gritou Lady Coote, vestida com um roupão roxo resplandecente, passou rapidamente pelo Superintendente Battle para se curvar sobre o prostrado Jimmy de forma maternal.

Bundle exclamou:

— Loraine!

Herr Eberhard soltou:

— *Gott im Himmel!* — E outras palavras dessa natureza.

— Meu Deus, o que foi isso? — disse Sir Stanley Digby.

— Olhe para o sangue — berrou com prazerosa animação uma empregada da casa.

— Minha nossa! — exclamou um lacaio.

O mordomo disse, com uma dose maior de coragem:

— Ora, ora, assim não vai dar!

E acenou para seus subordinados se afastarem.

O eficiente Mr. Rupert Bateman disse a George:

— Devemos dispensar algumas dessas pessoas, senhor?

Nesse momento, todos tomaram fôlego.

— Incrível! — disse George Lomax. — Battle, o que *aconteceu*?

Battle lançou um olhar para ele, e os hábitos discretos de George voltaram a sê-lo.

— Muito bem — disse o superintendente, indo até a porta —, voltem todos para a cama, por favor. Houve um... hum... um pequeno acidente. Um... *tsc*... um acidente. Ficarei muito grato se todos voltarem para a cama.

Era clara a relutância de todos em fazê-lo.

— Lady Coote... por favor...

— Coitadinho — repetiu Lady Coote de forma maternal.

Ela se levantou da posição ajoelhada com grande hesitação, e, quando o fez, Jimmy se mexeu e sentou-se.

— Olá! — disse, com voz enrolada. — O que aconteceu?

Ele olhou ao redor, vagamente, por um ou dois minutos, e, em seguida, a perspicácia voltou aos seus olhos.

— Vocês o pegaram? — perguntou com avidez.

— Quem?

— O homem. Desci pela hera e fiquei ali, ao lado da janela. Eu o agarrei, e tivemos uma briga...

— Um desses gatunos nojentos e assassinos — intrometeu-se Lady Coote. — Coitadinho.

Jimmy estava olhando ao redor.

— Olha... temo que nós... hum... tenhamos feito uma grande bagunça. O sujeito era forte como um boi, e nós saímos rolando pela sala.

A condição daquele cômodo era uma prova clara daquela afirmação. Tudo que era leve e quebrável em um raio de quase quatro metros e pudesse se quebrar havia sido destruído.

— E o que aconteceu depois?

Jimmy não respondeu, pois estava procurando algo.

— Onde está Leopold? O orgulho dos revólveres automáticos de cano azul?

Battle apontou a arma sobre a mesa.

— É seu, Mr. Thesiger?

— Muito bem. É o pequeno Leopold. Quantos tiros foram disparados?

— Um tiro.

Jimmy pareceu decepcionado.

— Que decepção com Leopold — murmurou. — Não posso ter apertado o gatilho corretamente, senão ele teria continuado atirando.

— Quem atirou primeiro?

— Receio que fui eu — respondeu Jimmy. — Veja, o homem deu um giro e se soltou de mim de repente. Eu o vi correndo na direção da janela e puxei meu dedo em Leopold para deixar que o sujeito tomasse a dele. Ele se virou pela janela e atirou em mim e... bem, acho que, depois disso, eu tomei a minha e caí.

Ele coçou a cabeça com certa tristeza.

Mas, de repente, Sir Stanley Digby ficou em alerta.

— Você disse que desceu pela hera? Meu Deus, Lomax, acha que eles escaparam com...?

Ele saiu correndo da sala. Por algum motivo curioso, ninguém falou durante sua ausência. Em poucos minutos, Sir Stanley retornou. Seu rosto redondo e rechonchudo estava pálido como a morte.

— Meu Deus, Battle — começou ele —, eles levaram o negócio. O'Rourke está dormindo profundamente... drogado, eu acho. Eu não consigo acordá-lo. E os papéis desapareceram.

Capítulo 21

A recuperação da fórmula

— *Der liebe Gott!* — exclamou *Herr* Eberhard em um sussurro. Seu rosto ficou branco como giz.

George voltou o rosto com repreensão para Battle.

— É verdade, Battle? Deixei todos os arranjos em suas mãos.

A qualidade sólida como rocha do superintendente destacava-se bem. Nenhum músculo de seu rosto se moveu.

— Os melhores de nós às vezes são derrotados, senhor — disse ele em voz baixa.

— Então, quer dizer que... você quer realmente dizer... que o documento desapareceu?

No entanto, para surpresa de todos, o Superintendente Battle negou com a cabeça.

— Não, não, Mr. Lomax, não é tão ruim quanto o senhor pensa. Tudo está bem. Mas o senhor não pode dar todo o crédito para mim. Precisa agradecer a essa jovem.

Ele apontou para Loraine, que o encarou, surpresa. Battle aproximou-se dela e, com gentileza, pegou o pacote de papel pardo ao qual ela ainda se agarrava.

— Acho, Mr. Lomax — disse ele —, que o senhor encontrará o que procura aqui.

Sir Stanley Digby, mais rápido que George, agarrou o pacote e o abriu, investigando seu conteúdo com avidez, deixando, em seguida, escapar um suspiro de alívio e enxugando a testa. *Herr* Eberhard deu voz à sua criança interior e o apertou contra o peito enquanto uma torrente de palavras em alemão irrompia dele.

Sir Stanley virou-se para Loraine e apertou-lhe calorosamente a mão.

— Minha cara jovem — anunciou ele —, sem dúvida, somos infinitamente gratos à senhorita.

— Sim, de fato — disse George. — Embora eu... hum...

Ele fez uma pausa um tanto perplexa, encarando uma jovem que para ele era uma completa estranha. Loraine fitou Jimmy com expressão suplicante, e ele foi ao seu socorro.

— Bem... esta é Miss Wade — esclareceu Jimmy. — Irmã de Gerald Wade.

— É mesmo — disse George, tomando fervorosamente sua mão. — Minha querida Miss Wade, devo expressar minha profunda gratidão à senhorita pelo que fez. Devo confessar que não consigo compreender...

Ele fez uma pausa delicada, e quatro das pessoas presentes sentiram que as explicações trariam uma porção de dificuldades. O Superintendente Battle veio em seu socorro.

— Talvez seja melhor não entrarmos nesse assunto agora, senhor — sugeriu, com tato.

O eficiente Mr. Bateman criou mais uma distração.

— Não seria sensato alguém verificar O'Rourke? O senhor não acha que seria melhor mandar vir um médico?

— Claro — concordou George. — Claro. Foi muita negligência nossa não termos pensado nisso antes. — Ele olhou para Bill. — Ligue para o Dr. Cartwright. Peça para ele vir até aqui. Apenas sugira, se puder, que... hum... seja discreto.

Bill saiu para cumprir sua tarefa.

— Eu vou com você, Digby — informou George. — Alguma coisa, possivelmente, pode ser feita... talvez medidas devam ser tomadas... enquanto aguardamos a chegada do médico.

Em uma expressão desamparada, ele olhou para Rupert Bateman. A eficiência sempre se fazia sentir. Pongo era quem realmente estava a cargo da situação.

— Devo subir com o senhor?

George aceitou a oferta com alívio. Ele sentia que ali estava alguém em quem podia se apoiar. Experimentou aquela sensação de total confiança na eficiência de Mr. Bateman, que era conhecida por todos que encontravam aquele excelente jovem.

Os três homens saíram da sala juntos. Lady Coote, murmurando em tons graves e fortes:

— Coitadinho. Talvez eu possa fazer alguma coisa...

E correu atrás deles.

— Essa é uma mulher muito maternal — observou o superintendente, pensativo. — Uma mulher muito maternal. Fico imaginando...

Três pares de olhos fitaram-no com uma expressão interrogativa.

— Fiquei imaginando — disse bem devagar o Superintendente Battle — onde Sir Oswald Coote poderia estar.

— Ah! — Loraine arfou. — Acha que ele foi assassinado?

Battle negou com uma expressão de reprovação.

— Não há necessidade de pensar em algo tão dramático — respondeu. — Não... prefiro pensar...

Ele fez uma pausa, com a cabeça inclinada para um lado, à espreita — a mão grande levantada para pedir silêncio.

Em um minuto, todos ouviram o que os ouvidos mais aguçados de Battle notaram antes. Passos vindo do terraço lá fora. Eram claros, sem nenhuma tentativa de disfarce. No minuto seguinte, a janela foi bloqueada por uma figura corpulenta que estava ali, observando-os, e que transmitia, de uma forma estranha, uma sensação de domínio da situação.

Sir Oswald, pois era ele mesmo, passou lentamente de um rosto para outro. Seus olhos atentos captaram os detalhes da situação. Jimmy, com o braço enfaixado; Bundle, em seu traje um tanto anômalo; Loraine, uma completa estranha para ele. Seus olhos pousaram por último no Superintendente Battle. Ele falou de um jeito ríspido e conciso:

— O que está acontecendo aqui, policial?

— Tentativa de roubo, senhor.

— *Tentativa*... hein?

— Graças a esta jovem, Miss Wade, os ladrões não conseguiram pegar o que vieram buscar.

— Ah! — repetiu ele, terminando assim seu exame minucioso. — E agora, oficial, o que me diz *disto*?

Sir Oswald estendeu uma pequena pistola Mauser, que segurava delicadamente pela coronha.

— Onde encontrou isso, Sir Oswald?

— Lá fora, no gramado. Presumo que deva ter sido jogada no chão por um dos ladrões enquanto fugia. Peguei-a com cuidado, pois pensei que gostaria de examiná-la em busca de impressões digitais.

— O senhor pensa em tudo — ponderou Battle.

Tomou a pistola do outro, manuseando-a com o mesmo cuidado, e colocou-a na mesa ao lado do Colt de Jimmy.

— E agora, se puder — disse o velho Coote —, gostaria de ouvir exatamente o que ocorreu.

O Superintendente Battle fez um breve resumo dos eventos da noite. Sir Oswald franziu a testa, pensativo.

— Entendo — disse de forma severa. — Depois de ferir e incapacitar Mr. Thesiger, o homem saiu correndo e deixou cair a pistola no caminho enquanto fugia. O que não consigo entender é por que ninguém o perseguiu.

— Foi apenas quando ouvimos a história de Mr. Thesiger que soubemos que havia alguém para perseguir — observou secamente o Superintendente Battle.

— O senhor não... hum... o viu indo embora quando virou a esquina do terraço?

— Não, eu o perdi por, eu diria, apenas quarenta segundos. Não há luar, e ele ficou invisível assim que saiu do terraço. Deve ter pulado assim que o tiro foi disparado.

— Hum — resmungou Sir Oswald. — Ainda acho que uma busca devia ter sido organizada. Alguém mais devia ter sido destacado...

— Há três dos meus homens no terreno — disse o superintendente, com toda a calma.

— Ora essa!

Sir Oswald pareceu bastante surpreso.

— Foram instruídos a deter qualquer um que tentasse deixar o local.

— E ainda assim... não foi o que fizeram?

— E ainda assim não foi o que fizeram — concordou Battle, com seriedade.

O homem olhou para o oficial como se alguma coisa nas palavras o intrigasse. Então, disse com seriedade:

— O senhor está me contando tudo o que sabe, Superintendente Battle?

— Tudo o que *sei*... sim, Sir Oswald. O que eu penso é outra história. Talvez eu esteja pensando em coisas bem curiosas... mas até que o pensamento leve a algum lugar, não adianta falar sobre isso.

— E, ainda assim — disse Sir Oswald, bem devagar —, eu gostaria de saber o que o senhor pensa, Superintendente Battle.

— Para começar, senhor, acho que há muita hera neste lugar... me desculpe, senhor, inclusive tem um pouco de hera no seu casaco... sim, é muita hera. Isso complica as coisas.

Sir Oswald olhou para ele, mas qualquer resposta que pudesse ter pensado em dar foi interrompida pela entrada de Rupert Bateman.

— Ah, aí está o senhor, Sir Oswald. Fico muito contente. Lady Coote acabou de descobrir que o senhor estava desaparecido... e ela vem insistindo que o senhor foi assassinado pelos ladrões. Eu realmente acho, Sir Oswald, que é melhor o senhor procurá-la agora. Ela está muitíssimo aflita.

— Maria é uma mulher incrivelmente tola — comentou Sir Oswald. — Por que eu seria assassinado? Vou com o senhor, Bateman.

Ele saiu da sala com seu secretário.

— Esse é um jovem muito eficiente — comentou Battle, olhando para os dois que se afastavam. — Qual é o nome dele, Bateman?

Jimmy concordou com a cabeça.

— Bateman... Rupert — respondeu. — Mais conhecido como Pongo. Estudei com ele.

— Ah, é? Ora, que interessante, Mr. Thesiger. Qual era sua opinião sobre ele naquela época?

— Ah, sempre foi um idiota comum.

— Eu não teria imaginado — disse Battle, calmo — que fosse um idiota.

— Ah, o senhor sabe o que quero dizer. Claro que não era um idiota de verdade. Era muito inteligente, e sempre estudando além da conta. Mas sério até não querer mais. Sem nenhum senso de humor.

— Ora! — exclamou o Superintendente Battle. — Que pena. Cavalheiros sem senso de humor acabam se levando a sério demais... e isso leva a encrenca.

— Não consigo imaginar Pongo se metendo em confusão — ponderou Jimmy. — Ele tem se saído muito bem até agora... se adaptou muito bem ao velho Coote, e parece que ficará no cargo para sempre.

— Superintendente Battle — chamou Bundle.

— Sim, Lady Eileen?

— Não acha muito estranho que Sir Oswald não tenha dito o que estava fazendo enquanto vagava pelo jardim no meio da noite?

— Ah, sim! — respondeu Battle. — Sir Oswald é um grande homem... e um grande homem sempre sabe que é melhor não dar explicações, a menos que exigida. Apressar-se em dar explicações e desculpas é sempre sinal de fraqueza. Sir Oswald sabe disso tão bem quanto eu. Não vai entrar se explicando e pedindo desculpas... não ele. Simplesmente chega e *me* critica de um jeito grosseiro. É um grande homem, Sir Oswald.

Havia uma admiração tão calorosa no tom do superintendente que Bundle não insistiu mais no assunto.

— E agora — continuou o Superintendente Battle, olhando ao redor com um leve brilho nos olhos —, agora que estamos juntos e em um clima amistoso, gostaria de saber como Miss Wade chegou tão rapidamente à cena.

— Ela devia se envergonhar, isso, sim — disse Jimmy. — Ludibriar a todos nós como o fez.

— Por que eu ficaria de fora de tudo isso? — questionou Loraine, cheia de paixão. — Eu nunca quis estar... não, desde o primeiro dia em seus aposentos, quando vocês dois explicaram que a melhor coisa a se fazer era ficar em casa, em silêncio, e me manter longe do perigo. Eu não falei nada ali, mas já havia tomado uma decisão naquele momento.

— Eu meio que suspeitava — comentou Bundle. — Você foi tão surpreendentemente dócil nesse sentido. Eu devia saber que estava tramando alguma coisa.

— Achei que você fosse extraordinariamente sensata — disse Jimmy Thesiger.

— Achou mesmo, Jimmy, querido — falou Loraine. — Foi bem fácil enganar você.

— Obrigado pelas palavras gentis — respondeu Jimmy. — Vá em frente e não ligue para mim.

— Quando você me telefonou e disse que podia haver perigo, fiquei mais determinada que nunca — continuou Loraine. — Fui à Harrods e comprei uma pistola. Aqui está.

Ela pegou a delicada arma, e o Superintendente Battle a pegou e a examinou.

— Um brinquedinho bem mortal, Miss Wade — comentou ele. — A senhorita tem muita... hum... prática com ela?

— Nenhuma — respondeu Loraine. — Mas pensei que, se eu a levasse comigo... bem, me daria uma sensação de segurança.

— Exatamente — disse Battle, com seriedade.

— Minha ideia era vir até aqui e ver o que estava acontecendo. Deixei meu carro na estrada, escalei a cerca viva e cheguei ao terraço. Estava olhando ao redor quando... *plaft*... um pacote caiu bem aos meus pés. Peguei-o e então olhei para ver de onde poderia ter vindo. Em seguida, vi o homem descendo pela hera e corri.

— Exatamente — repetiu Battle. — Agora, Miss Wade, a senhorita consegue descrever o homem?

A moça fez que não com a cabeça.

— Estava escuro demais para enxergar. Acho que era um homem grande, mas é só isso.

— E quanto ao senhor, Mr. Thesiger. — Battle voltou-se para ele. — O senhor lutou com o homem. Pode me contar alguma coisa sobre ele?

— Era um sujeito bem forte, é tudo o que posso dizer. Ele deu alguns sussurros roucos... foi quando eu o agarrei pelo pescoço. Disse: "Me larga, chefia", alguma coisa assim.

— Um homem sem muita educação, então?

— Sim, suponho que sim. Falava como tal.

— Ainda não entendi muito bem o pacote — interveio Loraine. — Por que ele o jogaria fora daquele jeito? Foi porque o estava impedindo de escalar?

— Não — respondeu Battle. — Tenho uma teoria totalmente diferente. Aquele pacote, Miss Wade, foi jogado deliberadamente para você, ou assim acredito.

— Para *mim*?

— Digamos... à pessoa que o ladrão pensou que você era.

— Está ficando muito complicado — falou Jimmy.

— Mr. Thesiger, quando entrou nesta sala, o senhor acendeu a luz?

— Acendi.

— E não havia ninguém na sala?

— Ninguém.

— Mas antes achou que tinha ouvido alguém andando aqui embaixo?

— Achei.

— E, em seguida, depois de testar a janela, o senhor apagou a luz de novo e trancou a porta?

Jimmy concordou com a cabeça.

O Superintendente Battle olhou lentamente ao redor. Seu olhar foi atraído por um grande biombo de couro espanhol que ficava perto de uma das estantes.

Atravessou a sala a passos largos e rápidos e olhou atrás dela.

Soltou uma exclamação aguda, que rapidamente atraiu os três jovens para perto dele.

Encolhida no chão, desmaiada, estava a Condessa Radzky.

Capítulo 22

A história da Condessa Radzky

O retorno da Condessa à consciência foi muito diferente daquele de Jimmy Thesiger. Demorou mais e foi infinitamente mais artístico.

Artístico foi a palavra que Bundle usou. Ela havia sido zelosa em seus cuidados — consistindo principalmente na aplicação de água fria —, e a condessa reagiu no mesmo instante, passando a mão branca e desnorteada pela testa e murmurando baixinho.

Foi nesse momento que Bill, finalmente dispensado de suas funções com o telefone e os médicos, entrou apressado na sala e imediatamente começou a, de maneira lamentável, se fazer (na opinião de Bundle) de idiota.

Pairou sobre a condessa com feições preocupadas e ansiosas e lhe dirigiu uma série de comentários singularmente idiotas:

— Ei, condessa. Está tudo bem. Está tudo bem mesmo. Não tente falar. Vai ser ruim para a senhora. Apenas fique tranquila. Vai ficar bem em um minuto. A senhora vai se lembrar de tudo. Não diga nada até que esteja bem de verdade. Sem pressa. Apenas fique deitada e feche os olhos. Vai se lembrar de tudo em um minuto. Tome outro gole d'água. Tome um pouco de conhaque. É isso aí! Não acha, Bundle, que um pouco de conhaque...?

— Pelo amor de Deus, Bill, deixe a mulher em paz — respondeu Bundle, irritada. — Ela vai ficar bem.

E, com mão de especialista, jogou um monte de água fria na maquiagem primorosa da condessa.

A condessa encolheu-se e se sentou. Parecia consideravelmente mais desperta.

— Ai! — murmurou. — Estou aqui. Sim, estou aqui.

— Não tenha pressa — assegurou Bill. — Não fale até que se sinta bem.

A condessa puxou as dobras de um *négligé* muito transparente para mais perto do corpo.

— Estou lembrando — murmurou. — Sim, estou lembrando.

Ela olhou para a pequena multidão reunida ao redor. Talvez alguma coisa naqueles rostos atentos lhe parecesse indiferente. De qualquer forma, a condessa abriu um sorriso deliberado para o rosto que obviamente demonstrava uma emoção bem oposta.

— Ah, meu grande inglês — sussurrou ela —, não se preocupe. Está tudo bem comigo.

— Ufa! Tem certeza? — questionou Bill, ansioso.

— Tenho. — Ela abriu um sorriso para ele de forma tranquilizadora. — Nós, húngaros, temos nervos de aço.

Uma expressão de alívio intenso passou pelo rosto de Bill e, no lugar dele, se instalou um olhar pretensioso — um olhar que causou em Bundle um desejo sincero de chutá-lo.

— Tome um pouco d'água — disse ela, com frieza.

A condessa recusou água. Jimmy, mais gentil com a donzela em perigo, sugeriu um coquetel. A condessa recebeu muito bem essa sugestão. Depois de tomá-lo, olhou ao redor de novo, dessa vez com uma expressão mais vívida.

— Me contem o que houve — exigiu.

— Esperávamos que a senhora pudesse nos esclarecer — disse o Superintendente Battle.

A condessa estreitou os olhos para ele. Parecia tomar consciência do homem grande e silencioso pela primeira vez.

— Fui ao quarto da senhora — admitiu Bundle. — A cama não tinha sido usada, e a senhora não estava lá.

Ela fez uma pausa, olhando para a condessa com uma expressão acusadora. A húngara fechou os olhos e concordou lentamente com a cabeça.

— Sim, sim, agora me lembro de tudo. Ai, foi horrível! — A condessa estremeceu. — Vocês querem que eu conte?

— Se a senhora puder... — disse o Superintendente Battle.

Ao mesmo tempo, Bill falou:

— Não, caso não se sinta à vontade.

A condessa olhou de um para o outro, mas a expressão calma e magistral do Superintendente Battle venceu aquela parada.

— Eu tive insônia — começou a condessa. — Esta casa... ela me oprime. Fiquei, como vocês dizem, com os nervos à flor da pele, como um fio desencapado. Sabia que, no estado em que me encontrava, era inútil pensar em ir para a cama. Caminhei pelo quarto. Li. Mas os livros que foram deixados lá não me interessaram muito. Pensei em descer e encontrar algo mais atraente.

— Muito natural — comentou Bill.

— Acredito que se faz isso com muita frequência — observou Battle.

— Então, assim que a ideia me ocorreu, saí do meu quarto e desci. A casa estava muito silenciosa...

— Perdoe-me — interrompeu o superintendente —, mas a senhora pode me dar uma ideia de horário...

— Eu nunca sei as horas — respondeu a condessa de um jeito soberbo, e continuou sua história: — A casa estava muito silenciosa. Seria possível até mesmo ouvir um camundongo, se houvesse um. Desço as escadas... muito silenciosamente...

— Muito silenciosamente?

— Claro, pois não queria acordar o restante da casa — retrucou a condessa em tom de reprovação. — Entro aqui. Venho até este canto e procuro nas prateleiras um livro apropriado.

— Acendeu a luz, certo?

— Não, não acendi. Veja, eu estava com minha pequena lanterna elétrica. Dessa forma, examinei as prateleiras.

— Ah! — disse o superintendente.

— De repente — continuou ela, em tom dramático —, ouço alguma coisa. Um som furtivo. Um passo abafado. Desligo minha lanterna e fico à espreita. Os passos se aproximam... passos furtivos, horríveis. Eu me encolho atrás do biombo. Em um minuto, a porta se abre e a luz é acesa. O homem... o invasor está na sala.

— Sim, mas eu digo... — começou Mr. Thesiger.

Um pé imenso pisou no dele e, percebendo que o Superintendente Battle estava lhe dando um alerta, Jimmy se calou.

— Quase morri de medo — continuou a condessa. — Tentei não respirar. O homem espera um minuto, tentando escutar alguma coisa. Então, ainda com aquele passo horrível e furtivo...

Novamente Jimmy abriu a boca em protesto e, de novo, a fechou.

— ...ele atravessa a sala até a porta do terraço e olha para fora. Permanece ali por uns minutos, depois cruza a sala de novo, apaga as luzes e tranca a porta. Fico apavorada. Ele está na sala, esgueirando-se no escuro. Ai, é horrível. E se me encontrasse ali na escuridão! Um minuto depois, ouço-o de novo indo até a porta do terraço. Então, o silêncio. Imagino que talvez tenha saído por ali. À medida que os minutos passam e não escuto mais nenhum som, tenho quase certeza de que ele saiu. De fato, estou no exato momento em que acendo minha lanterna e investigo quando, *prestíssimo*, começa a confusão.

— E então?

— Ah! Foi terrível, nunca, nunca vou me esquecer disso! Dois homens tentando se matar. Ah, foi horrível! Eles rolaram pela sala, e móveis caíam em todas as direções. Pensei também ter ouvido uma mulher gritar... mas não foi dentro da sala. Estava em algum lugar lá fora. O criminoso tinha uma voz rouca. Resmungava em vez de falar. Ele dizia o tempo todo: "Me larga... me larga". O outro homem era um cavalheiro. Tinha voz de um inglês culto.

Jimmy pareceu satisfeito.

— Ele soltava palavrões... quase o tempo todo — continuou a condessa.

— Obviamente um cavalheiro — comentou o Superintendente Battle.

— E então — continuou a condessa —, um clarão e um tiro. A bala atingiu a estante ao meu lado. Eu... eu acho que devo ter desmaiado.

Ela olhou para Bill, que tomou a mão dela e deu tapinhas de leve.

— Coitadinha — disse. — Que aflição para a senhora.

"Que bobalhão", pensou Bundle.

O Superintendente Battle moveu-se com passos rápidos e silenciosos até a estante de livros um pouco à direita do biombo e se abaixou, vasculhando o lugar. Nesse momento, se abaixou e pegou alguma coisa.

— Não foi uma bala, condessa. É apenas a cápsula da bala. Onde o senhor estava quando atirou, Mr. Thesiger?

Jimmy posicionou-se ao lado da janela.

— Pelo que posso dizer, mais ou menos aqui.

O Superintendente Battle pôs-se no mesmo lugar.

— É isso mesmo — concordou. — A cápsula vazia seria lançada para trás. É uma .455. Não é de se espantar que a condessa tenha pensado que fora uma bala no escuro. Ela acertou a estante a cerca de trinta centímetros dela. A bala atingiu de raspão o batente da janela, e a encontraremos lá fora amanhã, a menos que tenha atingido o seu agressor.

Jimmy negou com a cabeça, pesaroso.

— Temo que Leopold não foi glorioso a esse ponto — observou, com tristeza.

A condessa olhava para ele com a mais lisonjeira atenção.

— Seu braço! — exclamou ela. — Está todo enfaixado! Então, foi o senhor que...?

Jimmy fez uma reverência brincalhona para a mulher.

— Estou muito feliz por ter uma voz de inglês culto — disse ele. — E posso lhe garantir que não teria sonhado em usar o linguajar que usei se suspeitasse minimamente que uma dama estava presente.

— Eu não entendi quase nada do que falou — apressou-se em explicar a condessa. — Embora eu tivesse uma governanta inglesa quando menina...

— Não é o tipo de coisa que provavelmente ela lhe ensinaria — concordou Jimmy. — Mantinha a senhora ocupada com canções sobre a caneta do titio e o guarda-chuva da sobrinha do jardineiro. Sei como são essas coisas.

— Mas o que aconteceu? — perguntou a condessa. — É isso que gostaria de saber. Exijo saber o que aconteceu.

Houve um momento de silêncio enquanto todos olhavam para o Superintendente Battle.

— É muito simples — respondeu Battle em um tom ameno. — Tentativa de roubo. Alguns documentos políticos foram subtraídos de Sir Stanley Digby. Os bandidos quase escaparam, mas, graças a esta jovem — disse, apontando para Loraine —, eles não conseguiram.

A condessa lançou um olhar para a garota — um olhar bem esquisito.

— Realmente — disse ele, com frieza.

— Uma coincidência muito feliz que ela estivesse lá — falou o Superintendente Battle, sorrindo.

A condessa soltou um pequeno suspiro e semicerrou os olhos de novo.

— É absurdo, mas ainda me sinto extremamente enfraquecida — murmurou ela.

— Não é para menos — disse Bill. — Deixe-me ajudá-la a subir até seu quarto. Bundle lhe fará companhia.

· O MISTÉRIO DOS SETE RELÓGIOS ·

177

— É muito gentil da parte de Lady Eileen — comentou a condessa —, mas preferiria ficar sozinha. Já estou bem. Talvez o senhor possa me ajudar a subir as escadas?

Ela levantou-se, aceitou o braço de Bill e, apoiando o peso do corpo nele, saiu da biblioteca. Bundle seguiu até o corredor, mas, como a condessa reiterou sua condição — com um tanto de aspereza —, garantindo que estava bem, ela não os acompanhou até o andar de cima.

Mas, enquanto observava a figura graciosa da condessa, escorada por Bill ao subir lentamente a escada, ficou paralisada de repente quando prestou mais atenção à cena. O *négligé* da condessa, como mencionado anteriormente, era fino — apenas um véu de *chiffon* laranja. Através dele, Bundle enxergou com clareza embaixo da omoplata direita uma *pequena pinta preta*.

Com um suspiro, Bundle se virou de forma impetuosa para o Superintendente Battle, que estava saindo da biblioteca. Jimmy e Loraine vinham à frente dele.

— Pronto — disse Battle. — Fechei a janela e mandei um homem ficar de guarda lá fora. E vou trancar a porta e ficar com a chave. De manhã, faremos o que os franceses chamam de *reconstitution* da cena do crime... pois não, Lady Eileen, o que foi?

— Superintendente Battle, preciso falar com o senhor... agora mesmo.

— Ora, com certeza, eu...

De repente, George Lomax apareceu com Dr. Cartwright ao lado.

— Ah, aí está você, Battle. Vai ficar aliviado em saber que não há nada de muito grave com O'Rourke.

— Nunca pensei que houvesse algo de grave com Mr. O'Rourke — comentou Battle.

— Ele recebeu uma injeção hipodérmica forte — explicou o médico. — Vai acordar perfeitamente bem de manhã, talvez com um pouco de dor de cabeça, talvez não. Agora, meu jovem, vamos dar uma olhada neste seu ferimento de bala.

— Vamos lá, enfermeira — brincou Jimmy com Loraine.
— Venha segurar a bacia ou minha mão. Veja a agonia de um homem corajoso. Já sabe como é.

Jimmy, Loraine e o médico afastaram-se juntos. Bundle continuou a lançar olhares agoniados na direção do Superintendente Battle, que era importunado por George.

O superintendente aguardou com toda a paciência até que uma pausa ocorresse na tagarelice. Então, rapidamente se aproveitou da ocasião.

— Senhor, eu gostaria de saber se poderia trocar algumas palavras a sós com Sir Stanley. No pequeno escritório, ali no fim do corredor.

— Sem dúvida — disse George. — Sem dúvida. Vou buscá-lo imediatamente.

Ele correu escada acima de novo. Battle conduziu Bundle mais que depressa até a sala de estar e fechou a porta.

— Então, Lady Eileen, o que houve?

— Vou lhe contar o mais rápido possível, mas é um pouco longo e complicado.

Da forma mais concisa possível, Bundle relatou sua incursão ao Seven Dials Club e as aventuras subsequentes lá. Quando terminou, o Superintendente Battle respirou fundo. Pela primeira vez, a rígida expressão facial foi deixada de lado.

— Notável. Notável. Eu não acreditaria que fosse possível, nem mesmo para a senhorita, Lady Eileen. Eu já deveria saber.

— Mas o senhor me deu uma dica, Superintendente Battle. Disse para perguntar a Bill Eversleigh.

— É perigoso dar dicas a pessoas como a senhorita, Lady Eileen. Nunca imaginei que chegaria tão longe.

— Ora, está tudo bem, Superintendente Battle. Minha morte não vai para a conta do senhor.

— Ainda não — respondeu Battle em tom sinistro.

Ficou parado como se estivesse pensando, remoendo as coisas na mente.

— Não consigo entender o que Mr. Thesiger tinha na cabeça para deixar a senhorita correr perigo desse jeito — disse o superintendente.

— Ele só soube quando eu voltei de lá — confessou Bundle.

— Não sou uma completa idiota, Superintendente Battle. E, de qualquer forma, ele está muito ocupado cuidando de Miss Wade.

— É mesmo? — perguntou o superintendente. — Ah!

Ele deu uma piscadela.

— Então, terei que destacar Mr. Eversleigh para cuidar da senhorita, Lady Eileen.

— Bill! — exclamou Bundle, com desdém. — Mas, Superintendente Battle, o senhor não ouviu o final da minha história. A mulher que vi lá... Anna... a número 1. Sim, a número 1 é a Condessa Radzky.

Com agilidade, passou a descrever como reconheceu a pinta.

Para sua surpresa, o superintendente hesitou e gaguejou.

— Uma pinta não é grande pista, Lady Eileen. É muito fácil duas mulheres terem uma pinta idêntica. A senhorita precisa lembrar que a Condessa Radzky é uma figura muito conhecida na Hungria.

— Então, não se trata da verdadeira Condessa Radzky. Digo-lhe que tenho certeza de que esta é a mesma mulher que vi lá. E olhe para ela esta noite... o jeito que a encontramos. Não acredito que tenha desmaiado.

— Ah, eu não devia lhe dizer tanto, Lady Eileen, mas aquele projétil vazio que atingiu a estante ao lado dela podia ter deixado qualquer mulher totalmente apavorada.

— Mas, no fim das contas, o que ela estava fazendo lá? Ninguém desce para procurar um livro com uma lanterna elétrica.

Battle coçou a bochecha, parecendo não estar inclinado a falar.

Começou a andar de um lado para o outro na sala, como se estivesse tomando uma decisão. Por fim, ele se virou para a mulher.

— Veja bem, Lady Eileen, vou confiar na senhorita. A conduta da condessa é mesmo suspeita. Sei disso tão bem quanto a senhorita. É muito suspeita... mas temos que agir com cuidado. Não podemos causar nenhum problema com as embaixadas. Precisamos ter certeza.

— Entendi. Se o senhor tivesse *certeza*...

— Tem outra coisa. Durante a guerra, Lady Eileen, houve uma grande comoção sobre espiões alemães que estavam à solta. Alguns abelhudos escreveram cartas aos jornais sobre isso, mas não prestamos atenção. Não nos preocupamos, pois os peixes pequenos não nos interessavam. Por quê? Porque, mais cedo ou mais tarde, *chegaríamos ao mandachuva... a quem dava as cartas.*

— O senhor quer dizer que...?

— Não se preocupe com o que quero dizer, Lady Eileen. Mas lembre-se disto. *Eu sei tudo sobre a condessa.* E quero que a deixem em paz. Agora — acrescentou o Superintendente Battle, chateado —, preciso pensar em algo para dizer a Sir Stanley Digby!

Capítulo 23

O Superintendente Battle no comando

Eram dez horas da manhã seguinte. O sol atravessava as janelas da biblioteca, onde o Superintendente Battle já estava trabalhando desde as seis. Atendendo a uma convocação dele, George Lomax, Sir Oswald Coote e Jimmy Thesiger se juntaram a ele, depois de reparar a fadiga da noite anterior com um belo café da manhã. O braço de Jimmy pendia de uma tipoia, mas não mostrava muitos vestígios da escaramuça da noite anterior.

O superintendente olhou para os três com benevolência, com o ar de um curador gentil explicando um museu aos meninos. Na mesa ao lado havia vários objetos, etiquetados com cuidado. Entre eles, Jimmy reconheceu Leopold.

— Ora, superintendente — disse George —, estou ansioso para saber de seus progressos. O senhor pegou o homem?

— Vai dar muito trabalho para ele ser capturado — comentou o superintendente, com tranquilidade.

Seu fracasso nesse aspecto não parecia incomodá-lo.

George Lomax não parecia especialmente satisfeito. Detestava qualquer tipo de leviandade.

— Tenho tudo registrado com bastante clareza — continuou o detetive.

Ele pegou dois objetos da mesa.

— Aqui temos as duas balas. A maior é de uma .455, disparado da Colt automática de Mr. Thesiger. Passei a mão no caixilho da janela e a encontrei cravada no tronco daquele cedro.

Essa mocinha foi disparada de uma Mauser .25. Depois de passar pelo braço de Mr. Thesiger, ela ficou cravada nesta poltrona. Quanto à pistola em si...

— Então? — perguntou Sir Oswald, ansioso. — Alguma impressão digital?

Battle negou com a cabeça.

— O homem que a manuseava estava usando luvas — disse, devagar.

— Que lástima — lamentou Sir Oswald.

— Um homem a par de seus negócios escusos usaria luvas mesmo. Posso dizer, Sir Oswald, que o senhor encontrou essa pistola a cerca de vinte metros do final da escada que leva ao terraço?

Sir Oswald caminhou até a janela.

— Sim, quase exatamente, eu diria.

— Não quero criticar, mas teria sido mais sensato da sua parte, senhor, deixar tudo exatamente como encontrou.

— Desculpe — disse Sir Oswald, empertigado.

— Tudo bem. Consegui reconstituir os fatos. Veja bem, havia pegadas suas saindo dos fundos do jardim, e um lugar onde o senhor obviamente parou e se abaixou, e uma espécie de amassado na grama que foi bastante sugestivo. A propósito, qual era sua teoria sobre a pistola estar naquele local?

— Presumi que tinha sido largada ali pelo homem durante a fuga.

Battle negou com a cabeça.

— Não caiu, Sir Oswald. Há dois pontos contra essa visão. Para começar, há apenas um conjunto de pegadas cruzando o gramado: as suas.

— Entendo — observou Sir Oswald, pensativo.

— O senhor tem certeza disso, Battle? — perguntou George.

— Absoluta, senhor. Há outro conjunto de pegadas cruzando o gramado, o de Miss Wade, mas está bem mais à esquerda.

Ele fez uma pausa e, em seguida, continuou:

— E ali está o amassado no chão. A pistola deve ter atingido o chão com um tanto de força. Tudo indica que foi arremessada.

— Bem, por que não? — questionou Sir Oswald. — Digamos que o homem fugiu pelo caminho à esquerda. Será que ele não deixaria pegadas no caminho e atiraria a pistola para longe dele, no meio do gramado, hein, Lomax?

George concordou com um aceno de cabeça.

— É verdade que ele não deixou pegadas no caminho — disse Battle —, mas, pelo formato do amassado e pela maneira como a grama foi cortada, não acho que a pistola tenha sido arremessada daquela direção. Acho que foi lançada daqui do terraço.

— Muito provável — concordou Sir Oswald. — Mas isso importa, superintendente?

— Ah, sim, Battle — interveio George. — É... hum... estritamente relevante?

— Talvez não, Mr. Lomax. Mas gostamos de fazer as coisas dessa forma, sabe? Agora, eu me pergunto se um dos senhores, cavalheiros, pegaria esta pistola e a arremessaria. Sir Oswald? Obrigado pela gentileza. Fique bem ali, na janela. Agora, arremesse-a no meio do gramado.

Sir Oswald obedeceu, lançando a pistola pelo ar com um forte movimento de braço. Ofegante, Jimmy Thesiger aproximou-se com interesse. O superintendente saiu atrás dele como um *retriever* bem-treinado. Ele reapareceu com o rosto radiante.

— É isso, senhor. Exatamente o mesmo tipo de marca. Embora, a propósito, a tenha lançado uns bons dez metros mais longe. Mas o senhor é um homem bem forte, não é, Sir Oswald? Com licença, acredito ter ouvido alguém à porta.

Os ouvidos do superintendente deviam ser muito mais aguçados que os de qualquer outra pessoa. Ninguém mais tinha ouvido nada, mas Battle estava certo, pois Lady Coote estava do lado de fora com um copo de remédio na mão.

— Trouxe seu remédio, Oswald — disse, entrando na sala. — Você esqueceu depois do café da manhã.

— Estou muito ocupado, Maria — ralhou Sir Oswald. — Não quero meu remédio.

— Você nunca tomaria se não lhe desse — falou a esposa, com serenidade, avançando em sua direção. — Parece um garotinho travesso. Beba tudo agora mesmo.

E, manso e obediente, o grande magnata do aço bebeu tudo! Lady Coote abriu um triste e gentil sorriso para todos.

— Interrompo vocês? Estão muito ocupados? Ora, olha esses revólveres. Coisas desagradáveis, barulhentas e assassinas. E pensar, Oswald, que você podia ter sido baleado pelo invasor ontem à noite.

— A senhora deve ter ficado alarmada quando percebeu que ele estava desaparecido, Lady Coote — comentou Battle.

— Não pensei nisso no início — confessou Lady Coote. — Este coitadinho aqui — disse, apontando para Jimmy — levando um tiro... e foi tudo tão terrível, mas tão emocionante. Só me lembrei de que ele havia saído meia hora antes para dar uma caminhada quando Mr. Bateman me perguntou onde estava Sir Oswald.

— Insone, hein, Sir Oswald? — questionou Battle.

— Em geral, eu durmo como uma pedra — informou Sir Oswald. — Mas devo confessar que ontem à noite me senti estranhamente inquieto. Achei que o ar da noite me faria bem.

— O senhor saiu por esta porta do terraço, certo?

Fora imaginação dele ou Sir Oswald hesitou por um momento antes de responder?

— Saí.

— E foi de chinelo — disse Lady Coote —, em vez de calçar um sapato de sola grossa. O que faria sem mim para cuidar de você?

Ela balançou a cabeça de um jeito melancólico.

— Acho, Maria, que se não se importar em nos deixar, ainda temos muito o que discutir.

— Eu sei, meu querido, estou indo.

Lady Coote retirou-se, carregando o copo de remédio vazio como se fosse um cálice com que acabara de administrar uma poção mortífera.

— Bem, Battle — disse George Lomax —, tudo parece bastante claro. Sim, perfeitamente claro. O homem dispara um tiro, incapacitando Mr. Thesiger, joga longe a arma, corre pelo terraço e desce pelo cascalho.

— Onde devia ter sido capturado pelos meus homens — comentou Battle.

— Seus homens, se me permite dizer, Battle, parecem ter sido especialmente negligentes. Nem sequer viram Miss Wade entrar. Se não conseguiram vê-la entrando, também não conseguiriam ver o ladrão saindo.

O oficial abriu a boca para falar, mas pareceu pensar melhor. Jimmy Thesiger o olhou com curiosidade. Teria dado um bom dinheiro para saber o que se passava na mente do Superintendente Battle.

— Deve ter sido um campeão de corrida — foi tudo o que o homem da Scotland Yard conseguiu dizer.

— O que quer dizer, Battle?

— Exatamente o que eu disse, Mr. Lomax. Eu estava na esquina do terraço menos de cinquenta segundos depois de o tiro ter sido disparado. E para um homem correr toda aquela distância em minha direção e contornar a esquina antes que eu aparecesse na lateral da casa... bem, como eu disse, ele deve ter sido um campeão de corrida.

— Não estou entendendo, Battle. O senhor tem alguma ideia que eu ainda não... hum... alcancei. O senhor diz que o homem não atravessou o gramado e agora está insinuando... o que exatamente está insinuando? Que o homem não seguiu por esse caminho? Então, na sua opinião... hum... para onde ele foi?

Como resposta, o Superintendente Battle ergueu o polegar de forma eloquente.

— Como é? — disse George.

O Superintendente esticou o polegar ainda mais. George ergueu a cabeça e olhou para o teto.

— Lá para cima — disse Battle. — Voltando a subir pela hera.

— Que disparate, superintendente. O que o senhor sugere é impossível.

— Não é impossível mesmo, senhor. Ele já tinha escalado uma vez. Poderia escalar uma segunda.

— Não quero dizer impossível nesse sentido. Mas se o homem quisesse escapar, nunca voltaria correndo para dentro da casa.

— O lugar mais seguro para ele, Mr. Lomax.

— Mas a porta do Mr. O'Rourke ainda estava trancada por dentro quando chegamos até ele.

— E como o senhor entrou? Pelo quarto de Sir Stanley. Esse foi o caminho percorrido pelo nosso homem. Lady Eileen me disse que viu a maçaneta da porta do quarto de Mr. O'Rourke se mexer. Foi quando nosso amigo esteve lá pela primeira vez. Suspeito que a chave estava debaixo do travesseiro de Mr. O'Rourke. Mas a saída dele fica bastante clara uma segunda vez... pela porta de comunicação e pelo quarto de Sir Stanley, que, claro, estava vazio. Como todo mundo, Sir Stanley está correndo escada abaixo para acessar a biblioteca. Nosso homem tem um percurso claro.

— E, então, para onde ele foi?

O Superintendente Battle encolheu os ombros fortes e se esquivou.

— Há muitas possibilidades abertas. Em um quarto vazio do outro lado da casa e descendo pela hera de novo... saindo por uma porta lateral... ou, possivelmente, se fosse um trabalho interno, ele... bem, ficou dentro da casa.

George olhou para ele perplexo.

— Realmente, Battle, eu deveria... eu ficaria profundamente sentido se um dos meus criados... hum... eu tenho uma confiança inabalável neles... me afligiria muito ter que suspeitar...

— Ninguém está pedindo para o senhor suspeitar de ninguém, Mr. Lomax. Estou apenas apresentando todas as possibilidades aos senhores. Talvez os criados não tenham feito nada... provavelmente não fizeram.

— O senhor me deixou cabreiro — disse George. — Preocupou-me de verdade.

Seus olhos pareciam mais arregalados que nunca.

Para distraí-lo, Jimmy cutucou delicadamente um curioso objeto enegrecido sobre a mesa.

— O que é isso? — perguntou.

— Esta é a prova final — disse Battle. — A última de nosso pequeno lote. É, ou melhor, foi uma luva.

Ele ergueu a relíquia carbonizada e a manipulou com orgulho.

— Onde o senhor a encontrou? — quis saber Sir Oswald.

Battle estendeu o pescoço para trás.

— No gradil... quase queimada, mas não por completo. Estranho... parece que foi mastigado por um cachorro.

— Pode ser que seja de Miss Wade — sugeriu Jimmy. — Ela tem vários cachorros.

O superintendente negou com a cabeça.

— Não é uma luva feminina, nem mesmo o tipo grande de luva larga que as mulheres usam hoje em dia. Calce-a, senhor, por um momento.

Ele ajustou o objeto enegrecido sobre a mão de Jimmy.

— Veja, é grande até para o senhor.

— Que importância o senhor dá a essa descoberta? — perguntou Sir Oswald friamente.

— Nunca se sabe, Sir Oswald, o que será importante.

Houve uma batida forte à porta, e Bundle entrou.

— Sinto muito — desculpou-se. — Mas meu pai acabou de telefonar. Diz que preciso voltar para casa porque está deveras preocupado comigo.

Ela hesitou.

— Sim, querida Eileen? — disse George, encorajando-a ao perceber que havia mais a ser dito.

— Eu não teria interrompido os senhores, apenas pensei que talvez tivesse algo a ver com tudo isso. Veja, o que deixou meu pai preocupado foi que um de nossos lacaios desapareceu. Ele saiu ontem à noite e não voltou para casa.

— Qual é o nome do homem? — perguntou Sir Oswald, assumindo o interrogatório.

— John Bauer.

— Um inglês?

— Creio que ele diz ser suíço, mas acho que é alemão. No entanto, o inglês dele é perfeito.

— Ah! — Sir Oswald respirou fundo e soltou um assobio longo e satisfeito. — E ele está em Chimneys faz quanto tempo?

— Pouco menos de um mês.

Sir Oswald virou-se para os outros dois.

— Aí está nosso homem desaparecido. Lomax, assim como eu, você sabe que vários governos estrangeiros estão atrás daquela coisa. Lembro-me perfeitamente do homem agora: um sujeito alto e bem-treinado. Chegou cerca de quinze dias antes de partirmos. Uma jogada inteligente. Qualquer novo criado aqui seria examinado de perto, mas em Chimneys, a oito quilômetros de distância... — Ele não terminou a frase.

— Acha que o plano foi traçado com tanta antecedência?

— Por que não? Há milhões em jogo com essa fórmula, Lomax. Sem dúvida, Bauer esperava ter acesso aos meus documentos privados em Chimneys e saber alguma coisa sobre os próximos arranjos. Parece provável que tenha tido um cúmplice nesta casa, alguém que o informou sobre a situação e que cuidou de drogar O'Rourke. Mas Bauer era o homem que Miss Wade viu descendo pela hera... um homem grande e forte.

Ele se voltou para o Superintendente Battle.

— Bauer era seu homem, superintendente. E, de um jeito ou de outro, o senhor o deixou escapar pelos dedos.

Capítulo 24

Reflexões de Bundle

Sem dúvida nenhuma, o Superintendente Battle ficou perplexo. Pensativo, ele coçou o queixo.

— Sir Oswald tem razão, Battle — observou George. — Esse é o homem. Há alguma esperança de capturá-lo?

— Talvez haja, senhor. Com certeza, parece... suspeito. É claro que o homem pode aparecer de novo... em Chimneys.

— Acha provável?

— Não, não é — admitiu Battle. — Sim, com certeza parece que Bauer era o homem. Mas não consigo entender como entrou e saiu dessas terras sem ser flagrado.

— Já lhe dei minha opinião sobre os homens que o senhor destacou — disse George. — Irremediavelmente ineficientes... não quero culpá-lo, superintendente, mas...

A pausa dele foi eloquente.

— Ora, ora — falou Battle, sem preocupação —, eu aguento as críticas.

Ele balançou a cabeça e suspirou.

— Preciso fazer um telefonema urgente. Com licença, senhores. Sinto muito, Mr. Lomax, sinto que estraguei um pouco esse negócio, mas as coisas estão intrigantes, mais intrigantes do que o senhor imagina.

Apressado, o oficial saiu da sala.

— Vamos até o jardim — pediu Bundle a Jimmy. — Quero falar com você.

Saíram juntos pela porta do terraço. Jimmy olhou para o gramado, franzindo a testa.

— Qual é o problema? — perguntou Bundle.

Ele explicou as circunstâncias do arremesso da pistola.

— Estou imaginando — concluiu — o que estava passando na cabeça do velho Battle quando fez Coote lançar a pistola. Alguma coisa se passou, tenho certeza. De qualquer forma, ela caiu uns dez metros mais longe do que deveria. Sabe, Bundle, Battle é um camarada genial.

— É um homem extraordinário — concordou Bundle. — Quero lhe contar sobre a noite passada.

Ela relatou sua conversa com o superintendente. Jimmy ouviu com atenção.

— Então, a condessa é a número 1 — disse, pensativo. — Tudo se encaixa muito bem. O número 2... Bauer... vem lá de Chimneys. Ele sobe até o quarto de O'Rourke, sabendo que o homem recebeu uma beberagem para dormir, administrada... pela condessa, de um jeito ou de outro. O acordo é que jogue os papéis para a condessa, que estará esperando lá embaixo. Então, ela voltará às pressas pela biblioteca e subirá para seu quarto. Se Bauer for pego saindo do local, não encontrarão nada com ele. Sim, era um bom plano... mas saiu pela culatra. Assim que a condessa chega à biblioteca, ela me ouve entrando e tem que pular para trás do biombo. Situação desconfortável, porque dali não consegue avisar seu cúmplice. O número 2 pega os papéis, olha pela janela, vê Miss Wade, pensa que a condessa está no posto, joga os papéis para ela e começa a descer pela hera, onde encontra uma surpresa desagradável: eu estou esperando por ele. Um trabalho bem enervante para a condessa, que está esperando atrás do biombo. Pensando em tudo isso, ela contou uma história bem boa. É, tudo se encaixa muito bem.

— Bem demais — disse Bundle, decidida.

— Hein?! — exclamou Jimmy, surpreso.

— E o número 7... o número 7 que nunca aparece, mas vive nos bastidores? A condessa e Bauer? Não, não é tão simples.

Bauer esteve aqui ontem à noite, sim. Mas só estava aqui caso as coisas dessem errado... como aconteceu. O papel dele é de bode expiatório; desviar toda a atenção do número 7... o chefão.

— Ei, Bundle — disse Jimmy, ansioso —, você não anda lendo muita literatura sensacionalista, não é?

Bundle lançou-lhe um olhar de reprovação.

— Bem — falou Jimmy —, ainda não sou como a Rainha de Copas. Não consigo acreditar em seis coisas impossíveis antes do café da manhã.

— Já passou do café da manhã — lembrou Bundle.

— Mesmo depois do café da manhã. Temos uma hipótese perfeita que se encaixa nos fatos... e você não vai comprá-la de qualquer jeito, simplesmente porque, como o velho enigma, deseja dificultar as coisas ainda mais.

— Sinto muito — disse Bundle —, mas estou apaixonadamente apegada ao fato de o misterioso número 7 ser um dos convivas da festa.

— O que Bill acha?

— Bill — respondeu Bundle, com frieza — é impossível.

— Ah! — disse Jimmy. — Suponho que você tenha contado a ele sobre a condessa, certo? Ele devia ter sido avisado. Só Deus sabe o que ele vai soltar se não for assim.

— Ele não vai ouvir uma palavra contra ela — observou Bundle. — Ele é... bem, simplesmente um idiota. Gostaria que você explicasse a ele sobre aquela pinta.

— Você se esquece que eu não estava no armário — explicou Jimmy. — E, de qualquer forma, prefiro não discutir com Bill sobre a pinta da preferida dele. Mas certamente não pode ser tão idiota a ponto de não ver como tudo se encaixa.

— Ele é uma besta sem remédio — respondeu Bundle, amarga. — Jimmy, você cometeu o maior erro contando a ele.

— Sinto muito — disse Jimmy. — Não enxerguei isso na época, mas agora vejo. Fui tolo, mas, carambolas, é o velho Bill...

— Você conhece essas aventureiras estrangeiras — falou Bundle. — Como elas amarram um camarada.

— Na verdade, não — comentou ele. — Nunca uma dessas tentou me amarrar.

Ele suspirou.

Por alguns instantes, houve silêncio. Jimmy estava refletindo sobre tudo aquilo. Quanto mais pensava, mais insatisfatórias as coisas pareciam.

— Você diz que Battle quer que a condessa seja deixada em paz — falou, por fim.

— Sim.

— A ideia é que, através dela, ele chegará a outra pessoa?

Bundle assentiu com a cabeça.

Jimmy franziu a testa com força enquanto tentava entender aonde isso levaria. Claro que Battle tinha uma ideia muito definida em mente.

— Sir Stanley Digby foi até a cidade cedinho, não foi?

— Foi.

— O'Rourke acompanhou?

— Sim, acho que foi também.

— Não acha... não, isso é impossível.

— O quê?

— Será que O'Rourke pode estar envolvido nisso de alguma forma?

— É possível — concordou Bundle, pensativo. — Ele tem o que se chama de uma personalidade muito vívida. Não, não me surpreenderia se... ah, para falar a verdade, nada me surpreenderia! Na realidade, só tem uma pessoa que tenho certeza de que não é o número 7.

— Quem?

— O Superintendente Battle.

— Ufa! Achei que fosse dizer George Lomax.

— Xiu, lá vem ele.

George estava, de fato, avançando sobre eles de maneira inconfundível. Jimmy deu uma desculpa e se afastou. George sentou-se perto de Bundle.

— Minha querida Eileen, você precisa mesmo ir embora?

· O MISTÉRIO DOS SETE RELÓGIOS ·   **193**

— Bem, parece que meu pai ficou aflito de verdade. Acho melhor ir para casa para tranquilizá-lo.

— Essa mãozinha vai realmente ser reconfortante — comentou George, pegando-a e apertando-a de brincadeira. — Minha querida Eileen, entendo suas razões e admiro você por elas. Nestes dias de condições alteradas e confusas...

"Já vai começar", pensou Bundle em desespero.

— ...quando a vida familiar é tão valiosa... e todos os velhos padrões decaem! É nossa responsabilidade dar o exemplo para mostrar que nós, pelo menos, não somos afetados pelas condições modernas. Eles nos chamam de Conservadores... tenho orgulho desse termo... repito, tenho orgulho desse termo! Há coisas que *precisam* ser conservadas... dignidade, beleza, modéstia, a santidade da vida familiar, respeito filial... que mal faz essas coisas serem conservadas? Como eu estava dizendo, minha querida Eileen, invejo os privilégios da sua juventude. Juventude! Que coisa maravilhosa! Que palavra maravilhosa! E não damos valor a ela até chegarmos a... hum... anos mais maduros. Confesso, minha querida menina, que no passado eu me decepcionava com sua leviandade, mas vejo que não passava da leviandade descuidada e encantadora de uma criança. Percebo agora a beleza séria e sincera da sua mente. Espero que me permita ajudá-la com suas leituras.

— Ah, obrigada — disse Bundle, baixinho.

— E nunca mais deve ter medo de mim. Fiquei chocado quando Lady Caterham me disse que você ficava tímida na minha frente. Posso garantir que sou muito trivial.

O espetáculo da modéstia de George deixou Bundle fascinada. Ele prosseguiu:

— Não precisa se acanhar, minha menina. E não tenha medo de me entediar. Será um grande prazer para mim... se assim posso dizer... formar sua mente em florescimento. Serei seu mentor político. Nunca precisamos tanto de jovens talentosas e charmosas no Partido quanto atualmente.

Talvez você esteja muito bem destinada a seguir os passos de sua tia, Lady Caterham.

Essa perspectiva terrível deixou Bundle desorientada por completo. Ela só conseguiu encarar George sem forças, o que não o desencorajou, pelo contrário. Sua principal reclamação contra as mulheres era que falavam demais. Raramente encontrava uma que considerasse uma ouvinte boa de fato. Ele abriu um sorriso bondoso para Bundle.

— A borboleta emergindo da crisálida. Uma imagem magnífica. Tenho um trabalho muito interessante sobre economia política. Vou procurá-lo agora, e você pode levá-lo para Chimneys. Quando terminar, posso discuti-lo com você. Não hesite em me escrever se algum ponto lhe deixar confusa. Tenho muitos deveres públicos, mas, mesmo com trabalho incansável, sempre consigo arranjar tempo para cuidar dos assuntos dos meus amigos. Vou procurar o livro.

Ele se afastou. Bundle acompanhou-o com os olhos, mantendo uma expressão atordoada. Ela foi tirada daquele transe pela chegada inesperada de Bill.

— Olha só — disse Bill. — Por que diabos o Olho-de-Peixe estava segurando sua mão?

— Não era minha mão — respondeu Bundle, quase em um colapso. — Era minha mente em florescimento.

— Não seja tonta, Bundle.

— Desculpe, Bill, mas estou um pouco preocupada. Você se lembra de ter dito que Jimmy corria um grande risco ao vir para cá?

— É verdade — comentou Bill. — É difícil à beça escapar do Olho-de-Peixe quando ele fica interessado em você. Jimmy ficará preso nessa armadilha antes mesmo de saber onde se enfiou.

— Não foi Jimmy quem foi pego... fui eu — retrucou Bundle, frenética. — Terei que conhecer inúmeras Mmes. Macattas, ler economia política e discuti-la com George, e Deus sabe onde isso vai parar!

Bill assobiou.

— Coitadinha da Bundle. Você está exagerando um bocado, não é?

— Devo estar. Bill, me sinto terrivelmente enredada.

— Não se preocupe — consolou Bill. — George não acredita muito em mulheres concorrendo ao Parlamento, então você não terá que subir em palanques e falar uma porção de porcarias ou beijar bebês sujinhos em Bermondsey. Venha, vamos tomar um coquetel. Já é quase hora do almoço.

Bundle levantou-se e caminhou ao lado dele, obediente.

— Eu odeio tanto política — murmurou em tom de lamento.

— Claro que odeia. Assim como todas as pessoas sensatas. Somente gente como Olho-de-Peixe e Pongo a levam a sério e se deleitam com ela. Mas, mesmo assim — disse Bill, voltando de repente a uma questão anterior —, você não devia deixar Olho-de-Peixe segurar sua mão.

— Por que não? — questionou Bundle. — Ele me conhece desde que eu era pequena.

— Bem, eu não gosto disso.

— Ah, William, o casto... olhe, lá está o superintendente.

Estavam passando por uma porta lateral nesse momento. Uma saleta parecida com um armário se abria no pequeno corredor. Nela eram guardados tacos de golfe, raquetes de tênis, bolas de boliche e outros itens de diversão da vida em uma casa de campo. O Superintendente Battle estava realizando um exame minucioso de vários tacos de golfe. Levantou a cabeça um pouco envergonhado ao ouvir a exclamação de Bundle.

— Vai jogar golfe, Superintendente Battle?

— Nem é uma ideia ruim, Lady Eileen. Dizem que nunca é tarde para começar. E tenho uma característica excelente que me destaca em qualquer jogo.

— Qual é? — quis saber Bill.

— Eu não desisto nunca. Se tudo der errado, eu volto e começo de novo!

E, com um olhar determinado no rosto, o Superintendente Battle deixou a saleta e se juntou a eles, fechando a porta.

Capítulo 25

Jimmy apresenta seus planos

Jimmy Thesiger estava se sentindo deprimido. Evitando George, que ele suspeitava estar pronto para abordá-lo quanto a assuntos sérios, ele saiu discretamente depois do almoço. Embora fosse proficiente nos detalhes da controvérsia de fronteiras de Santa Fé, ele não tinha nenhuma vontade de ser interrogado sobre o assunto naquele momento.

Logo, o que ele esperava que acontecesse aconteceu. Loraine Wade, também desacompanhada, passeava por um dos caminhos sombreados do jardim. Em um momento, Jimmy estava ao seu lado. Caminharam por alguns minutos em silêncio e, então, ele disse com hesitação:

— Loraine?

— Sim?

— Olha só, sou péssimo para me expressar... mas, e aí? O que você acha de pegarmos uma licença especial, você se casar comigo e vivermos felizes para sempre?

Loraine não demonstrou nenhum constrangimento diante dessa proposta surpreendente. Em vez disso, ela jogou a cabeça para trás e deu uma risada gostosa.

— Não ria da minha cara — pediu Jimmy em tom de reprovação.

— Não consegui evitar. Foi tão engraçado.

— Loraine... você é uma diabinha.

— Não sou, não. Sou o que chamam de uma garota bastante legal.

— Somente para aqueles que não a conhecem... que são enganados por sua aparência ilusória de mansidão e decoro.

— Gosto das suas palavras difíceis.

— Tudo tirado das palavras cruzadas.

— Tão educado.

— Loraine, minha querida, não me enrole. Aceita ou não?

Loraine ficou séria, seu rosto assumindo a característica determinação. Sua boquinha apertou-se e seu queixinho estendeu-se de um jeito agressivo.

— Não, Jimmy. Não enquanto as coisas estiverem do jeito que estão no momento... todas inacabadas.

— Sei que não fizemos o que pretendíamos — concordou Jimmy. — Mas, mesmo assim... bem, é o fim de um capítulo. Os documentos estão seguros no Ministério da Aeronáutica. Triunfou a justiça. E... por enquanto... nada feito.

— Então... vamos nos casar? — perguntou Loraine, com um leve sorriso.

— É isso. Precisamente, essa é a ideia.

Mas Loraine fez que não com a cabeça de novo.

— Não, Jimmy. Até que esse assunto esteja resolvido, até que estejamos em segurança...

— Acha que estamos em perigo?

— Você não acha?

O rosto rosa querubínico de Jimmy fechou-se em uma carranca.

— Tem razão — disse, por fim. — Se esse lenga-lenga extraordinário de Bundle for verdade... e suponho que, por incrível que pareça, deva ser... então, não estaremos seguros até nos acertarmos com o número 7!

— E os outros?

— Não... os outros não contam. É o número 7, com seu jeito peculiar de trabalhar, que me apavora. Porque não sei quem ele é nem onde procurá-lo.

Loraine estremeceu.

— Estou assustada — disse em voz baixa. — Desde a morte de Gerry...

— Não precisa ter medo. Não há nada de que você precise ter medo. Deixe comigo. Eu lhe digo, Loraine... *eu ainda vou pegar o número 7*. Quando o pegarmos... bem, não acho que haverá muitos problemas com o restante do bando, quem quer que sejam.

— *Se* você pegá-lo... e se ele pegar você?

— Impossível — afirmou Jimmy, cheio de alegria. — Sou inteligente demais. Mantenha sempre um bom juízo de si mesmo... esse é o meu lema.

— Quando penso nas coisas que poderiam ter acontecido ontem à noite... — Loraine arrepiou-se.

— Bem, eles não conseguiram — disse Jimmy. — Nós dois estamos aqui, sãos e salvos... embora eu deva admitir que meu braço está terrivelmente dolorido.

— Coitadinho.

— Ora, é preciso esperar sofrimento quando há uma boa causa. E com meus ferimentos e minha conversa alegre, conquistei por completo a Lady Coote.

— Ufa! Acha isso importante?

— Acredito que possa ser útil.

— Tem algum plano em mente, Jimmy. Qual é?

— O jovem herói nunca revela seus planos — respondeu, com firmeza. — Eles amadurecem à sombra.

— Você é um idiota, Jimmy.

— Eu sei. Eu sei. É o que todo mundo diz. Mas posso lhe garantir, Loraine, que há muito trabalho acontecendo aqui nessa caixola. E agora, quais são seus planos? Tem algum?

— Bundle sugeriu que eu fosse com ela para Chimneys por um tempo.

— Excelente — comemorou Jimmy. — A melhor decisão possível. De qualquer forma, eu gostaria de ficar de olho em Bundle. Nunca dá para saber que loucura ela vai aprontar.

É uma jovem assustadoramente imprevisível. E o pior de tudo é que é incrivelmente bem-sucedida. Eu lhe digo, manter Bundle longe de problemas é um trabalho de tempo integral.

— Bill devia cuidar dela — sugeriu Loraine.

— Bill está bem ocupado em outro lugar.

— Você não acredita nisso — disse Loraine.

— Como assim? Não com a condessa? Mas o rapaz está maluco por ela.

Loraine continuou negando com a cabeça.

— Tem uma coisa aí que não estou entendendo muito bem. Mas não é a condessa com Bill... é Bundle. Ora, esta manhã, Bill estava conversando comigo quando Mr. Lomax saiu e se sentou perto de Bundle. Ele tomou a mão dela, ou alguma coisa assim, e Bill saiu como... como um foguete.

— Tem gosto para tudo — observou Mr. Thesiger. — Imagine se alguém que estivesse falando com você quisesse fazer outra coisa. Mas você me surpreende demais, Loraine. Pensei que nosso simplório Bill estivesse envolvido nas tramas da bela aventureira estrangeira. É no que Bundle está pensando, disso eu sei.

— Bundle, talvez — disse Loraine. — Mas eu lhe digo, Jimmy, não é bem assim.

— Então qual é a grande ideia?

— Não acredita ser possível que Bill esteja fazendo algumas investigações por conta própria?

— Bill? Ele é uma porta.

— Não tenho tanta certeza. Quando uma pessoa simplória e musculosa como Bill decide ser sutil, ninguém lhe dá crédito por isso.

— E, consequentemente, ele consegue fazer um bom trabalho. É, talvez seja isso mesmo. Mas, mesmo assim, eu nunca teria pensado isso de Bill. Ele está se fazendo de cordeirinho fofo da condessa com perfeição. Acho que você está enganada, Loraine. A condessa é uma mulher extraordinariamente bonita... não faz meu tipo, claro — acrescentou

Mr. Thesiger apressadamente —, e o velho Bill sempre teve um coração imenso.

Loraine balançou a cabeça, não muito convencida.

— Bem — disse Jimmy —, você é quem sabe. Parece que temos as coisas mais ou menos resolvidas. Volte com Bundle para Chimneys e, por favor, não deixe que ela fique bisbilhotando por Seven Dials de novo. Só Deus sabe o que vai acontecer se ela for até lá outra vez.

Loraine assentiu com a cabeça.

— E agora — falou Jimmy —, seria aconselhável trocar umas palavrinhas com Lady Coote.

A mulher estava sentada em um banco do jardim, bordando. O tema do bordado era uma jovem desconsolada e um tanto deformada, chorando em cima de uma urna.

Lady Coote abriu espaço para Jimmy sentar-se ao seu lado, e, prontamente, sendo um jovem cordato, ele admirou o trabalho dela.

— Gosta? — perguntou Lady Coote, satisfeita. — Foi iniciado pela minha tia Selina uma semana antes de ela morrer. Câncer de fígado, coitadinha.

— Que brutal — comentou Jimmy.

— E como está o braço?

— Ah, está bem. Um pouco dolorido e tudo o mais, sabe?

— Vai precisar ter cuidado — aconselhou a mulher. — Já vi casos que viraram uma septicemia... o senhor pode perder o braço inteiro.

— Credo! Quer dizer, espero que não.

— Estou apenas alertando — explicou Lady Coote.

— Onde a senhora está morando agora? — perguntou Mr. Thesiger. — Na cidade... ou...?

Considerando que sabia perfeitamente a resposta para aquela pergunta, Jimmy a formulou com uma quantidade louvável de ingenuidade.

Lady Coote suspirou profundamente.

— Sir Oswald alugou a casa do Duque de Alton. Em Letherbury. Talvez o senhor conheça?

— Ah, claro. Um lugar sensacional, não é?

— Ai, não sei — respondeu Lady Coote. — É muito grande e sombrio, sabe? Fileiras de galerias de retratos com pessoas de aparência um tanto ameaçadora. Quadros dos Velhos Mestres, que considero muito deprimentes. O senhor devia ter visto uma casinha que tínhamos em Yorkshire, Mr. Thesiger. Quando Sir Oswald era simplesmente Mr. Coote. Um vestíbulo tão agradável e uma sala de estar alegre com um canto de lareira... um papel de parede branco listrado com um friso de glicínias que escolhi para ele, se bem me lembro. Listras de cetim, sabe, não de chamalote. Muito mais ao meu gosto, sempre pensei. A sala de jantar ficava ao fundo, então não recebia muita luz do sol, mas tinha um bom papel de parede escarlate brilhante e um conjunto daquelas gravuras cômicas de caça... ora, era tão festivo quanto um ambiente natalino.

Na empolgação dessas reminiscências, Lady Coote deixou cair vários novelinhos de lã, que Jimmy recolheu.

— Obrigada, meu querido — disse a mulher. — Agora, o que eu estava dizendo? Ah... sobre casas... sim, eu gosto de casas alegres. E é interessante escolher coisas para elas.

— Acredito que Sir Oswald vá comprar uma casa própria um dia desses — sugeriu Jimmy. — E daí a senhora poderá montá-la do jeito que desejar.

Lady Coote negou com a cabeça de um jeito triste.

— Sir Oswald comenta que uma empresa assumirá esse trabalho... e o senhor sabe o que isso significa?

— Ah! Mas teriam que consultá-la!

— Seria um desses lugares grandiosos... antiguidades de cima a baixo. Desprezam coisas que chamo de aconchegantes e caseiras. Não que Sir Oswald não estivesse muito confortável e satisfeito em casa o tempo todo, e acredito que seus gostos são exatamente como os meus. Mas nada lhe convém agora, senão o que há de melhor! Ele conseguiu chegar lá e, claro, quer provar alguma coisa com isso, mas muitas vezes fico pensando onde isso vai parar.

Jimmy olhou para ela com uma expressão empática.

— É como um cavalo descontrolado — continuou Lady Coote. — Trava o freio entre os dentes e sai em disparada. O mesmo acontece com Sir Oswald. Ele avançou, avançou, até não conseguir mais parar de avançar. É um dos homens mais ricos da Inglaterra... mas será que isso o satisfaz? Não, ele quer mais. Ele quer ser... eu não sei o que ele quer ser! Posso lhe dizer que às vezes isso me assusta!

— Como aquele lá da Pérsia — comentou Jimmy —, que andava por aí caçando novos mundos para conquistar.

Lady Coote assentiu, sem saber muito bem de quem Jimmy estava falando.

— O que me pergunto é... o estômago dele vai aguentar? — continuou ela, com olhos marejados. — Vê-lo inválido... com suas ideias... ah, nem aguento pensar nisso.

— Ele parece muito saudável — afirmou Jimmy em tom de consolo.

— Tem alguma coisa na mente dele — explicou Lady Coote. — Preocupado, é isso que ele está. *Eu* sei.

— O que lhe causa preocupação?

— Não sei. Talvez esteja acontecendo alguma coisa. É um grande conforto para ele ter Mr. Bateman ao lado. Um jovenzinho tão sério... e tão consciencioso.

— Muito mesmo — concordou Jimmy.

— Oswald tem em alta conta as opiniões de Mr. Bateman. Diz que o rapaz está sempre certo.

— Era uma das piores características dele anos atrás — admitiu Jimmy, sensível.

Lady Coote pareceu um pouco confusa.

— Foi um fim de semana muito divertido que passei com vocês em Chimneys — comentou Jimmy. — Quer dizer, teria sido incrivelmente divertido não fosse pelo coitado do Gerry ter batido as botas. Jovens bem simpáticas.

— Acho as jovens muito desconcertantes — confessou Lady Coote. — Nada românticas, sabe? Ora, eu bordei alguns lenços para Sir Oswald com meus cabelos quando estávamos noivos.

— A senhora fez isso? — perguntou Jimmy. — Que maravilha. Mas acredito que as jovens não têm cabelos compridos o bastante para fazer isso atualmente.

— É verdade — admitiu Lady Coote. — Mas, ora, o romantismo se apresenta de muitas outras maneiras. Lembro-me de quando eu era menina, um dos meus... bem, dos meus rapazes... pegou um punhado de cascalho, e uma garota que estava comigo disse sem rodeios que ele estava guardando aquilo como um tesouro porque meus pés tinham pisado nele. Achei essa ideia linda. Mais tarde, descobriu-se que ele estava fazendo um curso de mineralogia... ou talvez fosse geologia... em uma escola técnica. Mas eu gostei da ideia... de roubar o lenço de uma garota e guardá-lo como um tesouro... esse tipo de coisas.

— Um problema se a menina quisesse assoar o nariz — comentou o prático Mr. Thesiger.

Lady Coote deixou de lado seu bordado e olhou para ele com atenção, mas com gentileza.

— Ora essa. Não há nenhuma garota boazinha de quem você goste? Pela qual você gostaria de trabalhar e montar uma casinha?

Jimmy enrubesceu e murmurou.

— Achei que você se daria muito bem com uma daquelas jovens do Chimneys naquela época, Vera Daventry.

— Meia-Soquete?

— É assim que a chamam — confirmou Lady Coote. — Não consigo entender o porquê. Não é bonito.

— Ah, ela é excelente — comentou Jimmy. — Gostaria de reencontrá-la.

— Ela vai passar o próximo fim de semana conosco.

— É mesmo? — disse Jimmy, tentando infundir uma grande quantidade de desejo melancólico nas duas palavras.

— É. O senhor... gostaria de se juntar a nós?

— Claro — respondeu Jimmy, com entusiasmo. — Muito obrigado, Lady Coote.

E, reiterando o agradecimento com fervor, ele a deixou a sós.

Logo, Sir Oswald se juntou à esposa.

— Por que esse jovem de nariz em pé está te amolando? — perguntou. — Não aguento esse rapaz.

— Ele é um rapaz querido — retrucou Lady Coote. — E tão corajoso. Olha como ficou ferido ontem à noite.

— Sim, fuçando onde não era da conta dele.

— Acho que você está sendo muito injusto, Oswald.

— Nunca cumpriu um dia de trabalho honesto na vida. Um verdadeiro vagabundo, sem dúvida. Nunca chegaria a lugar algum se continuasse a fazer as coisas do jeito dele.

— Você deve ter molhado os pés ontem à noite — lembrou Lady Coote. — Espero que não pegue uma pneumonia. Freddie Richards morreu disso não faz muito tempo. Meu Deus, Oswald, meu sangue congela só de pensar em você andando por aí com um invasor perigoso à solta nessas terras. Podia ter atirado em você. A propósito, convidei Mr. Thesiger para ir até em casa no próximo fim de semana.

— Que besteira — retrucou Sir Oswald. — Não quero esse rapaz em minha casa, ouviu, Maria?

— Por que não?

— É coisa minha.

— Sinto muito, querido — desculpou-se Lady Coote, com tranquilidade. — Já o convidei, então não há nada que eu possa fazer. Pegue aquele novelo de lã rosa, Oswald, por favor?

Sir Oswald obedeceu, com o rosto fechado de um jeito ameaçador. Ele olhou para a esposa e hesitou. Lady Coote estava placidamente enfiando a linha em sua agulha de lã.

— Não quero Thesiger na minha casa no próximo fim de semana — insistiu o velho Coote. — Bateman me contou muitas coisas dele, eles frequentaram a mesma escola.

— O que Mr. Bateman contou?

— Não há nada de bom a dizer sobre ele. Na verdade, ele me fez um alerta muito sério contra o rapaz.

— Foi mesmo? — confirmou Lady Coote, pensativa.

— E tenho o maior respeito pela opinião de Bateman. Nunca o vi se equivocar.

— Minha nossa — disse Lady Coote. — Parece que fiz besteira, então. Claro que eu nunca o convidaria se soubesse disso. Devia ter me contado antes, Oswald. Agora é tarde demais.

Ela começou a embrulhar seu trabalho com muito cuidado. Sir Oswald a encarou, fez menção de falar, mas, em seguida, deu de ombros. Ele seguiu-a até dentro de casa. Lady Coote, caminhando à frente, exibia um sorriso muito leve no rosto. Tinha uma grande afeição pelo marido, mas também gostava — de uma maneira tranquila, discreta e totalmente feminina — de fazer as coisas do jeito dela.

Capítulo 26

Principalmente sobre golfe

— Aquela sua amiga é uma boa garota, Bundle — disse Lorde Caterham.

Loraine estava em Chimneys havia quase uma semana e conquistara uma grande simpatia por seu anfitrião, principalmente por causa da encantadora prontidão que demonstrou ao ser instruída na ciência do manejo dos tacos de golfe.

Entediado com o inverno lá fora, Lorde Caterham começou a se dedicar ao golfe. Era um jogador execrável e, por conseguinte, transformou-se em um grande entusiasta do esporte. Passava a maior parte das manhãs dando tacadas em vários arbustos e moitas — ou melhor, tentando lançar bolas no ar, arrancando grandes pedaços da grama aveludada e, de modo geral, deixando MacDonald desesperado.

— Precisamos criar um campinho — disse Lorde Caterham, dirigindo-se a uma margarida. — Um campinho generoso. Agora, veja só esta tacada, Bundle. Com o joelho direito dobrado, recue lentamente, mantenha a cabeça parada e use os pulsos.

A bola, arremessada pesadamente, atravessou o gramado e desapareceu nas profundezas insondáveis de um grande banco de azaleias-arbóreas.

— Curioso — disse Lorde Caterham. — Fico me perguntando o que será que eu fiz. Como eu estava dizendo, Bundle, aquela sua amiga é uma garota muito simpática. Realmente acho que estou induzindo-a a se interessar bastante pelo jogo. Ela deu umas tacadas excelentes esta manhã... tão boas quanto eu conseguiria dar.

 Lorde Caterham deu outra tacada descuidada e arrancou um pedaço imenso de grama. MacDonald, que estava passando, pegou-o e o pisoteou com firmeza para voltar à posição. O olhar que lançou a Lorde Caterham teria feito qualquer um, exceto um jogador de golfe fervoroso, se esconder mergulhando na terra.

 — Se MacDonald praticou alguma crueldade com os Coote, do que suspeito fortemente — disse Bundle —, está sendo punido agora.

 — Por que eu não faria o que me desse na telha no meu próprio jardim? — perguntou seu pai. — MacDonald devia estar interessado na evolução das minhas jogadas... os escoceses são uma grande nação golfista.

 — Coitado do velhinho — comentou Bundle. — O senhor nunca será um jogador de golfe profissional... mas, de qualquer forma, isso o mantém longe de problemas.

 — De jeito nenhum — contestou Lorde Caterham. — Outro dia cheguei ao sexto buraco com cinco tacadas. Um jogador profissional ficou muito surpreso quando lhe contei sobre isso.

 — Que máximo — zombou Bundle.

 — E por falar em Coote, Sir Oswald joga bem... aliás, bastante bem. O estilo não é bonito... empertigado demais. Mas acerta direto no buraco toda vez. Mas curioso como o diabo mostra suas garras... ele não permite um toquinho suave! Para ele só vale se cair direto. Bem, eu não gosto disso.

 — Talvez ele seja um homem que gosta garantias — sugeriu Bundle.

 — Isso é contrário ao espírito do jogo — retrucou o pai. — E ele também não está interessado na teoria da coisa. Agora, aquele secretário, Bateman, é bem diferente. É a teoria que lhe interessa. Eu não estava desviando bem meu taco, e ele comentou que tudo vinha do excesso de força no braço direito.

Daí ele desenvolveu uma teoria muito interessante. No golfe, tudo é com o braço esquerdo... o braço esquerdo é o que conta. Ele diz que joga tênis com a mão esquerda, mas golfe com tacos comuns porque é aí que sua superioridade com o braço esquerdo se destaca.

— E ele jogou muito bem? — perguntou Bundle.

— Não, não jogou bem — confessou Lorde Caterham. — Por outro lado, talvez estivesse um tanto fora de forma. Entendo muito bem a teoria e acho que é interessantíssima. Ah! Você viu essa, Bundle? Bem em cima das azaleias. Uma tacada perfeita. Ah! Se a gente pudesse ter certeza de que daria uma dessas toda vez... Sim, Tredwell, o que foi?

Tredwell dirigiu-se a Bundle.

— Mr. Thesiger gostaria de falar com a senhorita ao telefone, milady.

Bundle saiu apressada em direção à casa, gritando "Loraine, Loraine". Loraine juntou-se a ela no momento em que ela puxou o gancho.

— Alô, Jimmy, é você?

— Alô! Como você está?

— Muito saudável, mas um pouco entediada.

— Como está Loraine?

— Ela está bem. Está aqui. Quer falar com ela?

— Em um minuto. Tenho um monte de coisas a dizer. Para começar, vou passar o fim de semana na atual casa dos Coote — começou ele, enfático. — Bem, Bundle, olha só, você não sabe como conseguir as chaves mestras, sabe?

— Não tenho a mínima ideia. É necessário mesmo levar as chaves mestras para os Coote?

— Bem, achei que elas talvez fossem úteis. Não sabe em que tipo de loja estão disponíveis?

— O que você quer é um amigo bandido gentil para lhe mostrar o caminho.

— Quero, Bundle, quero. E, infelizmente, não tenho nenhum. Pensei que talvez seu cérebro brilhante pudesse lidar com o problema a contento, mas suponho que precisarei recorrer a Stevens, como de costume. Logo ele vai começar a ter algumas ideias engraçadas sobre mim... primeiro, uma automática de cano azul... e agora chaves mestras. Vai pensar que entrei para algum bando criminoso.

— Jimmy? — chamou Bundle.

— Oi?

— Olha só... tome cuidado, está bem? Quer dizer, se Sir Oswald encontrar você mexendo com chaves mestras... bem, acho que ele consegue ser muito desagradável quando quer.

— Jovem bonitão no banco dos réus! Tudo bem, vou tomar cuidado. Quem realmente me assusta é Pongo. Ele é sorrateiro quando caminha com aqueles pés chatos. Ninguém escuta quando ele se aproxima. E sempre teve o dom de meter o nariz onde não era chamado. Mas confie no rapaz herói.

— Bem, queria que Loraine e eu estivéssemos lá para cuidar de você.

— Obrigado, enfermeira. Mas, na verdade, eu tenho um plano...

— Tem?

— Acha que você e Loraine podiam ter uma quebra conveniente no carro perto de Letherbury amanhã no comecinho da tarde? Não é tão longe de você, é?

— Sessenta e cinco quilômetros. É pertinho.

— Pensei mesmo que seria... para você! Mas não mate Loraine. Gosto bastante dela. Tudo bem, então algo em torno de 12h15.

— Para que nos convidem para almoçar?

— Essa é a ideia. Quer dizer, Bundle, eu encontrei aquela jovem, Meia-Soquete, ontem, e o que você acha? Terence O'Rourke vai estar lá neste fim de semana!

— Jimmy, você acha que ele...?

— Bem... suspeite de todo mundo, sabe? É o que dizem. Ele é um rapaz amalucado e ousado como só. Eu não duvidaria que comandasse uma sociedade secreta. Ele e a condessa talvez estejam juntos nessa tramoia. Ele esteve na Hungria ano passado.

— Mas ele poderia roubar a fórmula a qualquer momento.

— Foi exatamente isso que não conseguiu. Teria que fazer isso em circunstâncias que não levantassem suspeitas contra ele. Mas bater em retirada pela hera para a própria cama... ora, seria uma fuga bem legal. Agora, instruções. Depois de educadamente jogar conversa fora com Lady Coote, você e Loraine devem segurar Pongo e O'Rourke de qualquer jeito e mantê-los ocupados até a hora do almoço. Entende? Não deve ser difícil para duas mulheres lindas como vocês.

— Que puxa-saco você é!

— A declaração simples de um fato.

— Bem, de qualquer forma, suas instruções foram devidamente anotadas. Quer falar com Loraine agora?

Bundle estendeu o telefone para a outra e saiu da sala com muita delicadeza.

Capítulo 27

Aventura noturna

Jimmy Thesiger chegou a Letherbury em uma tarde ensolarada de outono e foi recebido com muito afeto por Lady Coote e com fria antipatia por Sir Oswald. Ciente do olhar atento de Lady Coote sobre ele, Jimmy se esforçou para se mostrar extremamente agradável a Meia-Soquete Daventry.

O'Rourke estava de excelente humor. Tendia a manter os ares de oficialidade e reserva quanto aos eventos misteriosos de Wyvern Abbey, sobre os quais Meia-Soquete o interrogou livre e insistentemente, mas sua reticência oficial assumiu uma forma nova — ou seja, a de bordar a história dos eventos de uma maneira tão fantástica que ninguém poderia adivinhar qual poderia ter sido a verdade.

— Quatro homens mascarados com revólveres? Foi assim mesmo? — perguntou Meia-Soquete, com toda seriedade.

— Ai! Agora estou me lembrando que havia cerca de meia dúzia deles me segurando e me forçando a engolir aquela coisa. Claro, e pensei que fosse veneno e que estava me despedindo naquele momento.

— E o que foi roubado, ou o que tentaram roubar?

— O que mais, senão as joias da coroa da Rússia que foram trazidas secretamente a Mr. Lomax para depositá-las no Banco da Inglaterra?

— Você é tão mentiroso — repreendeu Meia-Soquete, impassível.

— Mentiroso, eu? E as joias trazidas de avião com meu melhor amigo como piloto. Estou lhe contando uma história secreta, Meia-Soquete. Vá perguntar a Jimmy Thesiger se não acredita em mim? Não que eu confiasse no que ele dizia.

— É verdade que George Lomax desceu sem a dentadura? — perguntou Meia-Soquete. — É isso que eu quero saber.

— Havia dois revólveres — comentou Lady Coote. — Coisas desagradáveis. Eu mesma os vi. É um milagre que esse pobrezinho não tenha sido assassinado.

— Ora, eu nasci para ser enforcado — assegurou Jimmy.

— Ouvi dizer que havia uma condessa russa de beleza sutil — disse Meia-Soquete. — E que ela usou seu charme para conquistar Bill.

— Algumas das coisas que ela disse sobre Budapeste foram terríveis demais — comentou Lady Coote. — Nunca vou esquecê-las. Oswald, precisamos fazer uma doação para eles.

Sir Oswald resmungou.

— Vou tomar nota, Lady Coote — tranquilizou Rupert Bateman.

— Obrigada, Mr. Bateman. Acho que deveríamos fazer alguma coisa, como uma cerimônia de ação de graças. Não consigo imaginar como Sir Oswald escapou sem ser baleado... sem contar na morte por pneumonia.

— Não seja tola, Maria — ralhou Sir Oswald.

— Sempre tive horror a gatunos — confessou Lady Coote.

— Imagine ter a sorte de encontrar um desses pessoalmente. Que emocionante! — murmurou Meia-Soquete.

— Não aposte nisso — disse Jimmy. — É doloroso para danar. E ele deu um tapinha cuidadoso no braço direito.

— Como está o coitado do braço? — quis saber Lady Coote.

— Ah, está tudo bem agora. Mas tem sido o maior incômodo ter que fazer tudo com a mão esquerda. E não tenho nenhuma prática com ela.

— Toda criança deveria ser criada para ser ambidestra — disse Sir Oswald.

— Ah! — disse Meia-Soquete, um pouco perdida. — Como as focas?

— Não anfíbio — respondeu Mr. Bateman. — Ambidestro significa usar as duas mãos igualmente bem.

— Ah! — repetiu Meia-Soquete, olhando para Sir Oswald com respeito. — O senhor consegue?

— Sem dúvida, consigo escrever com as duas mãos.

— Mas não com as duas ao mesmo tempo?

— Nem seria prático — disse Sir Oswald, seco.

— Não mesmo — comentou Meia-Soquete, pensativa. — Acho que seria um pouco sutil demais.

— Seria algo grandioso hoje em dia em um departamento governamental — observou Mr. O'Rourke —, se fosse possível impedir que a mão direita soubesse o que a mão esquerda está fazendo.

— O senhor sabe usar as duas mãos?

— Na verdade, não. Sou a pessoa mais destra que já existiu.

— Mas você distribui as cartas com a mão esquerda — falou o observador Bateman. — Notei isso na outra noite.

— Ah, mas isso é completamente diferente — falou Mr. O'Rourke, com tranquilidade.

Um gongo com uma nota sombria ressoou, e todos subiram para se vestir para o jantar.

Depois do jantar, Sir Oswald e Lady Coote, Mr. Bateman e Mr. O'Rourke jogaram bridge, e Jimmy passou a noite flertando com Meia-Soquete. As últimas palavras que Jimmy ouviu enquanto subia as escadas naquela noite foram Sir Oswald dizendo à sua esposa:

— Você nunca vai aprender a jogar bridge direito, Maria.

E a resposta dela:

— Eu sei, meu querido. É o que você sempre diz. Você deve mais outra libra a Mr. O'Rourke, Oswald. Isso mesmo.

Cerca de duas horas depois, Jimmy desceu as escadas sem fazer barulho (ou assim ele achou). Fez uma breve visita à sala de jantar e, em seguida, foi até o escritório de

Sir Oswald. Lá, depois de ouvir atentamente por alguns minutos, se pôs a trabalhar. A maioria das gavetas da escrivaninha estava trancada, mas um pedaço de arame de formato curioso na mão de Jimmy logo resolveu a questão. Uma a uma, as gavetas cederam às manipulações.

Ele vasculhou metodicamente gaveta por gaveta, tomando cuidado para recolocar tudo na mesma ordem. Uma ou duas vezes, ele parou para espreitar, imaginando ouvir algum som distante. Mas permanecia imperturbável.

A última gaveta foi examinada. Jimmy agora sabia — ou poderia ter sabido se estivesse prestando atenção — muitos detalhes interessantes relacionados ao aço, mas não havia encontrado nada do que queria — uma referência à invenção de *Herr* Eberhard ou qualquer coisa que pudesse lhe dar uma pista sobre a identidade do misterioso número 7. Ele talvez não tivesse muita esperança de que isso acontecesse. Era uma oportunidade rara, e ele a aproveitou, mas não esperava muito resultado, exceto por pura sorte.

Testou as gavetas para ter certeza de que as havia trancado com segurança. Conhecia o poder de observação minuciosa de Rupert Bateman e olhou ao redor da sala para garantir que não havia deixado nenhum vestígio incriminador de sua presença.

— É isso — murmurou, baixinho. — Nada por aqui. Bem, talvez eu tenha mais sorte amanhã de manhã, se as meninas ao menos fizerem a parte delas.

Ele saiu do escritório, fechando a porta e trancando-a. Por um momento, pensou ter ouvido um som bem próximo, mas concluiu que estava enganado. Tateou em silêncio o caminho pelo grande salão. Pelas janelas altas e abobadadas entrava luz suficiente para que pudesse caminhar sem tropeçar em nada.

De novo, ouviu um som suave — desta vez o ouviu com bastante certeza e sem possibilidade de se enganar. Ele não estava sozinho no corredor. Alguém mais estava lá, movendo-se tão furtivamente quanto ele. De repente, seu coração começou a palpitar.

Com um salto repentino, foi até o interruptor e acendeu as luzes. O brilho repentino deixou-o meio ofuscado, mas ele viu claramente. A menos de um metro de distância, estava Rupert Bateman.

— Minha nossa, Pongo — gritou Jimmy —, você me deu um baita susto. Esgueirando-se assim, no escuro.

— Ouvi um barulho — explicou Mr. Bateman, com seriedade. — Achei que os ladrões tinham invadido e desci para verificar.

Jimmy olhou pensativo para os pés com sola de borracha de Mr. Bateman.

— Você pensa em tudo, Pongo — disse, animado. — Até mesmo na arma letal.

Seu olhar pousou na protuberância no bolso do homem.

— É melhor estar armado. Nunca se sabe quem podemos encontrar.

— Fico feliz que não tenha atirado — comentou Jimmy. — Já estou um pouco cansado de ser baleado.

— Não seria difícil fazê-lo — afirmou Mr. Bateman.

— Seria totalmente contra a lei se fizesse isso — disse Jimmy. — Precisa ter certeza de que o invasor está arrombando a casa, sabe, antes de atacá-lo. Não tire conclusões precipitadas. Caso contrário, teria que explicar por que atirou em um convidado em uma missão perfeitamente inocente como a minha.

— A propósito, por que você está aqui embaixo?

— Eu estava com fome — disse Jimmy. — Comeria até um biscoito seco.

— Tem uma lata de biscoitos ao lado da cama — explicou Rupert Bateman.

Ele estava olhando fixamente para Jimmy através dos óculos de aro de tartaruga.

— Ai! É aí que o serviço do pessoal da casa deu errado, meu velho. Tem uma lata ali com os dizeres "Biscoitos para visitantes famintos". Mas quando o visitante faminto abriu... não havia nada dentro. Então, eu simplesmente caminhei até a sala de jantar.

E, com um sorriso doce e ingênuo, Jimmy tirou do bolso do roupão um punhado de biscoitos.

Houve uma pausa momentânea.

— E agora acho que vou voltar para a cama — continuou Jimmy. — Boa noite, Pongo.

Com uma afetação de indiferença, subiu as escadas. Rupert Bateman seguiu-o. À porta do quarto que ocupava, Jimmy parou como se quisesse dizer boa-noite mais uma vez.

— Tem uma coisa extraordinária nesses biscoitos — disse Mr. Bateman. — Se importa se eu só...?

— Claro, rapaz, veja lá com seus olhos.

Mr. Bateman atravessou a sala, abriu a lata de biscoitos e encontrou-a vazia.

— Que negligência — murmurou. — Bem, boa noite.

Ele retirou-se. Jimmy sentou-se na beirada da cama e ficou à espreita por um minuto.

— Foi por pouco — sussurrou para si. — Que sujeito desconfiado, esse Pongo. Parece que nunca dorme. Péssimo hábito de andar por aí com um revólver.

Ele levantou-se e abriu uma das gavetas da penteadeira. Embaixo de uma variedade de gravatas havia uma pilha de biscoitos.

— Não há o que fazer — reclamou Jimmy. — Terei que comer essas danações. Aposto dez contra um que Pongo vai aparecer aqui amanhã de manhã.

Com um suspiro, se acomodou para fazer um banquete indesejado de biscoitos.

Capítulo 28

Suspeitas

Foi exatamente na hora marcada, meio-dia, que Bundle e Loraine entraram pelos portões do parque, tendo deixado o Hispano em uma garagem ao lado.

Lady Coote cumprimentou as duas jovens com surpresa, mas com um prazer distinto, e imediatamente insistiu para que ficassem para o almoço.

O'Rourke, que estava reclinado em uma imensa poltrona, começou imediatamente a falar de um jeito muito animado com Loraine, que ouvia com atenção a explicação altamente técnica de Bundle sobre o problema mecânico que havia afetado o Hispano.

— E nós dissemos — concluiu Bundle — o quanto foi maravilhoso o idiota do carro ter quebrado bem aqui! Da última vez que isso aconteceu foi em um domingo, em um lugar chamado "Little Spedlington under the Hill". Que fez jus ao nome, eu posso garantir.

— Seria um grande nome nos filmes — comentou O'Rourke.

— Local de nascimento da simples donzela do campo — sugeriu Meia-Soquete.

— Agora, eu me pergunto — disse Lady Coote —, onde estará Mr. Thesiger?

— Acho que está na sala de bilhar — respondeu Meia-Soquete. — Vou buscá-lo.

Ela saiu, mas, mal havia passado um minuto, Rupert Bateman apareceu em cena com o ar sério e preocupado que lhe era habitual.

— Sim, Lady Coote? Thesiger disse que a senhora mandou me chamar. Como vai, Lady Eileen...

Ele parou para cumprimentar as duas jovens, e Loraine imediatamente entrou em campo.

— Ah, Mr. Bateman! Eu estava mesmo querendo vê-lo. Não foi o senhor quem me disse o que fazer com um cachorro quando ele está sempre com as patas doloridas?

O secretário negou com a cabeça.

— Deve ter sido outra pessoa, Miss Wade. Embora, na verdade, por acaso eu saiba mesmo...

— Que homem maravilhoso o senhor é — interrompeu Loraine. — Sabe de tudo.

— É preciso manter-se atualizado com o conhecimento moderno — concluiu Mr. Bateman, com seriedade. — Agora, sobre as patas do seu cachorro...

Terence O'Rourke murmurou em voz baixa para Bundle:

— É um homem assim que escreve todos aqueles paragrafinhos nos jornais semanais. "Não é de conhecimento geral que manter um para-lama de latão uniformemente brilhante etc. e tal" ou "O besouro peludo é um dos personagens mais interessantes do mundo dos insetos" ou "Os costumes de casamento dos índios fingaleses", e assim por diante.

— Sabedoria de almanaque, na verdade.

— Que termo mais horrendo esse, não é mesmo? — questionou Mr. O'Rourke, e acrescentou de um jeito humilde: — Graças aos céus, sou um homem culto e não sei absolutamente nada sobre assunto algum.

— Vejo que a senhora tem um campo de golfe aqui — disse Bundle para Lady Coote.

— Se quiser, eu a levo até lá, Lady Eileen — sugeriu O'Rourke.

— Vamos desafiar aqueles dois — falou Bundle. — Loraine, Mr. O'Rourke e eu queremos levar você e Mr. Bateman para uma partida de golfe.

— Jogue, Mr. Bateman — incentivou Lady Coote, enquanto o secretário demonstrava uma hesitação momentânea. — Tenho certeza de que Sir Oswald não vai precisar do senhor.

Os quatro saíram para o gramado.

— Conseguimos com louvor, não é? — sussurrou Bundle para Loraine. — Parabéns pela nossa diplomacia feminina.

A partida terminou pouco antes da uma hora, com a vitória de Bateman e Loraine.

— Mas você há de concordar comigo, parceira — disse Mr. O'Rourke —, que fizemos um jogo mais esportivo.

Ele ficou um pouco atrás com Bundle.

— O Velho Pongo é um jogador cauteloso... e não corre riscos. Agora, comigo é no tudo ou nada. Um belo lema para a vida, não concorda, Lady Eileen?

— E nunca lhe causou problemas? — quis saber Bundle, rindo.

— Não tenha dúvidas. Milhões de vezes. Mas ainda estou firme e forte. Ora, será preciso a corda do carrasco para derrotar Terence O'Rourke.

Nesse momento, Jimmy Thesiger apareceu na esquina da casa.

— Bundle, que maravilha encontrá-la aqui! — exclamou.

— Você perdeu a oportunidade de competir no Torneio de Outono — disse O'Rourke.

— Eu saí para dar uma caminhada — explicou Jimmy. — De onde essas jovens saíram?

— Viemos a pé para cá — respondeu Bundle. — O Hispano nos deixou na mão.

E ela narrou as circunstâncias do carro quebrado.

Jimmy ouviu com atenção e simpatia.

— Que azar — aquiesceu ele. — Se vai demorar um pouco, eu levo vocês de carro depois do almoço.

Um gongo soou naquele momento, e todos entraram. Bundle observou Jimmy secretamente. Achou que havia um tom incomum de exultação em sua voz. Tinha a sensação de que as coisas haviam corrido bem.

Depois do almoço, eles se despediram educadamente de Lady Coote, e Jimmy se ofereceu para levá-las até a oficina mecânica em seu carro. Assim que partiram, as mesmas palavras saíram simultaneamente dos lábios das duas jovens:

— E então?

Jimmy escolheu provocá-las um pouco e repetiu a pergunta.

— Ah, estou bem, obrigado. Uma leve indigestão devido ao excesso de biscoitos secos.

— Mas o que aconteceu?

— Vou lhes contar. A devoção à causa me fez comer muitos biscoitos secos. Mas nosso herói vacilou? Não, nem um pouco.

— Ai, Jimmy — disse Loraine em tom de reprovação, e continuou mais tranquila.

— O que você realmente quer saber?

— Ora essa, tudo! Não fomos ótimas? Quer dizer, o jeito como mantivemos Pongo e Terence O'Rourke no jogo.

— Eu parabenizo vocês por como lidaram com Pongo. O'Rourke provavelmente era mamão com açúcar... mas Pongo é um caso diferente. Existe apenas uma palavra para esse rapaz... estava nas palavras cruzadas do *Sunday Newsbag* da semana passada. Palavra de onze letras que significa "em todos os lugares ao mesmo tempo". Onipresente. Ela descreve Pongo à perfeição. Não dá para ir a nenhum lugar sem esbarrar no sujeito... e, o pior de tudo, é que a gente nunca o ouve chegando.

— Acha que ele é perigoso?

— Perigoso. Claro que não é perigoso. Imagine, Pongo perigoso. Ele é um idiota. Mas, como eu disse agora, é um idiota onipresente. Nem parece precisar dormir como os meros mortais. Na verdade, para ser franco, o sujeito é um grande incômodo.

E, de uma forma um tanto ressentida, Jimmy descreveu os eventos da noite anterior.

Bundle não foi muito empática.

— Não sei o que você acha que está fazendo, esgueirando-se por aqui.

— Número 7 — retrucou Jimmy secamente. — É isso que estou procurando. Número 7.

— E acha que vai encontrá-lo nesta casa?

— Achei que poderia encontrar uma pista.

— E não encontrou?

— Não. Ontem à noite, não.

— Mas esta manhã — disse Loraine, interrompendo de repente. — Jimmy, você encontrou alguma coisa esta manhã. Posso ver no seu rosto.

— Bem, não sei se é alguma coisa. Mas durante minha caminhada...

— Esse passeio não levou você para muito longe de casa, imagino.

— Por incrível que pareça, não. Podemos dizer que foi uma viagem de ida e volta pelo interior. Bem, como eu disse, não sei se há alguma coisa nele ou não. Mas eu encontrei isso.

Com a rapidez de um mágico, ele pegou uma garrafinha e jogou para as meninas. Estava meio cheia de um pó branco.

— O que você acha que é? — perguntou Bundle.

— É um pó branco cristalino — respondeu Jimmy. — E para qualquer leitor de romances policiais, essas palavras são familiares e sugestivas. É claro que, se for um novo tipo de dentifrício em pó patenteado, ficarei desapontado e irritado.

— Onde encontrou isso? — perguntou Bundle de repente.

— Ah! — respondeu Jimmy. — Esse é o meu segredo.

E, a partir daquele momento, não deu mais um pio, apesar da bajulação e dos insultos.

— Chegamos à oficina — falou. — Esperemos que o bravo Hispano não tenha sido submetido a nenhuma indignidade.

O cavalheiro na oficina apresentou uma conta de cinco xelins e fez alguns comentários vagos sobre porcas soltas. Bundle pagou com um sorriso delicado.

— É bom saber que, às vezes, todo mundo ganha um dinheiro sem fazer nada — murmurou para Jimmy.

Os três ficaram juntos na estrada, em silêncio por um momento, enquanto cada um ponderava a situação.

— Eu sei — disse Bundle de repente.

— Sabe o quê?

— Uma coisa que eu queria perguntar para você... e quase esqueci. Lembra aquela luva que o Superintendente Battle encontrou, aquela meio queimada?

— Lembro.

— Você não disse que ele testou na sua mão?

— Sim... ficou um pouco grande. Isso se encaixa na ideia de que foi um homem grande e robusto que o usou.

— Não estou incomodada com isso. Não importa o tamanho. George e Sir Oswald também estavam lá, não estavam?

— Estavam.

— Ele podia ter dado para qualquer um deles?

— Sim, claro...

— Mas não fez isso. Escolheu você. Jimmy, você não entende o que significa?

Mr. Thesiger encarou-a.

— Me perdoe, Bundle. Talvez o bom e velho cérebro não esteja funcionando tão bem como de costume, mas não tenho a menor ideia do que você está falando.

— Não percebe, Loraine?

Loraine olhou-a com curiosidade, mas fez que não com a cabeça.

— Significa alguma coisa em particular?

— Claro que significa. Não enxerga? Jimmy estava com a mão direita em uma tipoia.

— Por Júpiter, Bundle — disse Jimmy, devagar. — Agora, pensando bem, foi bem estranho... por ser uma luva para a mão esquerda. Battle nunca disse nada.

— Ele não chamaria atenção para isso. Ao testá-la em você, talvez passasse despercebido, e ele falou do tamanho apenas para não precisar testar em todo mundo. Mas com certeza deve significar que o homem que atirou em você segurava a pistola na mão esquerda.

— Então precisamos procurar um canhoto — afirmou Loraine, pensativa.

— Sim, e vou lhe dizer outra coisa. Era isso que Battle estava fazendo enquanto olhava os tacos de golfe. Estava procurando um canhoto.

— Por Júpiter — disse Jimmy de repente.

— O que foi?

— Bem, não acho que haja alguma coisa aí, mas é bastante curioso.

Ele descreveu a conversa durante o chá no dia anterior.

— Então, Sir Oswald Coote é ambidestro? — comentou Bundle.

— É. Agora eu me lembro daquela noite em Chimneys... sabe, a noite em que Gerry Wade morreu... eu estava observando o jogo de bridge e pensando distraidamente no quanto alguém estava lidando de um jeito estranho com as cartas... e aí percebi que era porque alguém estava jogando com a mão esquerda. Claro, deve ter sido Sir Oswald.

Os três se entreolharam. Loraine fez que não com a cabeça.

— Um homem como Sir Oswald Coote! É impossível. O que ganharia com isso?

— Parece absurdo — disse Jimmy. — Mas, ainda assim...

— O número 7 tem uma maneira própria de trabalhar — citou Bundle, baixinho. — Será que essa é a maneira como Sir Oswald realmente fez sua fortuna?

— Mas por que encenar toda essa comédia em Wyvern Abbey quando tinha a fórmula em suas empresas?

— Talvez haja maneiras de explicar isso — respondeu Loraine. — A mesma linha de argumentação que você usou sobre Mr. O'Rourke. As suspeitas tiveram que ser desviadas dele e levadas para outro lugar.

Bundle assentiu com ansiedade.

— Tudo se encaixa. As suspeitas recairão sobre Bauer e a condessa. Quem diabos sonharia em suspeitar de Sir Oswald Coote?

— Será que Battle imagina? — perguntou Jimmy, devagar.

Alguma lembrança avivou-se na mente de Bundle. *Superintendente Battle arrancando uma folha de hera do casaco do milionário.*

Battle suspeitava dele o tempo todo?

Capítulo 29

O comportamento singular de George Lomax

— Mr. Lomax está aqui, milorde.

Lorde Caterham teve um arrepio violento, pois, absorto nas complexidades do que não fazer com o pulso esquerdo, não ouviu o mordomo se aproximar sobre a grama macia. Ele olhou para Tredwell com mais tristeza que raiva.

— Eu lhe disse no café da manhã, Tredwell, que estaria especialmente ocupado esta manhã.

— Sim, meu senhor, mas...

— Vá e diga a Mr. Lomax que você cometeu um engano, que estou na aldeia, que estou de cama com gota ou, se tudo mais der errado, que morri.

— Mr. Lomax, milorde, já avistou o senhor enquanto dirigia pela estrada.

Lorde Caterham suspirou profundamente.

— Claro que avistou. Muito bem, Tredwell, estou indo.

Era extremamente característico de Lorde Caterham ser sempre deveras simpático quando, na realidade, queria fazer o contrário. Cumprimentou George com uma cordialidade inigualável.

— Meu caro amigo, meu caro amigo. Que prazer vê-lo. Um prazer inenarrável. Sente-se aí. Tome alguma coisa. Ora, ora, é mesmo esplêndido!

E, empurrando George para uma grande poltrona, se sentou à sua frente e piscou nervosamente.

— Eu precisava muito vê-lo — disse George.

— Ah! — murmurou Lorde Caterham, e seu coração ficou apertado, enquanto sua mente corria ativamente por todas as possibilidades terríveis que podiam estar por trás daquela simples frase.

— Muito *mesmo* — falou George, com grande ênfase.

O coração de Lorde Caterham apertou-se mais do que nunca. Ele sentiu que algo pior do que tudo o que já havia pensado estava por vir.

— Sim? — perguntou ele, com uma corajosa tentativa de indiferença.

— Eileen está em casa?

Lorde Caterham sentiu-se aliviado, mas um pouco surpreso.

— Sim, sim — respondeu. — Bundle está aqui. Trouxe aquela amiguinha dela... a tal Miss Wade. Uma jovem muito legal... *muito* legal. Um dia, vai ser uma ótima jogadora de golfe. Um balanço bom...

Ele estava tagarelando com animação quando George o interrompeu de forma impiedosa:

— Estou feliz que Eileen esteja em casa. Será que eu poderia conversar com ela agora?

— Com certeza, meu caro amigo, com certeza. — Lorde Caterham ainda estava muito surpreso, mas aproveitou a sensação de alívio. — Se isso não o aborrecer.

— Nada poderia me aborrecer menos — afirmou George. — Eu acho, Caterham, se me permite dizer, que você mal percebe o fato de que Eileen cresceu, não é mais uma criança. Ela é uma mulher e, se me permite dizer, uma mulher muito charmosa e talentosa. O homem que conseguir conquistar seu amor será extremamente sortudo. Repito... extremamente sortudo.

— Ah, também acho — concordou Lorde Caterham. — Mas ela é muito inquieta, sabe? Nunca se contenta em ficar no mesmo lugar por mais de dois minutos. No entanto, ouso dizer que os jovens não se importam com isso hoje em dia.

— Quer dizer que ela não se contenta em ficar estagnada. Eileen tem inteligência, Caterham, é ambiciosa. Ela se interessa pelas questões atuais e traz seu intelecto jovem, fresco e vívido para lidar com elas.

Lorde Caterham olhou para ele. Ocorreu-lhe que a "tensão da vida moderna", como a chamavam com frequência, estava começando a afetar George. Sem dúvida, sua descrição de Bundle parecia absurdamente distinta para Lorde Caterham.

— Tem certeza de que está se sentindo bem? — perguntou de um jeito ansioso.

George ignorou a pergunta com impaciência.

— Talvez, Caterham, você comece a ter alguma ideia do meu propósito em visitá-lo esta manhã. Não sou homem de assumir novas responsabilidades com leviandade. Espero que eu tenha uma noção adequada do que é devido à posição que ocupo. Dediquei a este assunto minha profunda e sincera consideração. O casamento, especialmente na minha idade, não deve ser feito sem total... hum... consideração. Igualdade de nascimento, semelhança de gostos, adequação geral e o mesmo credo religioso... todas essas coisas são necessárias, e os prós e contras devem ser sopesados e considerados. Acredito que posso oferecer à minha esposa uma posição na sociedade que não deve ser desprezada. Eileen ocupará esse cargo de forma admirável. Por nascimento e criação, ela é adequada para tanto, e sua inteligência e seu agudo senso político não podem deixar de promover minha carreira para benefício mútuo. Estou ciente, Caterham, de que há... hum... certa disparidade de idade. Mas posso garantir que me sinto cheio de vigor... no meu auge. A balança da idade sempre deve pender para o lado do marido. E Eileen tem gostos sérios... um homem mais velho combinaria melhor com ela do que alguns jovens idiotas sem experiência ou *savoir-faire*. Posso lhe assegurar, meu caro Caterham, que vou valorizar sua... hum... juventude requintada. Vou valorizá-la... hum... ela será apreciada. Observar a flor primorosa da sua mente desabrochando... que privilégio! E pensar que eu nunca havia percebido...

Ele fez que não com a cabeça em tom de desaprovação, e Lorde Caterham, buscando com dificuldade a própria voz, disse de forma quase apática:

— Entendi que você quer dizer... ora, meu caro amigo, é impossível você querer se casar com Bundle.

— Está surpreso. Imagino que para você pareça repentino. Então, tenho sua permissão para falar com ela?

— Ah, sim — disse Lorde Caterham. — Se é uma permissão que você quer, claro que tem. Mas, sabe, Lomax, eu não faria isso se fosse você, de verdade. Vá para casa e pense nisso como um bom sujeito. Conte até vinte. Esse tipo de coisa. É sempre uma lástima propor casamento e fazer papel de bobo.

— Concordo que seu conselho é gentil, Caterham, embora eu deva confessar que você o expressou de forma um tanto estranha. Mas já me decidi e colocarei minha fortuna à prova. Posso ver Eileen?

— Ora, isso não tem nada a ver comigo — respondeu Lorde Caterham, apressado. — Eileen resolve as questões dela. Se viesse até mim amanhã e dissesse que se casaria com o chofer, eu não faria nenhuma objeção. É assim que funciona hoje em dia. Os filhos podem deixar a vida deveras desagradável se não cedermos a eles de todas as maneiras. Eu falo para Bundle o seguinte: "Faça o que quiser, mas não me traga preocupação", e, no geral, ela é incrivelmente boa nisso.

George levantou-se, concentrado em seu propósito.

— Onde posso encontrá-la?

— Bem, de verdade, não sei — disse Lorde Caterham vagamente. — Pode estar em qualquer lugar. Como eu lhe disse agora mesmo, ela nunca fica no mesmo lugar por dois minutos seguidos. Não tem descanso.

— E suponho que Miss Wade estará com ela? Parece-me, Caterham, que o melhor plano seria você tocar a campainha e pedir ao mordomo para encontrá-la, dizendo que desejo falar com ela por alguns minutos.

Obediente, Lorde Caterham apertou a campainha.

— Ah, Tredwell — disse quando a campainha foi atendida. — Encontre a milady, pode ser? Diga a ela que Mr. Lomax está ansioso para falar com ela na sala de estar.

— Sim, milorde.

Tredwell retirou-se. George agarrou a mão de Lorde Caterham e apertou-a calorosamente, para grande desconforto deste último.

— De coração, obrigado. Espero em breve trazer-lhe boas notícias.

Ele saiu apressado da sala.

— Bem — falou Lorde Caterham. — Bem!

E depois de uma longa pausa:

— O que Bundle anda *fazendo*?

A porta abriu-se de novo.

— Mr. Eversleigh, milorde.

Quando Bill entrou esbaforido, Lorde Caterham segurou sua mão e falou com seriedade:

— Olá, Bill. Está procurando por Lomax, não é? Olha aqui, se quiser fazer uma boa ação, corra até a sala de estar e diga a ele que o gabinete convocou uma reunião de urgência ou mande-o embora de alguma forma. Não é justo deixar o pobre coitado fazer papel de trouxa por causa de uma peça pregada por uma garota boba.

— Não vim procurar o Olho-de-Peixe — informou Bill. — Nem sabia que ele estava aqui. É Bundle que eu quero ver. Ela está por aqui?

— Você não pode vê-la — respondeu Lorde Caterham. — Pelo menos não agora. George está com ela.

— Bem... e isso importa?

— Acho que importa — avisou Lorde Caterham. — Provavelmente está em uma gagueira horrível neste momento, e não devemos fazer nada para piorar a situação para ele.

— Mas o que ele está falando?

— Só Deus sabe — falou Lorde Caterham. — De qualquer forma, é um monte de bobagens. Nunca fale demais, esse sempre foi meu lema. Segure a mão da garota e deixe os acontecimentos seguirem seu curso.

Bill encarou-o.

— Mas veja bem, senhor, estou com pressa. Preciso falar com Bundle...

— Bem, acho que não terá que esperar muito. Devo confessar que estou muito feliz de ter você aqui comigo... suponho que Lomax insistirá em voltar e falar comigo quando tudo acabar.

— Quando tudo o que acabar? O que Lomax deve estar fazendo agora?

— Silêncio — disse Lorde Caterham. — Ele está fazendo o pedido.

— Pedido? Que pedido?

— De casamento. Para Bundle. Não me pergunte por quê. Imagino que tenha chegado ao que chamam de idade perigosa. Não consigo explicar de outra forma.

— Pedindo Bundle em casamento? Que porco imundo. Um velho daquele?

O rosto de Bill enrubesceu.

— Ele diz que está no auge da vida — comentou Lorde Caterham, com cautela.

— Ele? Ora, ele está decrépito... senil! Eu... — Bill engasgou-se, sem dúvida.

— De jeito algum — contestou Lorde Caterham friamente. — Ele é cinco anos mais novo que eu.

— Que insolência dos diabos! Olho-de-Peixe e Bundle! Uma garota como Bundle! O senhor nem devia ter permitido uma coisa dessas.

— Eu nunca interfiro — alertou Lorde Caterham.

— Devia ter dito ao sujeito o que pensava dele.

— Infelizmente, a civilização moderna descarta essa possibilidade — disse Lorde Caterham, com pesar. — Estou na Idade da Pedra agora... mas, meu Deus, acho que mesmo assim eu não seria capaz de fazer isso... sendo eu baixote.

— Bundle! Bundle! Ora, nunca ousei pedir Bundle em casamento porque sabia que ela riria da minha cara. E George... um falastrão repugnante, um mercador de baboseiras velho e hipócrita... um homem podre e venenoso que só sabe se autopromover...

— Continue — pediu Lorde Caterham. — Estou gostando dessa parte.

— Meu Deus! — disse Bill, com simplicidade e fervor. — Olha, preciso ir embora.

— Não, não, não vá. Preferiria que você ficasse. Além disso, você quer ver Bundle.

— Agora não. Essa situação me fez esquecer tudo o que precisava dizer. Por acaso o senhor não sabe onde Jimmy Thesiger está? Acredito que estava hospedado com os Coote. Ele ainda está lá?

— Acho que voltou para a cidade ontem. Bundle e Loraine passaram lá no sábado. Se apenas esperasse...

Mas Bill negou com a cabeça de forma enérgica e saiu correndo da sala. Lorde Caterham saiu na ponta dos pés até o corredor, pegou um chapéu e saiu apressado pela porta lateral. À distância, observou Bill saindo em disparada com seu carro pela entrada.

"Esse rapaz vai sofrer um acidente", pensou ele.

Bill, no entanto, chegou a Londres sem nenhum contratempo e estacionou seu carro na St. James's Square. Então, procurou os aposentos de Jimmy Thesiger. Jimmy estava em casa.

— Oi, Bill. Ei, qual é o problema? Não parece o mesmo rapazinho brilhante de sempre.

— Estou preocupado. Eu já estava preocupado mesmo, e aí outra coisa aconteceu e me deu um chacoalhão.

— Ah! — disse Jimmy. — Agora ficou tudo bem claro. Do que se trata? Posso fazer alguma coisa?

Bill não respondeu. Ficou sentado, olhando para o tapete e parecendo tão confuso e desconfortável que Jimmy sentiu o despertar de sua curiosidade.

— Aconteceu alguma coisa muito extraordinária, William? — perguntou, com suavidade.

— Uma coisa muito estranha. Não consegui ligar lé com cré.

— O negócio de Seven Dials?

— Sim. Recebi uma carta sobre o assunto esta manhã.

— Uma carta? Que tipo de carta?

— Uma carta dos testamenteiros de Ronny Devereux.

— Meu Deus! Depois de todo esse tempo!

— Parece que ele deixou instruções. Se morresse de repente, certo envelope lacrado devia ser enviado a mim exatamente quinze dias após sua morte.

— E enviaram para você?

— Enviaram.

— Você abriu?

— Abri.

— Bem... o que havia nele?

Bill lançou para ele um olhar tão estranho e incerto que Jimmy ficou perplexo.

— Olhe aqui. Recomponha-se, meu velho. Parece que tudo isso deixou você sem fôlego, seja lá o que for. Tome um trago.

Ele serviu um uísque forte com soda e levou para Bill, que o aceitou, obediente. Seu rosto ainda mantinha a mesma expressão atordoada.

— É o que está na carta — comentou. — Eu simplesmente não consigo acreditar, só isso.

— Ah, besteira — disse Jimmy. — Você precisa desenvolver o hábito de acreditar em seis coisas impossíveis antes do café da manhã. Eu faço isso regularmente. Agora, conte tudo. Espere um minuto.

Ele saiu.

— Stevens!

— Sim, senhor.

— Vá buscar cigarros para mim, pode ser? Os meus acabaram.

— Muito bem, senhor.

Jimmy esperou até ouvir a porta da frente fechar. Então, ele voltou para a sala de estar. Bill estava prestes a deixar de lado seu copo vazio. Parecia melhor, mais determinado e mais concentrado.

— Então — disse Jimmy. — Mandei Stevens sair para que não sejamos ouvidos. Vai me contar tudo?

— É tão incrível.

— Então, com certeza é verdade. Vamos lá, desembucha.

Bill respirou fundo.

— Eu vou falar. Vou te contar tudo.

Capítulo 30

Uma convocação urgente

Loraine, brincando com um cachorrinho pequeno e adorável, ficou um tanto surpresa quando Bundle voltou a se juntar a ela após uma ausência de vinte minutos, sem fôlego e com uma expressão indescritível no rosto.

— Ufa! — exclamou Bundle, afundando-se em uma poltrona de jardim. — Ufa.

— O que houve? — perguntou Loraine, olhando para ela com curiosidade.

— George... George Lomax.

— O que ele aprontou?

— Me pediu em casamento. Foi horrível. Ele gaguejou e balbuciou, mas seguiu em frente... deve ter aprendido isso em algum livro, sei lá. Não teve como pará-lo. Ai, como eu odeio homens que gaguejam! E, infelizmente, eu não soube o que responder.

— Devia saber o que queria fazer no momento.

— Claro que não vou me casar com um idiota bajulador como George. O que quero dizer é que eu não soube a resposta correta segundo a etiqueta. Só consegui dizer, curta e grossa: "Não, não quero". O que eu devia ter dito era algo sobre sentir profundamente a honra que ele me concedera e assim por diante. Mas fiquei tão abalada que, no fim das contas, pulei pela janela e saí correndo.

— Sério, Bundle, isso não é do seu feitio.

— Ora, eu nunca imaginei que algo assim pudesse acontecer. George... que eu sempre pensei que me odiava... e me odiava mesmo. Que erro mortal fingir interesse pelo assunto favorito de um homem. Você precisava ter ouvido as bobagens que George falou sobre minha mente de mulher e o prazer que seria formá-la. Minha mente. Se George soubesse um quarto do que se passa na minha mente, ele desmaiaria de horror!

Loraine gargalhou, sem conseguir evitar.

— Ai, eu sei que a culpa é minha. Deixei me levar por essa história. Lá está meu pai, esgueirando-se ao redor daquele rododendro. Oi, pai.

Lorde Caterham aproximou-se com uma expressão envergonhada.

— Lomax se foi, não é? — comentou, com uma cordialidade um tanto forçada.

— Em que bela encrenca o senhor me meteu — disse Bundle. — George me disse que tinha sua total aprovação e sanção.

— Bem — disse Lorde Caterham. — O que esperava que eu dissesse? Na verdade, eu não disse isso nem nada parecido.

— Achei mesmo que não — disse Bundle. — Presumi que George havia encurralado o senhor e o deixado em tal estado que você só conseguiu concordar com a cabeça, exausto.

— Foi mais ou menos isso que aconteceu. Como ele reagiu? De verdade?

— Não esperei para ver — respondeu Bundle. — Receio ter sido um pouco áspera.

— Ah, bem — disse Lorde Caterham. — Talvez tenha sido a melhor maneira. Graças a Deus, no futuro, Lomax não vai sempre correr até aqui, como tem o hábito de fazer, me preocupando com as coisas. Dizem que há males que vêm para bem. Você viu meu taco por aí?

— Acho que uma ou duas tacadas acalmariam meus nervos — comentou Bundle. — Aposto seis *pence* com você, Loraine.

Uma hora passou-se muito tranquilamente. Os três voltaram para casa em um clima harmonioso. Havia um bilhete sobre o aparador do corredor.

— Mr. Lomax deixou isso para o senhor, milorde — explicou Tredwell. — Ele ficou bastante decepcionado ao descobrir que o senhor tinha saído.

Lorde Caterham abriu o bilhete, rasgando-o. Ele soltou uma exclamação dolorosa e se virou para a filha. Tredwell havia se retirado.

— Olha, Bundle, acho que você devia ter se expressado melhor.

— Como assim?

— Leia isto.

Bundle pegou o bilhete e leu:

Meu caro Caterham, lamento não ter falado com você. Achei que tivesse deixado claro que queria vê-lo de novo depois da minha conversa com Eileen. Ela, querida criança, evidentemente não tinha consciência dos sentimentos que eu nutria por ela. Ficou, temo eu, muito assustada. Não tenho nenhuma intenção de apressá-la. Sua confusão juvenil foi muito encantadora, e eu a admiro ainda mais, pois aprecio muito seu recato pudico. Preciso lhe dar um tempo para que se acostume com a ideia. Sua confusão mostra que não é totalmente indiferente a mim e não tenho dúvidas sobre meu sucesso final.

Acredite em mim, querido Caterham.
Seu amigo sincero,
George Lomax.

— Ora essa — disse Bundle. — Me danei!

As palavras lhe faltaram.

— O homem deve estar maluco — falou Lorde Caterham. — Ninguém poderia escrever essas coisas sobre você, Bundle, a menos que fosse um pouco bagunçado da cabeça. Pobre coitado, pobre coitado. Mas quanta persistência! Não me admira que tenha entrado para o Gabinete. Ele mereceria que você se casasse com ele, Bundle.

O telefone tocou, e Bundle foi até o aparelho para atender. Em um minuto, George e sua proposta foram esquecidos, e ela estava acenando para Loraine com agitação. Lorde Caterham retirou-se para seu santuário.

— É Jimmy — avisou Bundle. — E está tremendamente animado com alguma coisa.

— Graças a Deus eu achei vocês — disse Jimmy. — Não há tempo a perder. Loraine também está aí?

— Sim, ela está aqui.

— Bem, olha só, não tenho tempo para explicar tudo... na verdade, não posso fazê-lo pelo telefone. Mas Bill veio me procurar com a história mais incrível que vocês já ouviram. Se for verdade, bem, se for verdade, é o maior furo do século. Agora, olha só, vocês vão fazer o seguinte. Venham para a cidade imediatamente, vocês duas. Estacionem o carro em algum lugar e vão direto para o Seven Dials Club. Acha que, quando chegar lá, vai conseguir se livrar daquele lacaio?

— Alfred? Talvez. Deixe comigo.

— Ótimo. Livrem-se dele e esperem por mim e por Bill. Não apareçam pelas janelas, mas, quando chegarmos, deixem que entremos imediatamente. Entendeu?

— Entendi.

— Então está bem. Ah, Bundle, não diga a ninguém que você está indo para a cidade. Dê outra desculpa. Diga que vai levar Loraine até em casa. Acha que essa é boa?

— Esplêndida. Ei, Jimmy, estou entusiasmada à beça.

— E talvez seja melhor mesmo você fazer um testamento antes de sair.

— Está cada vez melhor. Mas eu queria saber do que se trata.

— Vai saber assim que nos encontrarmos. Vou lhe dizer uma coisa. Vamos preparar uma surpresa e tanto para o número 7!

Bundle desligou o telefone e se virou para Loraine, dando-lhe um rápido resumo da conversa. Loraine correu escada acima e arrumou a mala às pressas, e Bundle enfiou a cabeça por uma fresta na porta do quarto do pai.

— Vou levar Loraine para casa, pai.

— Por quê? Eu não sabia que ela ia embora hoje.

— Pediram para ela voltar — disse Bundle, sem muitos detalhes. — Acabaram de telefonar. Tchauzinho.

— Aqui, Bundle, espere um minuto. A que horas você volta para casa?

— Não sei. Alguma hora dessas eu volto.

Com essa saída sem cerimônia, Bundle correu escada acima, colocou um chapéu, vestiu seu casaco de pele e estava pronta para partir. Já havia solicitado que o Hispano fosse trazido para ela.

A viagem até Londres transcorreu sem aventuras, exceto aquelas habitualmente proporcionadas pela condução de Bundle. Deixaram o carro em um estacionamento e foram direto para o Seven Dials Club.

Alfred foi quem abriu a porta para elas. Bundle abriu caminho sem cerimônia, e Loraine a seguiu.

— Feche a porta, Alfred — ordenou Bundle. — Agora, vim para cá especialmente para lhe fazer uma boa ação. A polícia está atrás de você.

— Ai, milady!

Alfred ficou branco como giz.

— Vim avisá-lo porque você me fez um favor na outra noite — continuou Bundle, apressada. — Há um mandado de prisão contra Mr. Mosgorovsky, e a melhor coisa que você pode fazer é sair daqui o mais rápido possível. Se não for encontrado aqui, não vão se importar em procurá-lo. Aqui estão dez libras para ajudar você a fugir para algum lugar.

Em três minutos, Alfred, incoerente e muito assustado, deixou o número 14 da Hunstanton Street com apenas uma ideia na cabeça: nunca mais voltar.

— Bem, foi melhor do que eu imaginava — comentou Bundle, com satisfação.

— Era necessário ser assim tão... bem, drástica? — Loraine hesitou.

— É mais seguro — tranquilizou Bundle. — Não sei o que Jimmy e Bill estão aprontando, mas não queremos que Alfred volte no meio da confusão e estrague tudo. Olha, lá estão eles. Bem, não perderam muito tempo. Provavelmente ficaram observando Alfred sair ali da esquina. Desça e abra a porta para eles, Loraine.

Loraine obedeceu. Jimmy Thesiger desembarcou do assento do motorista.

— Fique aqui por um momento, Bill — falou. — Toque a buzina se achar que alguém está observando o lugar.

Ele subiu correndo os degraus e bateu a porta atrás de si. Estava rosado e parecia eufórico.

— Oi, Bundle, aí está você. Bem, vamos começar logo. Onde está a chave do quarto em que você entrou da última vez?

— Era uma das chaves do andar de baixo. É melhor levarmos todas para cima.

— Tem razão, mas seja rápida. O tempo é curto.

A chave foi facilmente encontrada, a porta forrada de feltro abriu, e os três entraram. A sala era exatamente como Bundle a vira antes, com as sete cadeiras agrupadas ao redor da mesa. Jimmy observou-a em silêncio por um ou dois minutos. Então, seus olhos pousaram nos dois armários.

— Em qual armário você se escondeu, Bundle?
— Neste.

Jimmy foi até lá e abriu a porta. A mesma coleção de diversos artigos de vidro forrava as prateleiras.

— Teremos que tirar tudo isso daqui — murmurou. — Corra até lá embaixo e busque Bill, Loraine. Não há mais necessidade de ele ficar vigiando lá fora.

Loraine saiu correndo.

— O que vai fazer? — perguntou Bundle, impaciente.

Jimmy estava de joelhos, tentando espiar pela fresta da outra porta do armário.

— Espere até Bill chegar e você vai ouvir a história toda. É um trabalho do pessoal dele... e temos que dar o crédito de que é um belo trabalho. Ei... por que Loraine está subindo as escadas correndo como se um touro louco estivesse atrás dela?

Loraine estava realmente subindo as escadas o mais rápido que podia. Irrompia sobre elas com rosto pálido e terror nos olhos.

— Bill... Bill... Ah, Bundle... Bill!

— O que tem o Bill?

Jimmy segurou-a pelos ombros.

— Pelo amor de Deus, Loraine, o que aconteceu?

Loraine ainda estava ofegante.

— Bill, acho que ele está morto, ainda está no carro, mas não se mexe nem fala. Tenho certeza de que está morto.

Jimmy murmurou um palavrão e correu para as escadas, Bundle atrás dele, seu coração palpitando descompassado e uma terrível sensação de desolação se espalhando por ela.

— Bill... morto? Ai, não! Ai, não! Isso não. Por favor, Deus... isso não.

Juntos, ela e Jimmy chegaram ao carro, Loraine atrás deles.

Jimmy escondido por baixo da capota. Bill estava sentado como o havia deixado, recostado para trás. Mas seus olhos estavam fechados, e o puxão de Jimmy em seu braço não obteve resposta.

— Não consigo entender — murmurou Jimmy. — Mas ele não está morto. Anime-se, Bundle. Olha aqui, temos que levá-lo para dentro da casa. Vamos rezar para que nenhum policial apareça. Se alguém disser alguma coisa, ele é nosso amigo doente que estamos ajudando a entrar em casa.

Em trio, conseguiram levar Bill para dentro de casa sem muita dificuldade e sem atrair muita atenção, exceto por um cavalheiro com barba por fazer, que disse com simpatia:

— Olha só, o cavalheiro tomou umas e outras — falou, acenando com a cabeça sabiamente.

— Para o quartinho dos fundos aqui embaixo — instruiu Jimmy. — Tem um sofá ali.

Eles colocaram-no em segurança no sofá, e Bundle se ajoelhou ao lado dele e segurou seu pulso flácido com a mão.

— O pulso dele está batendo — constatou. — O que há de *errado* com ele?

— Estava bem quando o deixei agora há pouco — respondeu Jimmy. — Gostaria de saber se alguém conseguiu injetar alguma coisa nele. Seria fácil... bastaria uma picada. Talvez o homem estivesse perguntando as horas para ele. Só há uma coisa a fazer. Preciso chamar um médico imediatamente. Você fica aqui e cuida dele.

Ele correu até a porta e parou.

— Olhem só, não se assustem, nenhuma das duas. Mas é melhor eu deixar meu revólver para vocês. Quer dizer... só por precaução. Voltarei o mais rápido possível.

Ele colocou o revólver na mesinha ao lado do sofá e saiu às pressas. Elas ouviram a porta da frente batendo.

A casa parecia muito silenciosa agora. As duas garotas permaneceram imóveis perto de Bill. Bundle ainda mantinha o dedo encostado no pulso dele. Parecia estar muito rápido e irregular.

— Gostaria de que pudéssemos fazer alguma coisa — sussurrou para Loraine. — Isso é horrível.

Loraine assentiu com a cabeça.

— Eu sei. Parece que faz uma eternidade que Jimmy saiu e não faz nem dois minutos.

— Eu continuo ouvindo coisas — disse Bundle. — Passos e tábuas rangendo lá em cima... e, ainda assim, sei que é só imaginação.

— Imagino por que Jimmy nos deixou o revólver — falou Loraine. — Não é possível que haja perigo de verdade.

— Se conseguiram pegar o Bill... — comentou Bundle, estacando.

Loraine estremeceu.

— Eu sei... mas estamos dentro da casa. Ninguém pode entrar sem que a gente ouça. E, de qualquer forma, temos o revólver.

Bundle voltou sua atenção de novo para Bill.

— Gostaria de saber o que fazer. Café quente. Às vezes, funciona com gente assim.

— Tenho alguns sais aromáticos na minha bolsa — disse Loraine. — E um pouco de conhaque. Onde ela está? Ai, devo ter deixado no andar de cima.

— Eu busco — ofereceu-se Bundle. — Talvez essas coisas adiantem alguma coisa.

Ela subiu rapidamente as escadas, atravessou a sala de jogos e entrou pela porta aberta no local da reunião. A bolsa de Loraine estava sobre a mesa.

Quando Bundle estendeu a mão para pegá-lo, ouviu um barulho atrás dela. Escondido atrás da porta, um homem estava pronto com um saco de areia na mão. Antes que Bundle pudesse virar a cabeça, ele golpeou.

Com um leve gemido, Bundle caiu estirada e inconsciente no chão.

Capítulo 31

Os Seven Dials

Muito devagar, Bundle voltou à consciência. Estava ciente de uma escuridão profunda que girava e cujo centro era uma dor violenta e latejante. Acompanhando o latejar, havia sons. Uma voz que ela conhecia muito bem dizendo a mesma coisa várias vezes.

A escuridão começou a girar com menos violência. A dor estava definitivamente localizada na cabeça de Bundle. E havia retomado a consciência a ponto de se interessar pelo que a voz estava dizendo.

— Bundle, minha querida. Bundle, minha querida. Ela está morta, sei que está morta. Ah, minha querida. Bundle, querida, querida Bundle. Eu te amo tanto. Bundle... minha querida... querida...

Bundle ficou completamente imóvel, com os olhos fechados. Mas agora estava totalmente consciente. Os braços de Bill seguravam-na com força.

— Bundle, querida... Ah, minha querida Bundle. Ai, meu amor querido. Ah, Bundle... Bundle. O que vou fazer? Ai, querida... minha Bundle... minha Bundle, a mais querida, a mais doce. Ai, Deus, o que vou fazer? Eu a matei. Eu a matei.

Relutantemente — muito relutantemente —, Bundle falou:

— Não, você não fez isso, seu grande idiota.

Bill soltou um suspiro de completo espanto.

— Bundle, você está viva?

— Claro que estou viva.

— Há quanto tempo você está... quer dizer, quando você acordou?

— Cerca de cinco minutos atrás.

— Por que não abriu os olhos ou disse alguma coisa?

— Não quis. Estava me divertindo.

— Se divertindo?

— É. Ouvindo todas as coisas que você estava dizendo. Nunca mais vai dizê-las tão bem. Vai ficar envergonhado.

Bill corou, seu rosto um vermelho-escuro, cor de tijolo.

— Bundle... você não ficou chateada, de verdade? Sabe, eu te amo *muito*. Já amo faz séculos. Mas nunca ousei lhe contar.

— Seu pateta — disse Bundle. — Por quê?

— Achei que você só riria da minha cara. Quer dizer... você é muito inteligente e tudo o mais... vai se casar com algum figurão.

— Como George Lomax? — perguntou Bundle.

— Não estou falando de um idiota como o Olho-de-Peixe. Mas um sujeito realmente bom que será digno de você... embora eu não ache que exista alguém assim — concluiu Bill.

— Você é muito querido, Bill.

— Mas, Bundle, falando sério, você conseguiria? Quer dizer, você conseguiria chegar a esse ponto?

— A ponto de quê?

— De se casar comigo. Sei que sou muito cabeça-dura, mas eu te amo, Bundle. Eu seria seu cão, seu escravizado ou qualquer coisa.

— Você parece mesmo um cãozinho — brincou Bundle. — Eu gosto de cães. São tão amigáveis, fiéis e afetuosos. Acho que, talvez, eu possa simplesmente chegar ao ponto de me casar com você, Bill... com um grande esforço, sabe?

A resposta de Bill foi se soltar dela e recuar violentamente. Ele encarou-a com espanto nos olhos.

— Bundle... você está falando sério?

— Não há o que fazer — respondeu Bundle. — Vejo que terei que voltar à inconsciência.

— Bundle, querida... — Bill puxou-a para perto de si. Ele tremia violentamente. — Bundle... você está falando sério mesmo... sério? Não sabe o quanto eu te amo.

— Ah, Bill — falou Bundle.

Não há necessidade de descrever em detalhes a conversa dos próximos dez minutos. Consistia principalmente em repetições.

— E você realmente me ama? — perguntava Bill, incrédulo, pela vigésima vez, quando finalmente a soltou.

— Sim, sim, sim! Agora, sejamos sensatos. Ainda estou com a cabeça doendo e quase fui esmagada até a morte por você. Quero entender em que pé estão as coisas. Onde estamos e o que aconteceu?

Pela primeira vez, Bundle começou a reparar no ambiente ao redor. Ela notou que estavam na sala secreta, e a porta coberta de feltro estava fechada e provavelmente trancada. Então, eram prisioneiros!

Os olhos de Bundle voltaram-se para Bill. Sem perceber a pergunta, ele a observava com olhar de adoração.

— Bill, querido — disse Bundle —, recomponha-se. Precisamos dar o fora daqui.

— Hein? — questionou Bill. — Como assim? Ah, sim. Vai ficar tudo bem. Não há nenhuma dificuldade nisso.

— É a paixão que faz você se sentir assim — falou Bundle. — Também estou sentindo a mesma coisa. Como se tudo fosse fácil e possível.

— E é — confirmou Bill. — Agora que sei que você tem afeto por mim...

— Pare com isso — ralhou Bundle. — Se começarmos de novo, qualquer conversa séria será inútil. A menos que você se recomponha e recobre a razão, é bem provável que eu mude de ideia.

— Não vou permitir — garantiu Bill. — Não acha que depois de te pescar eu seria tão tolo a ponto de deixar você ir, acha?

— Espero que você não me coaja contra minha vontade — disse Bundle em tom grandiloquente.

— Não mesmo? Aguarde e confie, é isso.

— Você é realmente um querido, Bill. Fiquei com medo de que você fosse muito manso, mas vejo que não há perigo de sê-lo. Em mais meia hora, você vai estar me dando ordens. Nossa, estamos ficando bobos de novo. Bem, olhe só, Bill. Precisamos dar o fora daqui.

— Eu lhe digo que vai ficar tudo bem. Devo...

Ele parou, obediente à pressão da mão de Bundle. Ela estava inclinada para a frente, ouvindo atentamente. Sim, ela não estava enganada. Passos cruzavam a sala externa. A chave foi enfiada na fechadura e girada. Bundle prendeu a respiração. Era Jimmy quem tinha vindo resgatá-los ou era outra pessoa?

A porta abriu-se, e Mr. Mosgorovsky, o homem de barba preta, apareceu na soleira.

Imediatamente, Bill avançou um passo, ficando na frente de Bundle.

— Olhe aqui, quero falar com o senhor em particular.

O russo não respondeu por dois minutos, ficou cofiando a longa e sedosa barba preta e dando risadinhas baixas para si mesmo.

— Então — disse finalmente —, é dessa forma. Muito bem. Senhorita, faça o favor de me acompanhar.

— Está tudo bem, Bundle — tranquilizou Bill. — Deixe que eu resolvo. Pode ir com esse sujeito, ninguém vai te machucar. Eu sei o que estou fazendo.

Bundle levantou-se, obediente. Aquele tom de autoridade na voz de Bill era novo para ela. Parecia absolutamente seguro de si e confiante de que seria capaz de lidar com a situação. Bundle imaginou vagamente o que Bill tinha — ou pensava ter — na manga.

Ela saiu da sala na frente do russo. Ele seguiu-a, fechando a porta e trancando-a.

— Por aqui, por favor — pediu ele.

Indicou a escada, e ela subiu, obediente, para o andar de cima. Ali, foi orientada a entrar em um pequeno cômodo desarrumado, que ela imaginou ser o quarto de Alfred.

— Você vai esperar aqui em silêncio, por favor. Precisa ficar em completo silêncio — disse Mosgorovsky.

Em seguida, ele saiu, fechando a porta e trancando-a lá dentro.

Bundle sentou-se em uma cadeira. Sua cabeça ainda doía muito, e ela se sentia incapaz de pensar sem nenhuma distração. Bill parecia ter a situação sob controle. Cedo ou tarde, ela supôs, alguém viria e a deixaria sair.

Os minutos passaram. O relógio de Bundle havia parado, mas ela calculou que mais de uma hora havia se passado desde que o russo a trouxera ali. O que estava acontecendo? O que, de fato, *havia acontecido*?

Por fim, ela ouviu passos na escada. Era Mosgorovsky de novo. Ele falou com ela em um tom muito formal.

— Lady Eileen Brent, sua presença é requisitada para uma reunião de emergência da Sociedade Seven Dials. Por favor, me acompanhe.

Ele foi à frente escada abaixo, e Bundle o seguiu. Ele abriu a porta da câmara secreta, e Bundle entrou, perdendo o fôlego de surpresa ao fazê-lo.

Ela estava vendo pela segunda vez aquilo de que tivera apenas um vislumbre da primeira vez através do buraquinho no armário. As figuras mascaradas estavam sentadas ao redor da mesa. Enquanto ela estava ali, perplexa com o caráter repentino daquilo tudo, Mosgorovsky se sentou em seu lugar, ajustando sua máscara de relógio enquanto o fazia.

Mas, desta vez, a cadeira na cabeceira da mesa estava ocupada. O número 7 estava sentado em seu lugar.

O coração de Bundle palpitava violentamente. Estava parada no pé da mesa, de frente para ele, e olhava fixamente para o pedaço de tecido pendurado, com o mostrador do relógio que escondia suas feições.

Ele permaneceu imóvel, e Bundle teve uma estranha sensação de poder irradiando dele. A inatividade dele não era a inatividade da fraqueza — e ela desejou com violência, quase de um jeito histérico, que ele falasse, que desse algum sinal, fizesse algum gesto, e não apenas ficasse ali sentado como uma aranha gigante no meio de sua teia, esperando implacavelmente por sua presa.

Ela estremeceu e, ao fazê-lo, Mosgorovsky se levantou. Sua voz, suave, sedosa, persuasiva, parecia curiosamente distante.

— Lady Eileen, a senhorita esteve presente sem ser convidada nos conselhos secretos desta sociedade. Portanto, é necessário que se identifique com nossos objetivos e ambições. O lugar das duas horas, como pode notar, está vago. É esse lugar que lhe é oferecido.

Bundle arfou. A coisa era como um pesadelo fantástico. Seria possível que ela, Bundle Brent, estivesse sendo convidada a se juntar a uma sociedade secreta assassina? A mesma proposta teria sido feita a Bill, e ele teria recusado, cheio de indignação?

— Não posso fazer isso — respondeu, sem rodeios.

— Não seja precipitada em sua resposta.

Ela imaginou que Mosgorovsky, por baixo da máscara de relógio, estava sorrindo de forma reveladora por trás da barba.

— Ainda não sabe, Lady Eileen, o que está recusando.

— Tenho um palpite bem claro quanto a isso — retrucou Bundle.

— A senhorita tem?

Era a voz das sete horas. Ela despertou uma vaga lembrança na mente de Bundle. Certamente, ela conhecia aquela voz.

Bem devagar, o número 7 levou a mão à cabeça e mexeu ali para prender a máscara.

Bundle prendeu a respiração. Finalmente... ela saberia *quem é.*

A máscara caiu.

Bundle viu-se encarando o rosto inexpressivo e rígido do Superintendente Battle.

Capítulo 32

Bundle fica perplexa

— É isso mesmo — disse Battle enquanto Mosgorovsky se levantava e se aproximava de Bundle. — Pegue uma cadeira para ela. Pelo que vejo, foi um pouco chocante.

Bundle afundou na cadeira. Sentiu-se fraca, quase desmaiando pela surpresa. Battle continuou falando de um jeito calmo e confortável, totalmente característico dele.

— Não esperava me ver aqui, Lady Eileen? Não, nem alguns dos outros sentados ao redor da mesa. Mr. Mosgorovsky tem sido meu tenente, por assim dizer. Ele sempre soube de tudo. Mas a maioria dos outros recebeu ordens dele cegamente.

Ainda assim, Bundle não disse nada. Ela estava — uma situação muito incomum para ela — simplesmente incapaz de falar.

Battle assentiu para ela compreensivamente, parecendo entender o estado de seus sentimentos.

— Receio que terá que se livrar de algumas ideias preconcebidas suas, Lady Eileen. Sobre esta sociedade, por exemplo... sei que é bastante comum em livros... uma organização secreta de criminosos com um supercriminoso misterioso à frente, que ninguém nunca vê. Esse tipo de coisa pode existir na vida real, mas só posso dizer que nunca me deparei com nada parecido e, de qualquer forma, tenho muita experiência.

"Mas há muito romantismo no mundo, Lady Eileen. As pessoas, especialmente os jovens, gostam de ler sobre essas coisas e gostam ainda mais de realmente *fazê-las*. Vou apresentar a você agora um grupo muito respeitável de amadores que fez um trabalho extraordinariamente bom para meu departamento, um trabalho que ninguém mais poderia ter feito. Se escolheram paramentos melodramáticos, bem, será que podemos culpá-los? Estavam dispostos a enfrentar perigos reais... perigos do pior tipo... e fizeram isso por estas razões: amor ao perigo pelo perigo, o que, na minha opinião, é um sinal muito saudável nestes dias de Segurança em Primeiro Lugar, e um desejo honesto de servir ao país.

"E agora, Lady Eileen, vou apresentá-la. Primeiro, temos Mr. Mosgorovsky, que, por assim dizer, você já conhece. Como sabe, ele administra o clube e uma série de outras coisas também. É nosso agente secreto antibolchevique mais valioso na Inglaterra. O número 5 é o Conde Andras, da Embaixada Húngara, amigo muito próximo e querido do falecido Gerald Wade. O número 4 é Mr. Hayward Phelps, jornalista norte-americano, cuja simpatia pelos britânicos é muito destacada e cuja aptidão para farejar 'notícias' é notável. Número 3..."

Ele parou, sorrindo, e Bundle olhou estupefato para o rosto envergonhado e sorridente de Bill Eversleigh.

— O número 2 — continuou Battle, com voz mais grave — pode ser apenas um lugar vazio. É o lugar pertencente a Mr. Ronald Devereux, um jovem cavalheiro muito galante que morreu por seu país, se é que algum homem alguma vez o fez. O número 1... bem, o número 1 era Mr. Gerald Wade, outro cavalheiro muito galante que morreu da mesma maneira. Seu lugar foi ocupado... não sem sérias apreensões de minha parte... por uma senhora... uma senhora que provou sua aptidão para a missão e que tem sido de grande ajuda para nós.

A última a fazê-lo, a número 1, tirou a máscara, e Bundle olhou sem surpresa para o belo rosto da Condessa Radzky.

— Eu devia ter imaginado — disse Bundle, cheia de ressentimento — que a senhora parecia demais uma aventureira estrangeira muito bonita para realmente sê-lo.

— Mas você não sabe qual é a verdadeira pegadinha — falou Bill. — *Bundle, esta é Babe St. Maur...* você se lembra de quando eu lhe contei sobre ela e que atriz incrível era... e ela está prestes a prová-lo.

— É isso mesmo — concordou Miss Maur, com um tom nasal característico dos norte-americanos. — Mas não foi uma atuação tão boa, pois papai e mamãe vieram daquela parte da Europa... então consegui imitá-los com muita facilidade. Nossa, mas quase me entreguei uma vez em Wyvern Abbey, falando sobre jardins.

Ela fez uma pausa e, em seguida, disse de forma abrupta:

— Não foi... não foi só diversão. Veja bem, eu estava meio que noiva de Ronny, e quando ele foi dessa para a melhor... bem, eu tive que fazer alguma coisa para rastrear o desgraçado que o assassinou. É isso.

— Estou completamente perplexa — admitiu Bundle. — Nada é o que parece.

— É muito simples, Lady Eileen — falou o Superintendente Battle. — Tudo começou com alguns jovens querendo um pouco de emoção. Foi Mr. Wade quem primeiro mostrou a ideia para mim. Sugeriu a formação de um grupo que poderíamos chamar de trabalhadores amadores que fariam um pouco do trabalho do serviço secreto. Eu avisei que poderia ser perigoso, mas ele não era do tipo que ponderava essas coisas. Deixei claro para ele que qualquer um que entrasse deveria fazê-lo com isso em mente, mas, que Deus os abençoe, isso não impediria nenhum dos amigos de Mr. Wade. E assim a coisa começou.

— Mas qual era o objetivo de tudo isso? — perguntou Bundle.

— Queríamos pegar certo indivíduo... queríamos demais. Não era um bandido comum. Trabalhava no mundo de Mr. Wade, uma espécie de Arthur J. Raffles, mas muito mais perigoso que qualquer Raffles já foi ou poderia ser. Ele estava em busca de coisas grandes, internacionais. Invenções secretas valiosas já haviam sido roubadas duas vezes, e, obviamente, roubadas por alguém que tinha informações privilegiadas. Os investigadores profissionais tentaram pôr a mão nele... e falharam. Então, os amadores assumiram o caso... e tiveram sucesso.

— Tiveram?

— Sim, mas não saíram ilesos. O homem era perigoso. Duas pessoas foram vitimadas, e ele escapou impune. Mas os Seven Dials não se deixaram abater. E, como eu disse, eles conseguiram. Graças a Mr. Eversleigh, finalmente o homem foi pego em flagrante.

— Quem era ele? — perguntou Bundle. — Eu o conheço?

— A senhorita o conhece muito bem, Lady Eileen. O nome dele é Mr. Jimmy Thesiger, e ele foi preso esta tarde.

Capítulo 33

Battle esclarece

O Superintendente Battle acomodou-se para explicar. Falou de forma confortável, sem se apressar.

— Eu mesmo não suspeitei dele por muito tempo. O primeiro indício que tive disso foi quando ouvi as últimas palavras de Mr. Devereux. Claro que a senhorita achou que Mr. Devereux estava tentando enviar uma mensagem ao Mr. Thesiger, informando que os Seven Dials o haviam matado. Era isso que as palavras pareciam significar à primeira vista. Mas, claro, eu sabia que não podia ser isso. O recado que Mr. Devereux queria dar era para os Seven Dials... e o recado que ele queria que fosse repassado era algo sobre Mr. Jimmy Thesiger.

"A questão parecia incrível, porque Mr. Devereux e Mr. Thesiger eram amigos próximos. Mas me lembrei de outra coisa: esses roubos devem ter sido cometidos por alguém que estava muito bem-informado. Alguém que, se não estivesse no próprio Ministério das Relações Exteriores, pelo menos estava inteirado de todas as conversas lá de dentro. E achei muito difícil descobrir de onde Mr. Thesiger tirava seu dinheiro. A renda que o pai lhe deixara era pequena, mas ele conseguia viver em um padrão muito alto. De onde vinha o dinheiro?

"Eu sabia que Mr. Wade estava muito animado com alguma coisa que havia descoberto. Tinha certeza de que estava no caminho certo. Não confidenciou a ninguém o que achava que era aquela pista, mas disse qualquer coisa a Mr. Devereux sobre estar prestes a confirmar esse caso. Foi pouco antes de os dois irem para Chimneys naquele fim de semana. Como a senhorita sabe, Mr. Wade morreu lá, aparentemente de uma dose exagerada de sonífero. Parecia bastante simples, mas Mr. Devereux não aceitou essa explicação nem por nem um minuto sequer. Estava convencido de que Mr. Wade havia sido habilmente assassinado e que alguém na casa devia ser o criminoso pelo qual todos nós estávamos procurando. Acho que chegou muito perto de confidenciar a Mr. Thesiger, pois, com certeza, não tinha nenhuma suspeita sobre ele naquele momento. Mas alguma coisa o impediu.

"Então, fez uma coisa bastante curiosa. Deixou sete relógios sobre a lareira e jogou fora o oitavo. Era para ser um símbolo de que os Seven Dials vingariam a morte de um de seus membros... e ele observou ansiosamente para ver se alguém se trairia ou mostraria sinais de incômodo."

— E foi Jimmy Thesiger quem envenenou Gerry Wade?

— Sim, ele colocou a substância em um uísque com soda que Mr. Wade tomou lá embaixo antes de ir dormir. Por isso que já estava com sono quando escreveu aquela carta para Miss Wade.

— Então, o lacaio, Bauer, não tinha nada a ver com isso? — perguntou Bundle.

— Bauer era um dos nossos, Lady Eileen. Acreditava-se que nosso bandido iria atrás da invenção do *Herr* Eberhard, e Bauer foi colocado na casa para acompanhar os eventos por nós. Mas não conseguiu fazer muita coisa. Como eu disse, Mr. Thesiger administrou a dose fatal com bastante facilidade. Mais tarde, quando todos estavam dormindo, uma garrafa, um copo e uma garrafa vazia de cloral foram deixados ao lado da cama de Mr. Wade por Mr. Thesiger. Mr. Wade estava inconsciente naquele momento, e seus dedos provavelmente foram pressionados ao redor do copo e da garrafa para que pudessem ser encontrados ali caso surgisse alguma dúvida.

Não sei que efeito os sete relógios sobre a lareira causaram em Mr. Thesiger. Não deixou nada transparecer a Mr. Devereux. Mesmo assim, acho que passava uns cinco minutos incômodos de vez em quando pensando neles. E acho que ficou de olho em Mr. Devereux depois disso.

"Não sabemos exatamente o que aconteceu depois. Ninguém viu muito Mr. Devereux depois da morte de Mr. Wade. Mas está claro que ele trabalhou na mesma linha que sabia estar sendo trabalhada por Mr. Wade e chegou ao mesmo resultado... ou seja, que Mr. Thesiger era o homem. Imagino também que fora traído da mesma maneira."

— O senhor quer dizer que...?

— Por meio de Miss Loraine Wade. Mr. Wade era devotado a ela... acredito que esperava se casar com ela... ela não era sua irmã legítima, claro... e não há dúvida de que ele lhe contou mais do que devia. Mas Miss Loraine Wade era devotada de corpo e alma a Mr. Thesiger. Faria qualquer coisa que ele mandasse. Ela passou a informação para ele. Da mesma forma, mais tarde, Mr. Devereux sentiu-se atraído por ela e, provavelmente, a alertou sobre quem era Mr. Thesiger. Então, Mr. Devereux foi silenciado e morreu tentando avisar aos Seven Dials que seu assassino era Mr. Thesiger.

— Que horror — gritou Bundle. — Se ao menos eu soubesse.

— Bem, não parecia provável. Na verdade, eu mal consegui acreditar. Mas, então, chegamos ao caso de Wyvern Abbey. A senhorita vai se lembrar de como foi estranho... especialmente estranho para Mr. Eversleigh. A senhorita e Mr. Thesiger eram unha e carne. Mr. Eversleigh já estava envergonhado por sua insistência em ser trazido a este lugar, e, quando ele descobriu que a senhorita realmente acompanhou o que acontecera em uma reunião, ele ficou perplexo.

O superintendente fez uma pausa, e um brilho surgiu em seus olhos.

— Eu também, Lady Eileen. Nunca imaginei que uma coisa dessas fosse possível. A senhorita me surpreendeu direitinho.

"Bem, Mr. Eversleigh estava em um dilema. Não podia compartilhar o segredo dos Seven Dials sem deixar Mr. Thesiger saber também... e isso nunca aconteceria. Tudo isso convinha muito bem a Mr. Thesiger, claro, pois lhe dava uma razão genuína para ser convidado para a Wyvern Abbey, o que facilitava muito as coisas para ele.

"Preciso dizer que os Seven Dials já tinham enviado uma carta de advertência a Mr. Lomax. Era para garantir que ele me procurasse para pedir ajuda, para que eu pudesse estar no local de uma maneira perfeitamente natural. Como sabe, não escondi minha presença."

E, de novo, os olhos do superintendente brilharam.

— Bem, aparentemente, Mr. Eversleigh e Mr. Thesiger dividiriam a noite em duas vigílias. Realmente, Mr. Eversleigh e Miss St. Maur fizeram isso. Ela ficou de guarda na janela da biblioteca quando ouviu Mr. Thesiger chegando e teve que correr para trás do biombo.

"E agora surge a esperteza de Mr. Thesiger. Até certo ponto, ele me contou uma história verdadeira, e devo admitir que, com a luta e tudo o mais, fiquei bastante abalado... e comecei a me perguntar se ele tinha alguma coisa a ver com o roubo ou se estávamos em um caminho completamente errado. Houve uma ou duas circunstâncias suspeitas que apontavam para uma direção totalmente diferente, e posso dizer que não sabia o que fazer até que uma coisa aconteceu e decidiu a questão.

"Encontrei a luva queimada na lareira com marcas de dentes nela... e então... bem... eu soube que estava certo, no fim das contas. Mas, dou a minha palavra, ele foi muito inteligente."

— O que realmente aconteceu? — perguntou Bundle. — Quem era o outro homem?

— Não havia outro homem. Preste atenção, e eu lhe mostrarei como, no final, reconstituí toda a história. Para começar, Mr. Thesiger e Miss Wade estão juntos nisso tudo. E eles têm um encontro marcado em um horário exato. Miss Wade chega em seu carro, pula a cerca e chega até a casa. Ela tem uma história perfeitamente boa, caso alguém a intercepte... aquela que acabou contando. Mas ela chegou sem ser incomodada ao terraço logo depois que o relógio bateu duas horas.

"Bem, posso dizer, para começo de conversa, que ela foi vista entrando. Meus homens a viram, mas tinham ordens de não permitir que ninguém entrasse... apenas que saísse. Veja bem, eu queria descobrir o máximo possível. Miss Wade chega ao terraço e, naquele momento, um pacote cai a seus pés e ela o pega. Um homem desce pela hera, e ela começa a correr. O que acontece depois? A luta... e, em seguida, os tiros de revólver. O que todos farão? Correr para o local da luta. E Miss Loraine Wade poderia ter saído do local e ido embora com a fórmula embaixo do braço, em segurança.

"Mas as coisas não ocorrem bem assim. Miss Wade corre direto para os meus braços e, nesse momento, o jogo vira. Deixa de ser ataque, passa a ser defesa. Miss Wade conta sua história, perfeitamente verdadeira e sensata.

"E agora chegamos a Mr. Thesiger. Uma coisa me chamou a atenção de imediato. O ferimento de bala por si só não poderia tê-lo feito desmaiar. Ou ele caiu e bateu a cabeça... ou... bem, ele não desmaiou. Mais tarde, tivemos acesso à história de Miss St. Maur. Casava perfeitamente com a de Mr. Thesiger... havia apenas um ponto intrigante. Miss St. Maur disse que, depois que as luzes foram apagadas e Mr. Thesiger foi até a janela, ele ficou tão quieto que ela pensou que ele havia saído do recinto para o terraço. Agora, se alguém estiver no cômodo, dificilmente não se conseguirá ouvir sua respiração se estiver atento a ela. Suponhamos, então, que Mr. Thesiger tivesse saído. E depois? Ele subiria a hera até o quarto de Mr. O'Rourke... o uísque com soda de Mr. O'Rourke havia sido adulterado na noite anterior. Ele pega os papéis, joga-os para a garota, desce novamente pela hera... e começa a escaramuça. É bem fácil quando paramos para pensar em tudo isso. Derrube as mesas, cambaleie pelo cômodo, fale com sua voz e depois em um sussurro um tanto rouco. E então, o toque final, os dois tiros de revólver. Seu Colt automático, que ele confessou ter comprado no dia anterior, é disparado contra um agressor imaginário. Então, com a mão esquerda enluvada, ele tira do bolso a pequena pistola Mauser e dispara na parte carnuda do braço direito. Lança a pistola pela janela, arranca a luva com os dentes e a arremessa para dentro da lareira. Quando chego, ele está caído no chão, desmaiado."

Bundle respirou fundo.

— O senhor não percebeu tudo isso na época, Superintendente Battle?

— Não, não percebi. Fiquei tão iludido quanto qualquer um poderia ficar. Só muito tempo depois é que consegui reunir todas as peças desse quebra-cabeça. Encontrar a luva foi o começo de tudo. Então, pedi para que Sir Oswald jogasse a pistola pela janela. Caiu muito mais longe do que deveria. Mas um homem destro não arremessa tão longe com a mão esquerda. Mesmo assim, era apenas uma suspeita... e uma suspeita muito tênue.

"Mas houve um ponto que me chamou a atenção. Obviamente, os papéis foram jogados no chão para alguém pegar. Se Miss Wade estava lá por acidente, quem era a pessoa que deveria estar ali? Claro, para aqueles que não sabiam, essa pergunta foi respondida facilmente: a condessa. Mas aqui eu tive a vantagem sobre vocês. *Eu sabia que a condessa era das nossas*. Então, o que vem a seguir? Ora, a ideia de que os papéis tinham sido realmente recolhidos pela pessoa a quem eram destinados. E, quanto mais eu pensava nisso, mais me parecia uma coincidência muito incrível que Miss Wade tivesse chegado no exato momento em que chegou."

— Deve ter sido muito difícil para o senhor quando cheguei cheia de suspeitas sobre a condessa.

— Foi, Lady Eileen. Eu precisava dizer algo para despistá-la. E foi muito difícil para Mr. Eversleigh aqui, com a senhora acordando de um desmaio sem saber o que poderia dizer.

— Agora entendo a ansiedade de Bill — comentou Bundle. — E a maneira como ele insistia para que ela parasse e não falasse até que se sentisse bem.

— Coitadinho do Bill — disse Miss St. Maur. — Aquele bebezão teve que ser seduzido contra vontade... ficando cada vez mais doidinho a cada minuto.

— Bem — falou o Superintendente Battle —, as coisas estavam desse jeito. Eu suspeitava de Mr. Thesiger, mas não consegui provas definitivas. Por outro lado, o próprio Mr. Thesiger ficou abalado. Percebeu mais ou menos o que estava enfrentando com os Seven Dials, mas queria muito saber quem era o número 7. Foi convidado para a casa dos Coote com a impressão de que Sir Oswald Coote era o número 7.

— Eu suspeitei de Sir Oswald — admitiu Bundle —, principalmente quando ele voltou do jardim naquela noite.

— Nunca suspeitei dele — afirmou Battle. — Mas não me importo de lhe dizer que eu tinha minhas suspeitas sobre aquele rapaz, seu secretário.

— Pongo? — perguntou Bill. — O nosso Pongo? Não.

— Sim, Mr. Eversleigh, o seu Pongo, como o senhor o chama. Um cavalheiro muito eficiente e que poderia ter feito qualquer coisa se quisesse. Suspeitei dele em parte porque foi ele quem levou os relógios para o quarto do Mr. Wade naquela noite. Teria sido fácil para ele deixar lá a garrafa e o copo ao lado da cama. E, então, mais um motivo: ele era canhoto. Aquela luva apontava diretamente para ele... se não fosse por uma coisa...

— O quê?

— As marcas dos dentes... somente um homem cuja mão direita estivesse incapacitada precisaria arrancar aquela luva com os dentes.

— Então Pongo foi inocentado.

— Sim, como o senhor disse, Pongo foi inocentado. Tenho certeza de que seria uma grande surpresa para Mr. Bateman saber que chegou a ser um dos suspeitos.

— Seria mesmo — concordou Bill. — Um camarada sisudo... um bobalhão como Pongo. Como pôde pensar...

— Bem, até onde sabemos, Mr. Thesiger era o que seria possível descrever como um jovem idiota de cabeça vazia da estirpe mais estúpida. Um dos dois estava interpretando. Quando decidi que era Mr. Thesiger, fiquei interessado em saber a opinião do Mr. Bateman sobre ele. O tempo todo, Mr. Bateman tinha as mais sérias suspeitas de Mr. Thesiger e com frequência comentava com Sir Oswald.

— É curioso — disse Bill —, mas Pongo sempre está certo. É enlouquecedor.

— Bem, como eu disse — continuou o Superintendente Battle —, pegamos Mr. Thesiger em fuga, extremamente abalado com a questão dos Seven Dials e sem saber exatamente onde estava o perigo. O fato de termos conseguido capturá-lo no final foi somente graças a Mr. Eversleigh. Ele sabia o que estava enfrentando e arriscou a vida de peito aberto. Mas nunca imaginou que a senhorita seria arrastada para isso, Lady Eileen.

— Meu Deus, não — confirmou Bill em tom sentimental.

— Ele foi até os aposentos de Mr. Thesiger com uma história inventada — continuou Battle. — Ele devia fingir que certos papéis de Mr. Devereux haviam chegado às suas mãos. Esses documentos sugeriam uma suspeita sobre Mr. Thesiger. Claro, como amigo leal, Mr. Eversleigh correu até ele, certo de que Mr. Thesiger teria uma explicação. Calculamos que, se estivéssemos certos, Mr. Thesiger tentaria tirar Mr. Eversleigh do caminho, e tínhamos bastante certeza de como ele faria isso. Com certeza, Mr. Thesiger ofereceu ao seu convidado um uísque com soda. Durante o minuto ou dois em que seu anfitrião estava fora da sala, Mr. Eversleigh despejou a bebida em um jarro sobre a lareira, mas teve que fingir, é claro, que a droga estava fazendo efeito. Sabia que seria lento, não repentino. Ele começou sua história, e Mr. Thesiger a princípio negou tudo, indignado, mas assim que viu (ou pensou ter visto) que a droga estava fazendo efeito, admitiu tudo e disse a Mr. Eversleigh que ele seria a terceira vítima.

"Quando Mr. Eversleigh estava quase inconsciente, Mr. Thesiger o levou até o carro e o ajudou a entrar. A capota estava fechada. Já devia ter telefonado para a senhorita sem que Mr. Eversleigh soubesse e lhe apresentou uma sugestão inteligente. A senhorita precisava dizer que levaria Miss Wade para casa.

"A senhorita não mencionou nenhuma mensagem dele. Mais tarde, quando seu corpo desmaiado foi encontrado aqui, Miss Wade juraria que você a levou para casa e foi para Londres com a ideia de entrar nesta casa sozinha.

"Mr. Eversleigh continuou a desempenhar seu papel, o do homem inconsciente. Posso dizer que assim que os dois jovens deixaram a Jermyn Street, um dos meus homens conseguiu entrar na casa e encontrar o uísque adulterado, que continha hidrocloreto de morfina suficiente para matar dois homens. O carro em que estavam também foi seguido. Mr. Thesiger saiu da cidade para um campo de golfe muito conhecido, onde ficou por alguns minutos, falando sobre jogar uma partida. Isso, claro, era como um álibi, caso fosse necessário. Ele deixou o carro com Mr. Eversleigh um pouco mais adiante na estrada. Depois, ele voltou para a cidade e para o Seven Dials Club. Assim que viu Alfred sair, estacionou lá à porta, falou com Mr. Eversleigh enquanto saía, caso a senhorita estivesse ouvindo, e entrou na casa e representou sua pequena comédia.

"Quando fingiu ir chamar um médico, apenas bateu a porta e, em seguida, subiu as escadas em silêncio e se escondeu atrás da porta deste aposento, onde Miss Wade logo mandaria a senhorita subir com alguma desculpa. Mr. Eversleigh, claro, ficou horrorizado quando viu a senhorita, mas achou melhor continuar com o papel que estava interpretando. Sabia que nosso pessoal estava vigiando a casa e imaginou que não havia nenhum perigo imediato para a senhorita. Ele poderia 'voltar à vida' a qualquer momento. Quando Mr. Thesiger jogou o revólver na mesa e aparentemente saiu da casa, parecia mais seguro que nunca. Quanto à próxima parte... Talvez o senhor queira contá-la."

O Superintendente Battle terminou, virando-se para Bill.

— Eu ainda estava deitado naquele sofá horrível — disse Bill —, tentando parecer acabado e ficando cada vez mais inquieto. Então, ouvi alguém descendo as escadas correndo, e Loraine se levantou e foi até a porta. Ouvi a voz de Thesiger, mas não o que ele disse. Então, escutei Loraine dizer: "Está tudo bem, correu esplendidamente". Então, continuou: "Ajude-me a carregá-lo. Vai dar um pouco de trabalho, mas quero os dois juntos lá... uma surpresinha agradável para o número 7". Não entendi muito bem o que estavam falando, mas, de um jeito ou de outro, eles me arrastaram escada acima. Foi um trabalho e tanto para eles. Eu me fiz de peso morto de verdade. Jogaram-me aqui dentro, e, então, ouvi Loraine dizer: "Tem certeza de que está tudo bem? Ela não vai acordar tão cedo, certo?". E Jimmy, esse canalha maldito, respondeu: "Não tema. Acertei-a com toda a minha força". Eles foram embora e trancaram a porta, daí eu abri meus olhos e vi você. Meu Deus, Bundle, não quero mais me ter uma sensação tão horrível assim. Pensei que você estivesse morta.

— Acho que meu chapéu me salvou — explicou Bundle.

— Em parte — interveio o Superintendente Battle. — Em parte foi por conta do braço ferido de Mr. Thesiger. Ele mesmo não percebeu... mas a pancada foi desferida apenas com metade da força normal. Ainda assim, o Departamento não deve levar crédito nenhum, porque não cuidamos da senhorita como deveríamos, Lady Eileen, e isso é uma mácula para todos nós.

— Sou muito durona — disse Bundle. — E muito sortuda também. O que não consigo superar é Loraine estar envolvida nisso. Era tão gentil.

— Ah! — exclamou o superintendente. — Assim como a assassina de Pentonville que matou cinco crianças. Não podemos nos orientar por isso. Ela tem o sangue ruim nas veias... o pai dela mereceu ir para trás das grades mais de uma vez.

— O senhor a prendeu também?

O Superintendente Battle concordou com a cabeça.

— Creio que nem vão enforcá-la... os jurados têm o coração mole. Mas o jovem Thesiger vai para o cadafalso... e isso é bom... é o criminoso mais depravado e insensível que já conheci. E agora — acrescentou ele — se a cabeça da senhorita não estiver doendo muito, Lady Eileen, que tal uma pequena comemoração? Tem um restaurantezinho delicioso ali na esquina.

Bundle concordou com muita animação.

— Estou morrendo de fome, Superintendente Battle. Além disso — ela olhou em volta —, preciso conhecer todos os meus colegas.

— Os Seven Dials — comemorou Bill. — Viva! Precisamos é de um pouco de champanhe. Eles servem champanhe neste lugar, Battle?

— O senhor não terá do que reclamar. Deixe comigo.

— Superintendente Battle — chamou Bundle —, o senhor é um homem maravilhoso. Pena que já seja casado. Então, vou ter mesmo que aturar o Bill.

Capítulo 34

Lorde Caterham aprova

— Pai — disse Bundle —, preciso lhe dar uma notícia. O senhor vai me perder.

— Balela — respondeu Lorde Caterham. — Não vá me dizer que sofre de tuberculose, de coração fraco ou algo assim, porque eu simplesmente não vou acreditar em você.

— Não é morte — explicou Bundle. — É casamento.

— Quase tão ruim quanto — retrucou Lorde Caterham. — Acho que terei que ir ao casamento, todo vestido com roupas apertadas e desconfortáveis, e acompanhá-la até o altar. E Lomax talvez ache necessário me beijar na sacristia.

— Minha nossa! Não está achando que vou me casar com George, acha? — berrou Bundle.

— Bem, era o que parecia estar acontecendo da última vez que a vi — respondeu o pai. — Ontem de manhã, sabe?

— Vou me casar com alguém cem vezes melhor que George — vangloriou-se Bundle.

— Espero que sim. Tenho certeza — disse Lorde Caterham. — Mas nunca se sabe. Não acho que você seja uma boa juíza de caráter, Bundle. Você mesma me disse que o jovem Thesiger era um alegre ineficiente e, pelo que ouvi agora, parece que era um dos criminosos mais eficientes da atualidade. O triste é que nunca o conheci. Estava pensando em escrever minhas memórias em breve... com um capítulo especial sobre assassinos que conheci... e, por um descuido puramente técnico, nunca conheci esse jovem.

— Não seja bobo — repreendeu Bundle. — Sabe que não tem energia para escrever memórias ou qualquer outra coisa.

— Na verdade, eu não ia escrevê-las — confessou Lorde Caterham. — Acho que nem é assim que se faz. Mas conheci uma jovem muito charmosa outro dia, e esse é o trabalho dela. Ela coleta o material e escreve tudo.

— E o que o senhor faz?

— Ora, só dou para ela alguns fatos durante meia hora todos os dias. Nada mais que isso. — Após uma breve pausa, Lorde Caterham continuou: — Era uma jovem bonita, muito tranquila e simpática.

— Pai — disse Bundle —, tenho a sensação de que sem mim o senhor vai estar sempre em perigo mortal.

— Diferentes tipos de perigo se adaptam a diferentes tipos de pessoa.

Ele estava se afastando quando perguntou, olhando para trás:

— A propósito, Bundle, com *quem* você vai se casar?

— Eu estava imaginando — disse Bundle — quando o senhor finalmente me perguntaria isso. Vou me casar com Bill Eversleigh.

O velho egoísta refletiu por um minuto e, em seguida, assentiu com total satisfação.

— Excelente — comemorou ele. — Ele gosta de golfe, não é? Ele e eu poderemos jogar em grupos de quatro nos Torneios de Outono.

Notas sobre
O mistério dos sete relógios

No título original, *The Seven Dials Mystery,* Agatha Christie faz um trocadilho com o enredo e a localização Seven Dials, um famoso cruzamento de Londres. No local, sete ruas se encontram em uma rotatória, nas quais há seis relógios de sol, um voltado para cada rua, e o sétimo na própria interseção. Em tradução literal, "*seven dials*" significa "sete relógios", remetendo ao número de despertadores comprados por Jimmy Thesiger e seus amigos para acordar Gerry Wade, bem como a localização onde parte do mistério se passa.

A personagem Lady Bundle Brent aparece também no livro *The Secret of Chimneys*, que se passa quatro anos antes de *O mistério dos sete relógios*. O investigador responsável por desvendar o mistério também é o Superintendente Battle, que chega a ser relembrado por Lorde Caterham como "aquele inspetor intruso" no primeiro capítulo.

Market Basing, citada no Capítulo 1, é uma cidade fictícia usada pela autora em suas obras. Acredita-se que se baseou na cidade de Basingstoke, que fica em Hampshire, e não em Berkshire, com a qual é, por vezes, confundida. Sua primeira menção acontece em 1923, por Hercule Poirot, no conto *The Mystery of Market Basing*.

No Capítulo 8, a revista *Punch* citada pelo mordomo de Jimmy, era uma revista britânica semanal de humor e sátira publicada de 1841 a 1992 e de 1996 a 2002. Sua influência extrapolou o Reino Unido, chegando a Turquia, Índia, Japão e China, com edições que se baseavam no original inglês. Aparece também no livro *Assassinato no beco*.

No Capítulo 7, Bundle diz "Elementar, meu caro Sherlock", para Bill Eversleigh, fazendo referência a Sir Arthur Conan Doyle. Essa não é a única vez que Agatha Christie cita Doyle. No Capítulo 17, o Superintendente Battle é chamado de Lestrade, o inspetor da Scotland Yard, outro personagem das histórias de Sherlock Holmes.

A frase dita por Jimmy Thesiger no Capítulo 24, "Não consigo acreditar em seis coisas impossíveis antes do café da manhã", é uma referência a *Alice no País das Maravilhas*, de Lewis Carroll. Apesar de Jimmy dar o crédito da citação à Rainha de Copas, é Alice quem sempre pensava em seis coisas impossíveis antes do café da manhã.

Arthur J. Raffles, citado pelo Superintendente Battle no Capítulo 32, foi um personagem criado pelo autor britânico E. W. Hornung (1866-1921). O escritor era cunhado de Sir Arthur Conan Doyle, o criador de Sherlock Holmes, e, talvez por ter servido de inspiração a Hornung, Raffles seja o oposto do famoso detetive: um ladrão-cavalheiro que vive em Albany, uma região de classe alta de Londres à época.